如何写出
"抓人"的故事

Paula Munier

PLOT
PERFECT

How to Build
Unforgettable Stories
Scene by Scene

[美] 保拉·穆尼埃 著

徐阳 译

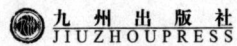

献 给

我亲爱的作家部落（Scribe Tribe），
以及世界各地的情节构思创意者们。

目 录

引 言   1

第一部分   何为情节

第一章   主题的力量   7
- 1.1   关键看主题！   7
- 1.2   同中有异   19
- 1.3   X 遇见 Y = 独特卖点   22
- 1.4   不过有件麻烦事儿……   23
- 1.5   主题陈述   24

第二章   次要情节和主题变体   28
- 2.1   主题 A 催生主题 B、C、D……   28
- 2.2   用次要情节阐释主题变体   31
- 2.3   融合主、次要情节   37
- 2.4   谚语的主题力量   43
- 2.5   规划次要情节和主题变体   45
- 2.6   丰富你的主要情节以及次要情节   48

第三章   行动即人物：主角、反派和配角   49
- 3.1   人物驱动故事，便可为所欲为？   50
- 3.2   做，还是不做   51

	3.3 创造复杂的人物	53
	3.4 深入挖掘人物	68
第四章	场景：情节的基本单位	77
	4.1 何为场景？	79
	4.2 用故事问题引领创作	82
	4.3 字里行间	88
	4.4 向自己的故事提问	96

第二部分　基于主题的三幕结构

第五章	用三幕演绎情节	101
	5.1 三幕结构	102
	5.2 你的故事的开头、中间和结尾	107
	5.3 让三幕结构更精致	111
	5.4 将英雄之旅融入自己的作品	136
	5.5 一部小说需要多少个场景？	139
	5.6 在结尾谈开头	142
第六章	案例分析：《马耳他之鹰》	144
	6.1 萨姆·斯佩德，这到底是怎么回事？	146
	6.2 《马耳他之鹰》的独特卖点	149
	6.3 首句和末句	151
	6.4 "X 遇见 Y"以及"不过有件麻烦事儿……"	152
	6.5 《马耳他之鹰》主题图表	159
	6.6 萨姆·斯佩德：行走的矛盾体	161
	6.7 布里姬·奥肖内西：行走的矛盾体	163

6.8	大场景分解	167
6.9	斯佩德和英雄之旅	171
6.10	《马耳他之鹰》：分场景解析	172
6.11	《马耳他之鹰》：场景拆分	173
6.12	打包总结	181
6.13	用案例分析为创作做准备	187

第七章　场景的正负电荷　189

7.1	设定场景的"正电荷"与"负电荷"	190
7.2	玩转索引卡	202

第八章　妙笔一幕接一幕　209

8.1	从开头开始	210
8.2	处理中间	231
8.3	向终点冲刺	239
8.4	开头、中间、结尾……再来一遍	254

第三部分　串起故事

第九章　织就故事　257

9.1	主题的声音	257
9.2	主题基调	261
9.3	主题与风格	264
9.4	背景：综观全局	267
9.5	幽默与主题	273
9.6	主题视角	275
9.7	人物与主题	277

9.8	行动中的主题	278
9.9	冲突的主题实质	280
9.10	对话：用主题说话	283
9.11	织就故事	293

第十章　节奏：让读者想一口气读完的秘密　303
    10.1　十大节奏处理工具　306

第十一章　情节与组织原则　326
    11.1　三类组织框架的原则　327
    11.2　玩转索引卡　342
    11.3　写作可遵循的组织原则　359

第十二章　完美情节备忘清单　361
    12.1　满足读者的期待　362
    12.2　起飞前的检查清单　407
    12.3　构思你的下一部，呃，书稿　412

致谢　413

引 言

这是故事：国王死了，皇后也死了。

这是情节：国王死了——皇后死于悲伤。

对情节如此下定义的，是伟大的 E. M. 福斯特（E. M. Forster），他本人创作了《印度之行》(*A Passage to India*)、《看得见风景的房间》(*A Room with a View*)、《霍华德庄园》(*Howards End*) 等众多精彩的小说。他的小说情节主题丰富，处处峰回路转。他巧妙地在故事中织入主题，增强了作品的维度和深度。这既为他在畅销书榜单中赢得一席之地，也为他在英国文学中赢得一席之地——最重要的是，他赢得了读者的心。

或许你也希望自己能像 E. M. 福斯特那样写出让读者想一口气读完，多维而有深度的故事，在文学界和读者心中赢取一席之地。我是作家，深知基于主题创造精彩的情节并非易事。但我从事编辑工作、教授写作课的经验也让我相信，掌握诀窍，你就能创造出引人入胜的情节并织入引发读者共鸣的主题。从事文学代理工作还让我懂得，一部作品能否出版发行常常与主题密切相关。

我们这个时代，不乏读起来像电脑游戏般激烈紧张的小说，但作家们对主题的重视程度却减弱了——有些作家甚至不屑于考虑主题。但出类拔萃的故事依然少不了多层次的情节、丰富的主题、人物和质感，只有这样的故事才能脱颖而出并赢得忠实读者。本书中，我们将学习如何打造引人入胜的情节。

本书内容是基于我为《作家文摘》（Writer's Digest）"完美情节训练营（Plot Perfect Boot Camp）"设计的在线课程而完善的，这是一个谁都能参考的情节构思体系——无论何种体裁。不管是创作小说、短篇故事、回忆录、舞台剧还是影视剧本，你都可以在有限的时间中学会必要的策略，为一个个场景构建蓝图，这些策略涉及：

- 确定推动情节的中心主题
- 基于主题和主题变体，设计有力的主要情节和次要情节
- 为主要人物创造强大的人物弧
- 发展特色鲜明的次要人物，推动次要情节
- 运用头脑风暴构思场景，生动呈现表现主题的情节
- 使用主题逆转，让场景动力十足
- 创建场景列表，实现影响力最大化
- 用对话、背景、基调和声音加强情节
- 学习加快故事节奏的小诀窍

引 言

我尽力将《如何写出"抓人"的故事》编写为一本互动式的情节构思入门读物，设置多个模板，辅助你确定主题和主题变体、有效组织主要和次要情节，并以场景为单位构建情节。请你抽出时间学习这些模板，完成其中的练习。用这些工具创造故事，一定能让读者迫不及待地读下去。同时，请别忘记书中各种有趣的小活动，把它们当成对自己的奖励吧。这些"寓教于乐的轻松时刻"不仅妙趣横生，还可以激发你的创造性思维。不仅如此，每章还配有阅读书目，列出了让我受益匪浅的书籍。如今，这些书依然躺在我的书架上，我会随时翻阅以获取灵感，希望你也能从中得到启示。

我们现在就出发吧。

第一部分

何为情节

多少个世纪以来,有着同样母题的故事总是反反复复地出现于不同的文化中,好比维纳斯女神从我们潜意识的海洋中诞生一般。

——琼·D. 温格(Joan D. Vinge)

第一章
主题的力量

> 第一句话,让人物身陷麻烦;最后一句话,让人物摆脱麻烦。
>
> ——巴尔特·德克莱门茨(Barthe DeClements)

1.1 关键看主题!

无论讨论的是《印度之行》、《消失的爱人》(*Gone Girl*)、《壁花少年》(*The Perks of Being a Wallflower*)还是《坚不可摧》(*Unbroken*),任何一个优秀的故事都蕴含着优秀的主题。每部作品皆有主题——故事到底在讲什么,作者创作它是为了表达什么。(这就是为何学者们会用上几百年的时间争论写作主题!)

围绕主题展开的情节直触心灵,最易引发读者共鸣。主题范围横跨人类情感和经验的全部领域,同承载它们的故事一般多如牛毛。仅举少数为例:

- 爱
- 权力

- 性别
- 忠诚
- 真相
- 复仇
- 家庭
- 勇气
- 适应能力
- 牺牲
- 贪婪
- 友谊
- 自我实现
- 成长
- 人与神祇的关系
- 人与自然的关系
- 人与科技的关系

还有更多！

本章中，你将学习如何在作品中组织主题，创造出既能够引发读者共鸣，又独树一帜、能在激烈的市场竞争中脱颖而出的主题大纲。你将根据自己的主题创作出精彩的情节，新颖别致，寓意深刻，巧妙且具有市场价值。

第一章 主题的力量

> 我对各类故事都非常感兴趣，但总有一些故事主题始终萦绕在我心头，最终让我情不自禁地动笔。有些主题会不停浮现在我脑海中：正义、忠诚、暴力、死亡、政治、社会问题以及自由。
>
> ——伊莎贝尔·阿连德（Isabel Allende）

确定主题

也许你认为主题很复杂，实则不然。简而言之，主题即你的故事是关于什么的。

是关于爱情的故事？〔如《一天》(One Day)〕

还是关于复仇的故事？〔如《虎胆追凶》(Death Wish)〕

抑或是关于爱与复仇？〔如《呼啸山庄》(Wuthering Heights)〕

如果不太确定，请思考主人公的性格和动机是什么：嫉妒还是宽恕？贪婪还是慷慨？挖掘真相还是渴望伸张正义？

如果你依然犹豫不决，可查阅其他同类作品寻找线索。写言情小说，主题便与爱情挂钩——真爱、灵魂伴侣、心碎；写性爱小说，则围绕欲望的本质，主导、屈服等展开；写罪案小说，则探寻善恶的本质；写科幻小说，则探究人与科技的关系。从你想创作的类型中选取自己喜爱的故事，认真分析主题，你就会发现或许自己写故事时也可以用上——至少能帮助你找到更合适的主题，或助力你的头脑风暴。

> **从书名看主题**
>
> - 《魔法坏女巫》（*Wicked*），格雷戈里·马奎尔（Gregory Maguire）
> - 《美食，祈祷，恋爱》（*Eat Pray Love*），伊丽莎白·吉尔伯特（Elizabeth Gilbert）
> - 《傲慢与偏见》（*Pride and Prejudice*），简·奥斯汀（Jane Austen）
> - 《战争与和平》（*War and Peace*），列夫·托尔斯泰（Leo Tolstoy）
> - 《怕飞》（*Fear of Flying*），埃丽卡·容（Erica Jong）
> - 《黑暗之心》（*Heart of Darkness*），约瑟夫·康拉德（Joseph Conrad）

谚语蕴含的主题力量

故事中的主题，实为我们生活的主题。因此，谚语、俗语和常用语往往体现着特定的主题。

这些精炼的说法还可以为我们提供视角——它们能够揭示出对待特定主题的某种态度。构思情节时，可充分从中挖掘不同的视角。

- 情人眼里出西施。
- 诚实为上策。
- 冤冤相报何时了。

第一章 主题的力量

- 好奇害死猫。
- 善有善报，恶有恶报。
- 爱本盲目。
- 物以类聚，人以群分。
- 近墨者黑。
- 发光的不一定是金子。

谚语是寻找主题的宝贵素材库。请思考，哪些谚语也许适用于你的故事。谚语不仅能够帮助你明确主题，还能够帮助你明确爱、邪恶或权力等某个宏观大主题下的不同层面。

假设你想写与权力有关的故事，好吧，这个宽泛的词语包罗万象。权力、善恶等皆有无数层面，而我们需要将故事中权力的类型尽可能具体化，你可以试试谚语。

以当今畅销书榜单上名列前茅的两部小说《权力的游戏》（*A Game of Thrones*）和《饥饿游戏》（*The Hunger Games*）为例。这两个故事皆关乎争夺权力——且均将这一主题寓于书名之中。即便如此，二者探索的权力层面各不相同，我们可借谚语审视两个故事中不同的权力层面。

《权力的游戏》

《权力的游戏》讨论的是权力：如何夺权，如何守江山，权力如何改变掌权者及其臣服者。探讨的权力主题包括：

- 强权即公理。
- 以剑维生，卒于刀下。
- 权力腐败，极权腐败透顶。

《饥饿游戏》

《饥饿游戏》讨论的也是权力，但该作品的权力主题则更偏向于政府控制、"老大哥"式监视和独立（个体权利）：

- 独裁权威不可信。
- "老大哥"正看着你呢。
- 不自由，毋宁死。

创作实践

列出可能适用于自己作品的谚语、名言和俗语，仅举少数为例：

- 爱：一个巴掌拍不响。
- 真相：人之将死，其言也真。
- 宽恕：既往不咎。
- 腐败：一颗老鼠屎坏了一锅粥。
- 家庭：血浓于水。
- 死亡：让逝者埋葬逝者。

- **复仇**：君子报仇，十年不晚。
- **勇气**：好运眷顾勇者。
- **战争**：有力进攻即最佳防御。
- **友谊**：患难之中见真情。
- **犯罪**：作恶得不偿失。
- **金钱**：有钱能使鬼推磨。
- **自我实现**：忠于自己真实的一面。
- **生命**：生命不在于长度，而在于质量。

表述主题

越复杂的故事，越有可能拥有多元化的主题。确定主题后，你就能用它们来吸引读者了。主题具有普适性，探讨的是人的生存状态。优秀的作者明白这一点——也会从第一页开始就下功夫。如果你能够为经典主题换新颜，就可以打造出自己的经典之作。

轻松激发好创意

大部分作家都会发现，某些主题会反反复复地在自己的作品中出现。如果你不太确定是哪些主题，可以试试这个小练习。跟随如下气泡图指引，选一个气泡——如"你喜爱的事物"——然后列出喜爱的各种事物。迅速完成这一步，别想太多，完成后，请分析练习时浮现出来的主题。这就是你关注的事物，是你生活的主题，可用于作品之中。你可以将列表上的每个气泡都试一遍——借此了解自己，了解自己的主题！

注：也可作为作家小组的活动。

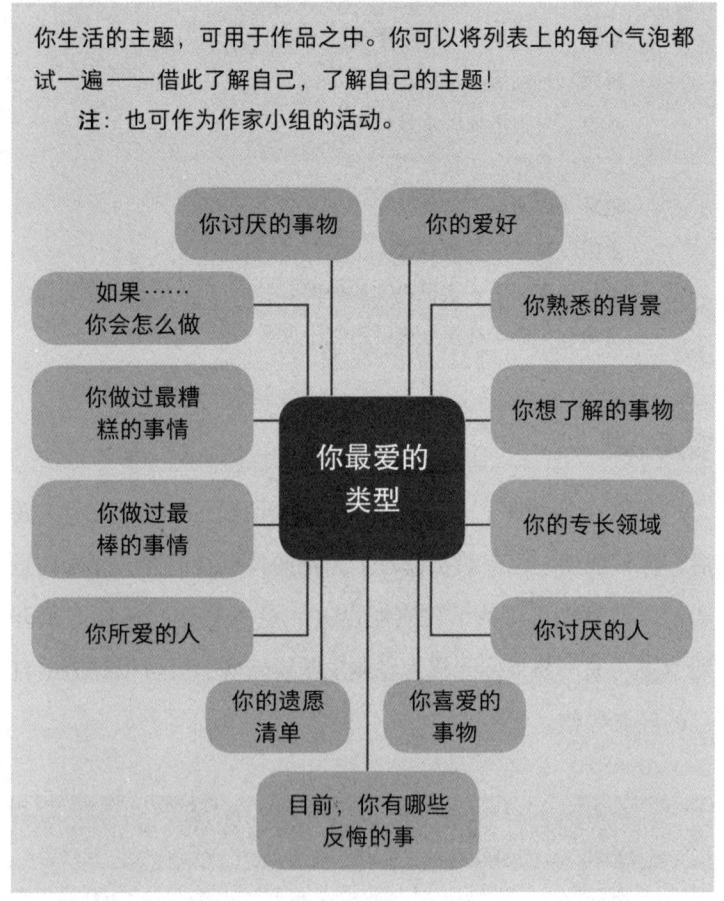

> 我认为艺术家都会亮明自己的态度——日后他们生命中的每一张专辑、每一本书——都是针对同一主题的变化。
> ——马克·马瑟斯鲍夫（Mark Mothersbaugh）

第一章　主题的力量

主题定位

新闻界有一套关于结构的老式教义：
1. 告诉他们你要告诉他们的事情。
2. 告诉他们。
3. 告诉他们你告诉过他们的事情。

优秀的作者也会这样处理小说的主题。在我们喜爱的许多故事中，作者都是在前几句话"告诉他们"主题的。

> 许愿要慎重。〔爱丽丝·霍夫曼（Alice Hoffman）《冰雪皇后》(*The Ice Queen*)〕

> 幸福的家庭总是相似，不幸的家庭各有苦衷。〔列夫·托尔斯泰《安娜·卡列尼娜》(*Anna Karenina*)〕

> 人们也许不会相信，一个年方十四的少女会在寒冬走出家门，为父报仇雪恨。但在那个年代似乎不算太奇怪，虽然这种事儿也不会每天发生。〔查尔斯·波蒂斯（Charles Portis）《大地惊雷》(*True Grit*)〕

> 这是最好的时代，这是最坏的时代，这是智者的时代，这是愚人的时代，这是信念的新纪元，这是怀疑的新纪元，这是光明的时节，这是黑暗的时节，这是希望之春，这是绝望之冬。〔查尔斯·

狄更斯（Charles Dickens）《双城记》(*A Tale of Two Cities*)〕

很久很久以前，有一个女人发现自己成了不该成为的人。〔安妮·泰勒（Anne Tyler）《回归青年时代》(*Back When We Were Grownups*)〕

过去，是一个陌生的国度，那里的人们有不同的行为方式。〔L. P. 哈特利（L. P. Hartley）《送信人》(*The Go-Between*)〕

正义？——正义等下辈子再说吧，这辈子只有法律可依。〔威廉·加迪斯（William Gaddis）《诉讼游戏》(*A Frolic of His Own*)〕

开篇亮明主题，就是告诉读者这个故事到底在讲什么——同时也是在提醒写作者。

还有的作家喜欢先写尾声，最后一句往往承载着主题。写好这些，他们才开始创作故事——一切皆以最后一句话为目的。如此一来，他们就可以认准大方向，全神贯注写下去。

约翰·欧文（John Irving）以此著称。他坚信，只有在知道结尾、能写出末句后，才能开始讲故事——也许正因如此，他的末句尤为出彩。

第一章　主题的力量

> 如果不知道故事中读者的出口在哪儿,我就想不出第一句话,想不出故事的入口。而一旦明确读者听到的最后一件事情是什么,我就能倒推回去,就像顺着路线逆行一般。
>
> ——约翰·欧文

这么做的可不只是欧文一个人,如下精彩末句均来自其他优秀的小说作品,皆与主题相关。

在盖普的世界里,我们都是终极案例。〔约翰·欧文《盖普眼中的世界》(*The World According to Garp*)〕

所以我们最好继续搏击,逆流而上,不停向从前的日子划去。〔F. 斯科特·菲茨杰拉德(F. Scott Fitzgerald)《了不起的盖茨比》(*The Great Gatsby*)〕

我只希望行刑那天会来许多看官,只希望他们用厌恶的喊声迎接我。对我来说,唯此可以走向完满、不再孤独。〔阿尔贝·加缪(Albert Camus)《局外人》(*L'Étranger*)〕

这比我做过的任何一件事都要好得多,比我设想过的任何一处安息之所都要好得多。(查尔斯·狄更斯《双城记》)

> 我再也没见过他们——除警察外，向他们道别的方法还没有发明。〔雷蒙德·钱德勒（Raymond Chandler）《漫长的告别》(*The Long Goodbye*)〕
>
> 他爱过"老大哥"。〔乔治·奥威尔（George Orwell）《1984》(*Nineteen Eighty-Four*)〕
>
> 明天，我会想办法让他回来的。毕竟，明天又是新的一天。〔玛格丽特·米切尔（Margaret Mitchell）《飘》(*Gone with the Wind*)〕

构思情节时，你也可以像他们那样，用体现主题的首句和末句打造自己的结构。

- **首句**：告诉他们你要告诉他们的事情。
- **故事主体**：告诉他们。
- **末句**：告诉他们你告诉过他们的事情。

如何让你的开篇和结尾服务于情节？怎样反映主题？如何设置情节才能让首句和末句自然地衔接起来？

创作实践

现在，请尝试写出开篇和结尾，无论故事是否已完成。确保这两部分均体现主题。

这些作家通过反映主题的开篇和结尾，在定义故事层面迈出了很大一步。他们在自己故事的语境中改写蕴含主题的谚语、俗语或名言，化为己用。他们用全新的眼光阐释了古老的主题，将自己的独特手法融入其中，让这些主题服务于不同的故事，从而创作出**同中有异**的故事。

> 我先写结尾，没人读书是为了停在中间。
> ——米基·斯皮兰（Mickey Spillane）

1.2 同中有异

当今市场竞争激烈，同中有异即制胜法宝。出版商始终在寻找（你最爱的畅销书）同中有异的故事。"就像某某畅销书那样"——说明这本畅销书的同类也会有市场。但还应有足够的区分度，与其他畅销书不同，在同类中脱颖而出。同中有异。

仅举几例说明"同中有异"：

就像 J. R. R. 托尔金（J. R. R. Tolkien）的《魔戒》（*The Lord of the Rings*）那样，不过以玫瑰战争为原型。〔乔治·R. R. 马丁（George R. R. Martin）《权力的游戏》〕

就像简·奥斯汀的《爱玛》（*Emma*）那样，不过背景设在比弗利山（Beverly Hills）。〔艾米·海克

林(Amy Heckerling)《独领风骚》(*Clueless*)〕

就像玛格丽特·米切尔的《飘》那样,不过奴隶成了主角。〔爱丽丝·兰德尔(Alice Randall)《风已飘散》(*The Wind Done Gone*)〕

在市场领域,"同中有异"的主题陈述就是独特卖点(unique selling proposition,USP),因为这就是让产品在市场中产生区分度的特质。

独特卖点要求我们从市场的角度看主题。向出版商、制作人、书店及终极对象——读者,推销作品,亮出自己的独特卖点。推销缺乏独特卖点的故事毫无意义,那种"老套平淡"的故事无法在如今激烈的市场中赢取一席之地。

请你就目前想到的主题,思考下列问题:

- 你的故事是关于什么的?
- 你想表达什么?
- 你的故事与书架上其他同类作品有何不同之处?
- 比起(自行填补某本畅销书),读者为何会更乐意读你的故事?

现在,请按照"同中有异"的思路描述一下自己的故事。提炼一下所选参照作品的情节,并思考自己的故事与它有何不同。然后再提炼参照作品的主题，与自己的故事主题进行对比。这不仅能够帮助你打造有力的独特卖点，还可以加强你对笔下故事情节和主题的理解。

出类拔萃

"品类杀手"在同类中比其他故事都更卖座，如下列"杀死同类作品"的故事。

- 言情：《滨河公路》(River Road)，杰恩·安·克伦茨（Jayne Ann Krentz）
- 超自然：《暗黑女巫》(Dark Witch)，诺拉·罗伯茨（Nora Roberts）
- 性爱：《五十度灰》(Fifty Shades of Grey)，E. L. 詹姆斯（E. L. James）
- 罪案：《梧桐大道》(Sycamore Row)，约翰·格里森姆（John Grisham）
- 励志：《天堂来的第一个电话》(The First Phone Call from Heaven)，米奇·阿尔博姆（Mitch Albom）
- 恐怖：《长眠医生》(Doctor Sleep)，斯蒂芬·金（Stephen King）
- 科幻/奇幻：《权力的游戏》，乔治·R.R. 马丁
- 青春：《分歧者》(Divergent)，韦罗妮卡·罗斯（Veronica Roth）

> - **中年级儿童读物**:《奇迹男孩》(*Wonder*), R. J. 帕拉西奥 (R. J. Palacio)
> - **绘本**:《小蜡笔大罢工》(*The Day the Crayons Quit*), 文字: 德鲁·戴沃特 (Drew Daywalt); 插图: 奥利弗·杰夫斯 (Oliver Jeffers)
> - **女性**:《美丽的废墟》(*Beautiful Ruins*), 杰茜·沃尔特 (Jess Walter)
> - **纯文学**:《金翅雀》(*The Goldfinch*), 唐娜·塔特 (Donna Tartt)
> - **回忆录**:《走出荒野》(*Wild*), 谢丽尔·斯特雷德 (Cheryl Strayed)

将自己的故事和同类畅销故事作比较,你的故事的不同之处在哪里?这些不同点与主题有何关联?

1.3 X 遇见 Y = 独特卖点

设置独特卖点的另一种思路是借用好莱坞经典高概念(详见第 279 页)公式:X 遇见 Y。倘若你打算在故事中翻新经典或混合两种类型、想法或人物,这种思路就大有用武之地。

> 亚伯拉罕·林肯遇见吸血鬼〔塞斯·格雷厄姆-史密斯 (Seth Grahame-Smith) 的《吸血鬼猎人林肯》(*Abraham Lincoln: Vampire Hunter*)〕

《使女的故事》(*The Handmaid's Tale*)遇见《饥饿游戏》〔香农·斯托克（Shannon Stocker）的《登记处》(*The Registry*)〕

《普里奇家族的荣誉》(*Prizzi's Honor*)遇见《真实的谎言》(*True Lies*)〔西蒙·金伯格（Simon Kinberg）的《史密斯夫妇》(*Mr. and Mrs. Smith*)〕

请试着用 X 遇见 Y 公式总结你的故事。得出公式后，请思考 X 和 Y 各自的主题分别与你的故事有何联系——也许全新的主题会就此诞生。

1.4 不过有件麻烦事儿……

如果你在寻找独特卖点时遭遇思维停滞，请先确定主要冲突，再深入挖掘独特卖点，使其突显主人公独特的麻烦。这是构思情节的另一种思路，举例如下。

有个小伙子遇到了心仪的女孩。不过有件麻烦事儿，她是一条鱼。〔洛厄尔·甘兹（Lowell Ganz）、巴布洛·曼德尔（Babaloo Mandel）和布鲁斯·杰伊·弗里德曼（Bruce Jay Friedman）的《美人鱼》(*Splash*)〕

有个花花公子想加入单身家长俱乐部，勾引单身母亲们。不过有件麻烦事儿，他没有孩子。〔尼

可·霍恩比（Nick Hornby）的《非关男孩》(*About a Boy*)〕

　　一位刚刚加冕的国王必须在困难时期安抚民众。不过有件麻烦事儿，他患有严重的口吃。〔大卫·赛德勒（David Seidler）的《国王的演讲》(*The King's Speech*)〕

　　你故事中的麻烦事儿是什么？主人公要克服的主要障碍是什么？这一障碍与你的主题有何关联？

> 优秀作品的秘诀在于老话新说，或用老套路说新鲜事。
> ——理查德·哈丁·戴维斯（Richard Harding Davis）

1.5　主题陈述

　　我们已经讨论了几种方式，从情节、主题和独特卖点出发构思故事。现在，我们把这些内容结合起来融入主题陈述，作为故事的核心驱动力。主题陈述好比窗口透出的一缕光，能够指引你完成写作。主题陈述需要点出主要事件的发展（情节）、情感影响（主题）以及故事的独特之处（独特卖点）。

第一章 主题的力量

让我们先来看看主题陈述的范例。

《消失的爱人》，吉莉安·弗琳（Gillian Flynn）

《消失的爱人》是一部惊悚小说，讲述了一位妻子失踪的故事，而对此应负责任的正是她的丈夫。她是真的死了，还是装死？他是凶手，还是仅仅被戴了"绿帽子"？〔**情节**〕

作品交替"她的"和"他的"视角〔**独特卖点**〕展开讲述，借这段扭曲的爱情故事揭示平淡婚姻的恐怖真相——无论如何，这段婚姻将两人捆绑在一起。〔**主题**〕

《美食，祈祷，恋爱》，伊丽莎白·吉尔伯特

《美食，祈祷，恋爱》是一部回忆录，讲述了一位闷闷不乐的离婚女子重新踏上自我发现之旅——她在意大利学会了填饱身体（美食），在印度学会了填饱灵魂（祈祷），在巴厘岛学会了填饱心灵（恋爱）。〔**情节和主题**〕

故事完美的三幕结构——正寓于书名之中——为这个惹人喜爱的故事打下了引发读者共鸣的坚实基础。〔**独特卖点**〕

《我在雨中等你》(*The Art of Racing in the Rain*)，加斯·斯坦（Garth Stein）

《我在雨中等你》是一部主流小说，讲述了一条名叫恩佐的狗悉心守护主人赛车手丹尼及其家人的故事——每当悲剧发生，小狗总是更贴心。〔**情节**〕

宠物狗恩佐即将离世，故事从它的视角出发〔**独特卖点**〕，既温暖人心，又令人心碎，告诉我们生活正如赛车一样，谁跑得更快并不是最重要的。〔**主题**〕

撰写你的主题陈述

主题陈述将成为你的灯塔，指引你构建框架和结构、厘清情节细节，陪你走完整个写作过程。（后续宣传工作中也能发挥作用。）

作家阅读书目

最初构思故事时，鼓励作家创作优秀真实作品的建议也许会激发绝妙的灵感。如下为部分激励作家发挥天赋创作的经典指南。

- 《一只鸟接着一只鸟》(*Bird by Bird*)，安·拉莫特（Anne Lamott）

> - 《写出我心》(*Writing Down the Bones*),娜塔莉·戈德堡(Natalie Goldberg)
> - 《写作这回事》(*On Writing*),斯蒂芬·金
> - 《写作生涯》(*The Writing Life*),安妮·迪拉德(Annie Dillard)
> - 《一间自己的房间》(*A Room of One's Own*),弗吉尼亚·伍尔夫(Virginia Woolf)

完成主题陈述,即为进一步发展作品奠定了基石。下一章中,我们将以情节和主题为基础,针对次要情节和主题变体展开头脑风暴,将你的故事扩充成情节精致的多层次故事,丰富主题、人物和细节。

第二章
次要情节和主题变体

> 看不清主要情节时,次要情节、脚本、背景乐、中场、爆米花、评论和出口标志在我眼中也不清楚了。
>
> ——尼可·霍恩比

精彩的故事不会仅仅用单音符演奏——它们同交响乐一般,会通过主题变奏来反映,情节中交织着多层旋律、和弦以及节奏。让我们记忆深刻的故事好比贝多芬(Beethoven)的交响曲,音阶丰富,音域广阔,作者匠心独运,充分构建主要情节、次要情节、主题和主题变体。从莎士比亚(Shakespeare)和狄更斯等大师的古典文学巨著,到乔治·R. R. 马丁和 J. K. 罗琳(J. K. Rowling)等人的当代畅销书,我们都能充分看出次要情节和主题变体是让故事效果出奇制胜的法宝。(这些要素也有助于合理构思故事中部这片"高危沼泽"。)

2.1 主题 A 催生主题 B、C、D……

主题变体是次要情节的灵感之源,它们就是你作品主旋律的和音、不和谐音与节奏。毫无疑问，你还可以通过创造阐释主题变体的次要情节来反映主题。

就故事的次要情节展开头脑风暴时，你可以像第一章练习中那样画出气泡图。假设你想写一个爱情故事，在图表中心的大泡泡里写上宽泛的"爱"字之后，请将与爱相关的方方面面写进新增的泡泡里，可涉及积极与消极、新旧类型等不同层面。

如下为爱之主题气泡图的示范。

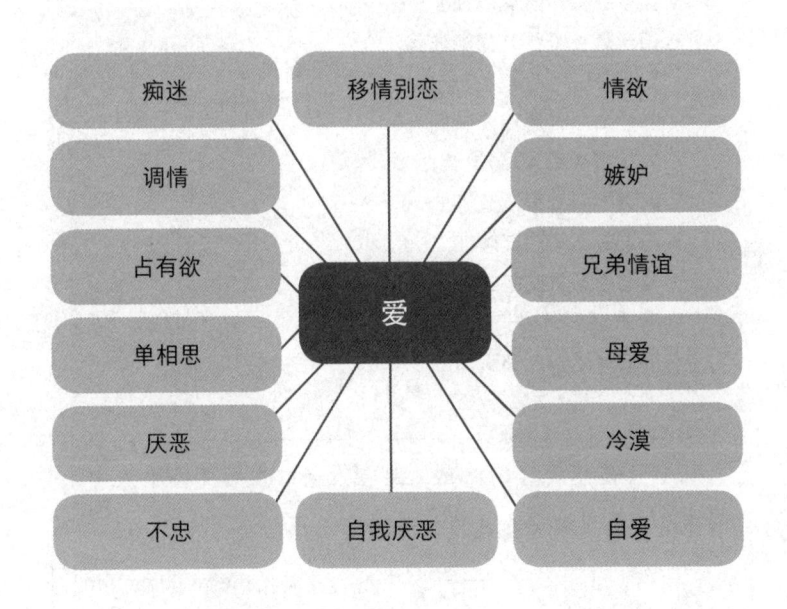

```
痴迷        移情别恋      情欲
调情                     嫉妒
占有欲                   兄弟情谊
单相思         爱        母爱
厌恶                     冷漠
不忠        自我厌恶      自爱
```

当然，你还可以写出爱的其他类型、特质与层面，上图仅用于呈现发展故事时可考虑的多种选择。

> **轻松激发好创意**
>
> 　　请欣赏一场当地交响乐团的演奏会。如果条件不允许,可完整地听贝多芬的《第五交响曲》。留心其中的主题变化,沉浸于音乐之中,让这部作品的结构渗入你的身心。情节巧妙、层次丰富、主题饱满的故事理应如此,请记住这种体验。
>
> 　　注:构思情节时如需找灵感,请听交响乐——让潜意识肆意流淌。可从如下曲目开始。
>
> - 贝多芬《第五交响曲》
> - 德沃夏克《第九交响曲》
> - 柴可夫斯基《第六交响曲》
> - 勃拉姆斯《第四交响曲》
> - 莫扎特《第40号交响曲》
> - 西贝柳斯《第二交响曲》
> - 柏辽兹《幻想交响曲》
> - 马勒《第五交响曲》
> - 海顿《第88号交响曲》
> - 舒伯特《第九交响曲》

> 　　音乐显露真容的时刻,藏在古老的主题变体手法中,音乐的全部奥秘皆在此得以诠释。
>
> ——皮埃尔·沙费(Pierre Schaeffer)

2.2　用次要情节阐释主题变体

让我们继续以爱之主题为例，对照我们之前的气泡图分析名著《傲慢与偏见》。这个美妙的爱情故事在今天依然深得人心，原著及影视剧改编让读者和观众们津津乐道，更别提当代作家模仿这个故事创作小说和影视剧的莫大热情了。它是史上最受欢迎、最富洞察力的婚姻爱情故事之一，却由一位未婚女子创作于19世纪，初版于1813年——这也许才是最令人震惊的。两百多年后的今天，简·奥斯汀依然是爱情故事女王。如何充分利用次要情节和主题变体构思引人入胜的故事，在她的作品中就能够得到充分的诠释。

如果你还没读过《傲慢与偏见》（开玩笑吧？），请阅读下面的情节梗概。

> 活泼机智的伊丽莎白·班内特和她的四姐妹待字闺中，她是家中的次女。当她遇上富有、英俊的菲茨威廉·达西先生时，两人擦出了火花。但爱上社会阶层比自己低的女子让达西先生惊恐不已，而妄下定论的伊丽莎白也将这种贵族式的自尊视为傲慢。后来班内特家遭遇危机，达西先生插手干预，经历一些事情后，他和伊丽莎白之间产生了误会，两人分开。直到伊丽莎白克服偏见、达西先生克服傲慢，两人才幸福地走到了一起。

让我们再浏览一遍爱之主题气泡图，顺着一个个气泡，分析它们各自与《傲慢与偏见》的次要情节有何联系。记住，伊丽莎白的其他四位姊妹皆未婚嫁——每个人找寻如意郎君的角度都可以提供不少素材。

上文气泡图最初是为"完美情节训练营"的幻灯展示设计的。不出几个月，我就着手写作本书，决定借《傲慢与偏见》的语境分析气泡图，直到那一刻，我才意识到这部小说的主要情节、次要情节、主题以及主题变体都非常适用于说明该图，可谓图中每个气泡都能对号入座。

移情别恋：移情别恋的主题在伊丽莎白妹妹莉迪亚身上显而易见，贯穿全书次要情节的始终，莉迪亚每遇见一位士兵都会芳心躁动。该主题在威克姆身上同样显而易见，他对伊丽莎白的注意力很快就转移到了她妹妹莉迪亚身上。此外，在另一次要情节中，伊丽莎白拒绝了柯林斯先生的求婚，柯林斯先生很快便将爱慕之情转移到了伊丽莎白最好的朋友夏洛蒂身上。

情欲：乔治·威克姆风流韵事不断——或至少始终在尝试，但他一旦满足就会立刻抛弃年轻女子，这在《傲慢与偏见》中是一条关键的次要情节线索。他引诱伊丽莎白的妹妹莉迪亚同他私奔，却根本不打算娶她，而这一举动会让莉迪亚彻底名声扫地——可能也会让她的姐姐们名声扫地、无法嫁入好人家。

嫉妒：卡罗琳·宾利小姐是查尔斯·宾利先生傲气的妹妹，有意于嫁给哥哥富裕的最好的朋友菲茨威廉·达西先生。出于嫉妒，她常常在达西先生面前拿班内特家开玩笑，以此提醒达西先生困扰他们的阶级问题。她也试图破坏简·班内特与哥哥宾利先生的感情。

兄弟情谊：达西先生和宾利先生的友谊这一次要情节，对主要情节有很大的驱动作用。因两人的朋友关系，达西先生拜访内瑟菲尔德庄园，而这为达西先生邂逅伊丽莎白提供了舞台。随后，看在两人友情的分儿上，达西先生劝宾利先生不要娶简。宾利先生听取了朋友的建议——迅速结束了与简的关系，而这一举动让简伤透了心，为姐姐的遭遇而义愤填膺的伊丽莎白则因此拒绝了达西先生的求婚。

母爱：班内特太太很爱自己的女儿们，但她也明白，如果她们嫁不出去，前途就会一片黯淡。她们父亲的财产理应由男性子嗣继承，可二老膝下无儿——这意味着必须将五个女儿全部嫁出去。她毫无掩饰地高攀贵族，撮合女儿们形成或好或坏的联姻关系，而这却常常对女儿们萌芽的感情产生反作用——最明显的就是简与宾利先生、伊丽莎白与达西先生的关系。

冷漠：简是班内特家的长女，与家境富有、性格温和的宾利先生相爱。但她的矜持被追求者视为态度冷漠，达西先生和卡罗琳·宾利小姐都利用她看似冷漠的表现（以及她的家境）

来劝阻深爱她的宾利先生。

自爱：自爱主题在《傲慢与偏见》这种19世纪的讽刺喜剧中似乎难觅踪影。然而，驱动简·班内特和夏洛蒂·卢卡斯的行为正是自爱。两人都足够自爱，惯于做出最有利于自己的选择。在简和宾利先生的次要情节中，简深知自己爱着宾利先生，当他突然停止与自己交往时，简沮丧不已，但她决定让时间愈合情伤。宾利先生再次拜访班内特家，简热情欢迎，却不抱任何重修旧好的希望。可她明白自己心之所属，宾利最终求婚，她一口答应。

另一方面，在夏洛蒂和柯林斯先生这条线中，夏洛蒂的自爱足以让她明白，对她和她的家庭来说，嫁给柯林斯先生是最明智的选择，这也许算不上简和伊丽莎白所追求的"真爱"，但足以让她心满意足地过上衣食无忧的生活。

自我厌恶：乔治·威克姆的许多过错从本质上来说可以解读为自我厌恶。他渴望成为有财产的绅士，但他只是达西家族的管家之子。威克姆是达西先生父亲的教子，和达西先生一起长大。尽管达西一家待他不薄，他仍然不是家族一员，因此他既厌恶自己，也厌恶达西家族。威克姆的其他不良行为（也是次要情节）请参阅"情欲""不忠"和"厌恶"。

不忠：其中性质最为恶劣的不忠行为出自乔治·威克姆。自私、不道德，这一切似乎与同他有关的次要情节都息息相关。他对亡父不忠，花光继承的全部财产；他对达西先生不忠，两人一起长大，却试图勾引达西先生的妹妹；他也对伊丽莎白的妹妹莉迪亚不忠，劝说莉迪亚与他私奔并承诺结婚，却根本没打算娶她。

厌恶：这一次要情节可体现在乔治·威克姆对达西先生的厌恶之中，这种情感源自威克姆童年的怨念。将父亲的财产挥霍完之后，他试图与达西先生年仅 15 岁的妹妹乔治安娜·达西私奔闪婚，获得她的大额嫁妆。

因此，称威克姆和达西先生互相厌恶毫不夸张。后来，威克姆编造自己的经历，将达西先生塑造成恶人，在整个小镇散布谣言，更是让这种敌意加深。他告诉伊丽莎白，达西先生待他不公，伊丽莎白听信，这使得本应成为恋人的伊丽莎白和达西先生之间又多了一层隔阂。

单相思：柯林斯先生对伊丽莎白只是单相思，不过这条单相思次要情节才刚刚开始。遭伊丽莎白拒绝之后，柯林斯先生继续物色自己的妻子，因此结识伊丽莎白最好的朋友——甘于服从、相貌平平的夏洛蒂·卢卡斯。尽管夏洛蒂并不爱柯林斯先生，却答应嫁给他。他对夏洛蒂的感情也是单相思，但理智的夏洛蒂的确能够让他幸福，取悦他非常容易，夏洛蒂也感激他为自己的生活提供了保障。

占有欲：占有欲这一主题反复出现在涉及上层社会的次要情节中，这些家庭努力将儿女和财产圈在贵族阶级之内，他们认为理应如此。卡罗琳·宾利小姐认为达西先生应属于自己，社会地位较低的伊丽莎白·班内特不应高攀。她对哥哥的婚姻也抱有同样态度，认为宾利先生该迎娶的是达西先生的妹妹，而不是简·班内特，并暗中破坏自认为不合理的关系。达西先生的姨妈凯瑟琳·德·布尔夫人也有同样的表现，她希望外甥娶她的女儿安妮。凯瑟琳·德·布尔夫人走访班内特家，试图恐吓伊丽莎白，逼迫她拒绝达西先生——当坦率的伊丽莎白表示不愿被这种令人难以忍受的家长之命逼退时，凯瑟琳·德·布尔夫人无比震怒。

调情：在之前提及的与莉迪亚和威克姆相关的次要情节中，伊丽莎白的妹妹莉迪亚轻率的个性让年仅15岁的她深陷麻烦。狡猾邪恶的威克姆很容易就把她骗到了手，丝毫不考虑这会让莉迪亚及其家人身败名裂。若非达西先生出手干预、逼迫威克姆娶莉迪亚，莉迪亚便无法脱身，班内特家庭的声誉也难以恢复。因此达西先生这一善举对伊丽莎白产生了深刻的影响；达西深爱伊丽莎白，却曾被她拒绝。

痴迷：我们可以说，《傲慢与偏见》的大前提就是一种痴迷——19世纪社会痴迷于如何快速地让所有单身女性嫁个好人家。班内特太太显然痴迷于嫁女这件事，她希望所有女儿尽早成婚，不管未来快乐与否。但她的女儿们同样也热衷于寻找如意郎君——鉴于当时单身女性所面临的经济现实，她们关注这个问题完全可以理解。

> 我的小说往往源自两大想法的融合，先形成一团混沌，然后裂变，再剔除数百处赘词、重复、冗句和人物。
> ——威尔·塞尔夫（Will Self）

2.3 融合主、次要情节

论及如何将次要情节和主题变体融入主要情节和主题之中，简·奥斯汀是当之无愧的大师级人物。她关联次要情节和主题变体的手法令人叹服，不仅让它们彼此之间的联系具有意义，也会让它们与主要情节及主题的联系具有意义。奥斯汀的作品好比精致的织毯，不仅将小说各要素巧妙地织入文字——人物、背景、对话、行动、描写、叙述、背景故事以及情节，还能够将不同情节线巧妙地串联起来。

在本书中，你将学习如何自己设计丰富多彩的织毯，将主要情节、次要情节、主题和主题变体织入叙述中去。正如我们从对《傲慢与偏见》次要情节和主题变体的分析中所见：寻找次要情节和主题变体，创意无上限。

> 写作新手常常会听到"写你熟悉的事情"这种建议，我了解拼布者——了解他们的怪癖，知道他们的行内笑话，懂得他们的争议和慷慨、争执和善意——因此自然就

> 将他们设为我的写作对象了。拼布将我的两大主题织在一起，如此彻底，如此轻松，让我始料未及。
>
> ——珍妮弗·基亚韦里尼（Jennifer Chiaverini）

无论创作哪种类型的故事，你都可以像本章中探讨中心主题一样绘制气泡图。它能够帮助你判断并探索主题变体，创造出增加故事深度和维度的次要情节。

有时，第一幅气泡图只是开始，你可以自主深挖后续联想到的主题变体，玩味实验。在我的"爱"之气泡图中，每一种主题变体都可以分设一幅气泡图继续延伸扩展。

移情别恋：《仲夏夜之梦》（*A Midsummer Night's Dream*），威廉·莎士比亚（William Shakespeare）

这是莎士比亚最受欢迎的喜剧之一，他在其中探索了爱情反复无常的一面。小妖精设法改变人们两两相爱的关系，让这一主题与恶作剧、魅力、迷醉、草率、鲁莽以及权宜之计等主题交织在了一起。

情欲：《五十度灰》，E. L. 詹姆斯

这部大受欢迎的畅销书窥探了女性内心最深处的渴望，并通过探索情欲主题及其变化，创造了主流性爱小说的子类型，

书中主题变体涉及魅力、性爱权力、主导与屈服以及男女性别角色。

嫉妒:《奥赛罗》(*Othello*),威廉·莎士比亚

在这部悲剧中,奥赛罗的嫉妒不仅驱动主线情节,还与偏见、自我厌恶、忠诚、背叛以及复仇的主题紧密地交织在一起。

兄弟情谊:《兄弟连》(*Band of Brothers*),斯蒂芬·E. 安布罗斯(Stephen E. Ambrose)

安布罗斯的畅销书讲述了美军 101 空降师中的 E 连由于飞机受损全部伞兵未到达预定点着陆,他们一边寻找队伍,一边战斗的经历,后被拍成同名电视剧。兄弟情谊、战友情谊、忠诚、英雄主义以及为大局牺牲皆为该作品的主题(或主题变体),在他们面临的每一项任务中都很明显——从在诺曼底跳伞登陆法国,到拿下希特勒(Hitler)的鹰巢。

母爱:《喜福会》(*The Joy Luck Club*),谭恩美(Amy Tan)

这部感人的小说讲述了四位亚洲移民和她们的亚裔美籍女儿的故事,作者通过多种途径阐释母爱主题,提出关于文化隔阂和代沟的问题,同样也提出牺牲与忧愁、竞争与反叛、误入歧途的期望以及误解这些问题,一切都让这几对母女的关系更

加错综复杂。

冷漠:《海上扁舟》(*The Open Boat*),斯蒂芬·克莱恩(Stephen Crane)

这个令人悲伤的故事围绕沉船后随小艇漂泊的四人展开。正当他们努力向安全的远岸划去时,大自然的冷漠却对他们产生了重大影响,主题变体如生存的痛苦、人类存在的意义、人类对抗自然的无力感。最终,他们认识到人在冷漠的宇宙中只是孤身一人。

自爱:《美食,祈祷,恋爱》,伊丽莎白·吉尔伯特

这是一本结构堪称完美的回忆录。在找到并守住真爱之前,易受刺激的女主人公必须先学会自爱——善待自己的身体、内心和灵魂。要想过上爱意浓浓的日子,她必须先学会与自爱主题相关的各种变体——关爱自身、宽恕、真诚、真理等等。

自我厌恶:《最蓝的眼睛》(*The Bluest Eyes*),托妮·莫里森(Toni Morrison)

这部杰作探索了自我厌恶对小女孩皮科拉的毁灭性影响,以及这种感情对她的朋友、家人以及崇尚蓝眼睛最美的社会的影响。这个故事将自我厌恶、偏见、种族、阶层、服从与美丽

第二章 次要情节和主题变体

一起织入精致而可怕的悲剧之毯。

不忠:《安娜·卡列尼娜》,列夫·托尔斯泰

在这个关于禁忌之爱的经典故事中,已婚女性安娜与弗龙斯基伯爵的婚外恋是通过众多次要情节和主题变体来阐述的——包括狂热、爱情、婚姻、忠诚、服从以及完满生活的真正含义。

厌恶:《辛德勒的名单》(*Schindler's List*),托马斯·基尼利(Thomas Keneally)

希特勒对犹太人的疯狂仇恨成了这个故事的催化剂。小说讲述了二战中德国花花公子奥斯卡·辛德勒(Oskar Schindler)在自己克拉科夫的工厂雇佣犹太人,将他们从纳粹集中营拯救出来的故事。其中突出了英雄主义、牺牲、爱与人道主义等几大不同的主题。

单相思:《杰茜贝尔》(*Jezebel*),莱斯利·黑泽尔顿(Lesley Hazleton)

威廉·惠勒(William Wyler)曾拍过一部关于新奥尔良的自私固执的女继承人的电影,该片即以这部大受欢迎的剧作为基础,片中女主角由奥斯卡奖得主贝蒂·戴维斯(Bette Davis)扮演。女主人公曾因嫉妒、娇惯导致心爱的人离开她另娶他

人——她最终只能以慷慨、奉献和牺牲之名弥补过错,陷入单相思。

占有欲:《头号书迷》(*Misery*),斯蒂芬·金

言情小说家保罗·谢尔登遭遇车祸时被他的"头号书迷"安妮·威尔克斯救下,安妮将他带回家,逼迫他重写"苦儿查斯顿"(Misery Chastain)系列中的最新书稿,直到保罗写出让她心满意足的结果。安妮对谢尔登及其笔下人物苦儿的占有欲即该书的主题,但故事同样受到主题变体忠诚、痴迷和上瘾的驱动——不愧为斯蒂芬·金之作。

调情:《致命的诱惑》(*Fatal Attraction*),詹姆斯·迪尔登(James Dearden)

詹姆斯·迪尔登为英国电视栏目创作的短片,之后改编为重磅电影,讲述了一名已婚男子一夜情后生活大乱的故事。丹·加拉格尔〔由迈克尔·道格拉斯(Michael Douglas)饰演〕与亚历克丝·福里斯特〔由格伦·克洛斯(Glenn Close)饰演〕本来只是调情,但亚历克丝却将真爱、痴迷和精神错乱错综交织在一起。丹拒绝了亚历克丝后,惊恐地发现他挑起的不是对方的情欲,而是背叛、暴力和死亡——对他自己和家人皆是如此。在这部心理惊悚片中,调情主题点燃了所有这些主题变体。我们可以说亚历克丝是一个"情绪不稳定、复

仇心重的女人"吗?

痴迷:《情劫》(*Damage*)①,约瑟芬·哈特(Josephine Hart)
这是一部较短的小说,却令人痛彻心扉。一名中年人迷上了儿子不可捉摸的未婚妻,对他自身及其家庭都造成重创。这一切均是通过热情、不忠和背叛这些主题变体来呈现,最终会摧毁他挚爱的一切和全家。

无论选取哪种主题,你都可以利用气泡图判断主题变体,发展次要情节,随后织入主要情节。

> 我们很容易就能从狄更斯小说的结构安排中读出《火线》(*The Wire*)或《黑道家族》(*The Sopranos*)等优秀电视剧的组织形态。先有一条中心主线,但随后会从中分出各种次要情节。
>
> ——珍妮弗·伊根(Jennifer Egan)

2.4 谚语的主题力量

你也可以利用第一章中找到的谚语进行与主题变体相关的头脑风暴。假设你的主题是爱,最能反映你的中心主题的

---

① 《情劫》为现有中文版译名,书名直译即"重创"。——译者注

谚语是"爱能战胜一切",你将主要情节设定为典型的言情喜剧——男孩遇见女孩、男孩失去女孩、女孩又重回男孩身边——这就是受"爱能战胜一切"主题驱使构成的情节。你的次要情节可受该主题的变体驱动,包括:

- 爱糟透了。
- 爱即责任。
- 爱关乎两性。
- 欲爱人,先爱己。
- 爱过也失去过,比未曾爱过好得多。
- 爱即忠贞。
- 一朝被蛇咬,十年怕井绳。
- 爱温暖人心。

列出各种与你的创作主题相关的谚语,开展头脑风暴列出含有这些主题变体的次要情节。如遭遇思维停滞,可速查网站搜寻谚语、格言、俗语等。

这些与主题相关的谚语能够帮助你发展所需的次要情节。再以我们的《傲慢与偏见》为例,之前讨论的次要情节也可用下列谚语来总结,皆以"爱能战胜一切"为中心主题。

- **移情别恋**:惜取眼前人。

- **情欲**：爱和欲是两码事。
- **嫉妒**：哦！大人，请提防嫉妒，这是一头绿眼睛的怪兽……
- **兄弟情谊**：彼此相爱，情同手足。
- **母爱**：一盎司的母爱抵得上一磅牧师的教导。
- **冷漠**：爱是动词。
- **自爱**：忠于自己真实的一面。
- **自我厌恶**：厌恶他人之处，即厌恶自己之处。
- **不忠**：通奸的男人是十足的傻瓜，他会毁了自己。
- **厌恶**：小人嫉妒厌恶，以此表达仰慕。
- **单相思**：爱过也失去过，比未曾爱过好得多。
- **占有欲**：占有者在诉讼中占上风。
- **调情**：挑逗情欲，即挑起灾难。
- **痴迷**：爱不仅是对象，也是一种痴迷。

2.5 规划次要情节和主题变体

你已经探索了一些方法，通过构思次要情节来支撑主要情节，借主题变体反映中心主题。现在，来试试下面的"主题构思图"吧，玩得开心！

主题构思图

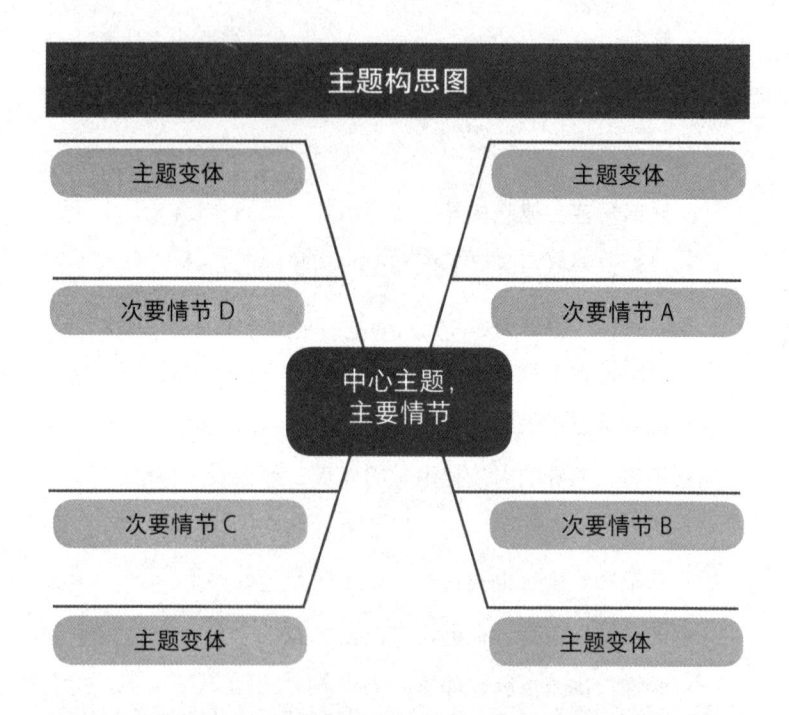

- 主题变体
- 主题变体
- 次要情节 D
- 次要情节 A
- 中心主题，主要情节
- 次要情节 C
- 次要情节 B
- 主题变体
- 主题变体

作家阅读书目

思考主题及其与情节的重要联系非常具有挑战性，诀窍是阅读、阅读，再阅读。如下为部分故事示例，标题反映的即是它们的主题，也是我们可以选用的主题。

- 《愤怒的葡萄》（*The Grapes of Wrath*），约翰·斯坦贝克（John Steinbeck）
- 《理智与情感》（*Sense and Sensibility*），简·奥斯汀
- 《奥赛罗》，威廉·莎士比亚

第二章 次要情节和主题变体

- 《杀死一只知更鸟》(To Kill a Mockingbird),哈珀·李(Harper Lee)
- 《天使在美国》(Angels in America),托尼·库什纳(Tony Kushner)

注:这些故事的电影版也同样精彩。

轻松激发好创意

今晚看场电影吧——观看一部设置了众多次要情节和主题变体的电影,这样就能看出结构精巧的故事在大银幕上会呈现出怎样的效果了。如下列表可以助你起步。

- 《马耳他之鹰》(The Maltese Falcon),汉弗莱·博加特(Humphrey Bogart)和玛丽·阿斯特(Mary Astor)主演
- 《卡萨布兰卡》(Casablanca),汉弗莱·博加特和英格丽·褒曼(Ingrid Bergman)主演
- 《理智与情感》,艾玛·汤普森(Emma Thompson)和凯特·温斯莱特(Kate Winslet)主演
- 《泰坦尼克号》(Titanic),莱昂纳多·迪卡普里奥(Leonardo DiCaprio)和凯特·温斯莱特主演
- 《月色撩人》(Moonstruck),雪儿(Cher)和尼古拉斯·凯奇(Nicolas Cage)主演
- 《漂亮女孩》(Beautiful Girls),马特·狄龙(Matt Dillon)和蒂莫西·哈顿(Timothy Hutton)主演

> - 《大逃亡》(*The Great Escape*)，史蒂夫·麦奎因（Steve McQueen）和詹姆斯·加纳（James Garner）主演
> - 《疯狂愚蠢的爱》(*Crazy Stupid Love*)，史蒂夫·卡雷尔（Steve Carell）和瑞恩·高斯林（Ryan Gosling）主演
> - 《撞车》(*Crash*)，唐·钱德尔（Don Cheadle）和桑德拉·布洛克（Sandra Bullock）主演
> - 《真爱至上》(*Love Actually*)，科林·费斯（Colin Firth）和利亚姆·尼森（Liam Neeson）主演

2.6　丰富你的主要情节以及次要情节

用于发展次要情节和主题变体的气泡图同样也可用于发展次要人物，而这些次要人物将驱动你创作刚刚在主题构思图上画出的次要情节。下一章中，我们会讨论如何将主人公和大反派都打造成复杂的人物，如何让次要人物成为服务于主人公和反面人物的真实镜子。创造多维人物的秘诀在于兼顾行动和心理两方面——它们既存于情节之中，也存在于主题之中。

> 交响乐即用乐器替代演员的舞台剧。
>
> ——科林·威尔逊（Colin Wilson）

第三章
行动即人物：主角、反派和配角

> 行动即人物。
>
> ——F. 斯科特·菲茨杰拉德

菲茨杰拉德笔下，盖茨比因黛西·布坎南重塑自我，在此引用这位女子的一句话："我们今天下午要拿自己怎么办？……一天之后呢，接下来的三十年中呢？"

这就是所有作家构思故事时都需要考虑的问题：我们要拿我们自己的盖茨比、考菲尔德和简·爱们怎么办呢？我们要在他们的路上设置哪些障碍？让他们经历怎样的艰难困苦？最终结果如何呢？我们要为他们设定怎样的动机？驱使他们采取行动、做出回应的动机又是什么？他们为何会做出某些举动？……你怎样才能向读者说清楚？

若说行动即人物，那么我们就需要让人物做些什么，因此情节大有用武之地。情节是人物所做的事情——他们让事情发生，事情反过来又会影响他们。正因如此，主题和主题变体不仅适用于情节，也适用于人物。你的主人公需要体现故事的主题并驱动主要情节；你的次要人物是反映主要人物的镜子，需要反映主题变体，驱动次要情节。本章中，我们将学习如何创造反映主题和主题变体的人物，并以此丰富主、次要情节。

3.1　人物驱动故事，便可为所欲为？

我知道你想说什么，你想说："我写故事前从来不构思，我认为关键在人物，我的故事受人物驱动。"

或许，你甚至会想，这本书中强调情节的所有内容都很蠢，这书的作者也很蠢。

我有一位优秀的作家客户——曾四次获得颇有权威的手推车奖（Pushcart Prize）提名。尽管他的能力已得到公认，且最近获得了艺术硕士学位，但在构思情节方面他还是会遇到问题。

"我不太在乎情节。"他告诉我。

不太在乎情节？真的吗？他不是在开玩笑吧？

我告诉他，现在也告诉你们：如果想写出能够获得商业成功的小说，你**需要**在乎情节。真的，我没开玩笑。〔值得表扬的是，我的客户恶补了构思情节的相关技能，最终与兰登书屋（Random House）签下两本书的合同，这表明两个问题：（1）你的经纪人一定没错；（2）构思情节会让你受益匪浅。〕

即便你的目标是创作纯小说，也请思考一下这个问题：在高校教授文学与写作课程、在文学杂志上发表短篇故事，是否已经能够让你心满意足？如果可以，没问题，无须再考虑情节。

但若想创作出成功的小说——像约翰·欧文、乔伊斯·卡罗尔·欧茨（Joyce Carol Oates）、爱丽丝·霍夫曼、尼尔·盖曼（Neil Gaiman）、戴维·塞达里斯（David Sedaris）、扎迪·史密斯（Zadie Smith）、丹尼斯·勒翰（Dennis Lehane）、石黑一雄（Kazuo Ishiguro）以及安妮·普鲁（Annie Proulx）那样作家的作品——你就既需要风格，也需要情节。故事中需要有事情发生——那些事情就是情节。

> 所有虚构小说都是关于人的，除非它讲的是伪装成人类的兔子。从本质上来说，虚构小说关乎行动中的人物，这意味着人物必须在时间中经历变化，这就是我们所谓的"情节"。
>
> ——玛格丽特·阿特伍德（Margaret Atwood）

3.2 做，还是不做

论及主题和语言同样丰富精彩的伟大作家，我们立刻就会想起英国文学中作品比其他作家更久经考验的这一位：威廉·莎士比亚。能够超越他语言天赋的，只有他制造戏剧效果的天赋——从比剑到自杀，从爱到恨，从谋杀到混乱，莎剧的情节安排堪称完美。更重要的是,他的戏剧总能触动重要的人类体验。因此,他剧作的主题四百年后依然能引发读者的共鸣。重中之重还在于,莎士比亚创造了精彩的人物,借他们承载主题,诠释情节。

莎士比亚深谙行动即人物,给人物安排了许多事情去做。这可能不仅出自他精湛的文学才能,背后还有取悦演员和观众的动机。但无论如何,这位作家都十分擅长让人物在引人入胜的情节中生动起来。

莎士比亚的人物在驱动各自情节的行动中也能够体现故事的主题,最具说服力的案例也许要数令人捉摸不透、流露着忧郁气质的哈姆雷特(Hamlet),他众所周知的迟疑不决并没减缓情节发展(水平有限的作者可能就会拖泥带水),反而驱动了故事。莎士比亚将哈姆雷特放进了这场黑暗的存在主义悲剧,使其受尽折磨:哈姆雷特看见幽灵,发誓为父报仇,让心爱的女孩心碎,雇佣演员团队重演父亲遭叔父杀害的场景,斥责母亲,杀死无辜者,被国王流放,躲避刺杀,遭遇海盗袭击,参加致命的比剑,眼见母亲代他喝下毒酒,刺伤对手,杀死国王,然后死去,最终却只赢得阵亡战士的称誉。

主人公迟疑不决、有负罪感,一方面认为"良心让我们都成了懦夫",另一方面又不停地思考"人是多么伟大的杰作"。对这样一个人来说,在剧中做这么多事情可真是不容易。然而，莎士比亚却让他做到了。我们会爱上这个备受折磨、有自杀倾向的年轻人，他生动地阐述了自己生活中令人费解的困境，也展现了我们生活中令人费解的状态。

哈姆雷特体现了行动即人物，尽管他复杂矛盾的性格让他始终保持着神秘感——至今让评论家们津津乐道。创造出如此全面的人物形象来驱动故事发展，是每一位作家都面临的挑战。不过我们将会发现，使用主题和主题变体能够帮助我们实现这一点。

> 我一句一句地写，不从理论出发思考。我只是努力深挖手中的人物来塑造故事。
>
> ——萨尔曼·拉什迪（Salman Rushdie）

3.3 创造复杂的人物

哈姆雷特不只是一个复杂的人物，他是所有复杂人物中最出彩的人物：他是行走的矛盾体。行走的矛盾体，可以被塑造成吸引人的人物，因为这种人物更接近现实生活中的人。我们人类都是行走的矛盾体——人生来如此。我们既善良又残酷，既快乐又忧伤，既高雅又粗俗，既温和又尖酸。我们会交替经历美妙和痛苦的时刻，优缺点并存，美德与罪恶同在。莎士比亚清楚这一点，也将这些元素注入哈姆雷特身上——因此，这个人物多年后依然深受人们喜爱。下图展示出哈姆雷特这个行走矛盾体的状态。

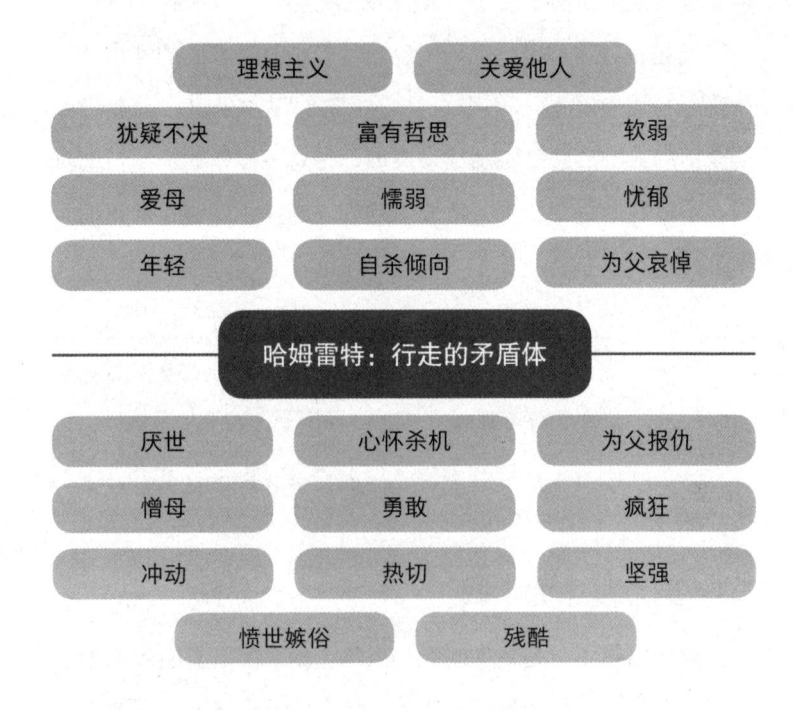

```
        理想主义              关爱他人
    犹疑不决      富有哲思        软弱
     爱母         懦弱          忧郁
     年轻        自杀倾向       为父哀悼
    ─────────────────────────────────
            哈姆雷特：行走的矛盾体
    ─────────────────────────────────
     厌世         心怀杀机       为父报仇
     憎母          勇敢          疯狂
     冲动          热切          坚强
           愤世嫉俗         残酷
```

在这个气泡图中，我们可以看出哈姆雷特性格中的矛盾构成元素。上图中有一条线，分开上下对立的两部分。

理想主义　　　　　愤世嫉俗
犹疑不决　　　　　冲动
爱母　　　　　　　憎母

第三章 行动即人物：主角、反派和配角

懦弱	勇敢
富有哲思	热切
关爱他人	残酷
年轻	厌世
忧郁	疯狂
软弱	坚强
自杀倾向	心怀杀机
为父哀悼	为父报仇

这些对立面在哈姆雷特的内心不停地此消彼长——成为情节冲突的素材，他矛盾的冲动对情节起到驱动作用。

- 他坚信廉耻和忠诚是人类的美德，却也认为人就是"一件艺术品"。
- 他无法下决心杀国王，以为国王藏在幕后却出于冲动刺了过去（哟！刺错了）。
- 他爱母亲，却厌恶母亲在父亲尸骨未寒之时嫁给国王。
- 他装疯卖傻逃避命运，却甘愿冒死为父报仇。
- 他从纯理性出发分析一切，却跟随感情冲动回应、行事、发怒。
- 他在乎奥菲利娅，却伤透了她的心。
- 他年轻、主动，却也厌世、被动。

- 他无比压抑,以至于难以采取行动,却精心策划,证明了国王的罪孽。
- 第一次刺杀国王他临阵退缩,最后却成功实现。
- 他想自杀,也想刺杀国王。
- 他哀悼亡父,却计划为父报仇。

> 作家应该创造活生生的人;人,而不是人物。人物只是漫画。
>
> ——欧内斯特·海明威(Ernest Hemingway)

让主人公对得起读者

塑造人物时,从主人公开始。你要让人物承载主题,驱动主要情节,但最重要的是需要让人物引发读者的共鸣——让读者爱上你的主人公。他应该成为读者从第一页到最后一页都会支持的男主人公——中间部分也愿陪他一路同行;她应成为读者甘愿跟随她出生入死的女主人公——陪她经历路上全部的艰难坎坷。

若不能创造强大的主人公,故事就会输在起跑线上。从方方面面来说,小说家都要依靠人物,因此需要尽可能使其栩栩如生。让他真实,让她立体,让他们成为行走的矛盾体。

为主人公画一张气泡图辅助构思,就像我之前画的哈姆雷

第三章　行动即人物：主角、反派和配角

特分析图一样。列出主人公的个性和精神的矛盾面、品质、怪癖、特征以及个人倾向，越多越好。

列出一些矛盾组合，思考该如何植入中心主题与情节，以及该如何植入主题变体和次要情节。构思故事时，请考虑如何使这些对立的力量结合。

例如，假设你想写一个爱情故事，主人公是一位名叫爱丽丝的女孩。你这位女主人公是居住威尼斯海滩边上的一位32岁的雕塑家，身为演员的未婚夫在圣坛弃她而去。你的主题是"爱能战胜一切"，主题变体包括"一朝被蛇咬，十年怕井绳"以及"爱过也失去过……"。

下面我们列出爱丽丝的矛盾特征组做示范。

- 心碎，却依然相信爱。
- 迷人，却对自己的容貌丧失自信。
- 有勇气继续前行，却不敢再次恋爱。
- 创作时很大胆，却怯于同男性打交道。
- 生性浪漫，却对男人心存怀疑，尤其是对从事演员这一职业的人。
- 她爱父亲，却厌恶他玩弄女性。
- 她爱母亲，却厌恶她敏感多疑。
- 艺术方面她敢于打破传统，爱情方面却矜持保守。
- 身为艺术家互助团体的一员，她内心却十分孤独。

- 她喜欢看旅游频道，却没去过其他地方。
- 痴迷19世纪90年代的新艺术流派，却无奈生于21世纪。
- 宽以待人，却严于律己。
- 爱玩，却始终在工作。
- 她创造的作品和谐美妙，却感到自己支离破碎、丑陋无比。

对立特征组可以生发多种中心主题、主要情节、主题变体和次要情节，有些你已经想到，有些可能尚待发掘，让我们一起尝试构思部分场景。

心碎，却依然相信爱。此处提及爱丽丝的背景故事——演员未婚夫在圣坛抛弃了她。这一点也意味着她很浪漫，依然相信爱，最终还是会冒险再次恋爱，前提是她需要学会慧眼识人（可插入另一位没在一起的男性朋友）、遇到如意郎君（与白马王子的主要情节）、聆听明眼好友的建议（可插入她密友爱情稳定幸福的次要情节）并借机安插更多情节。也可以设计成她没有听从**愤世嫉俗**的好友的建议（可插入她好友不信任男人、不愿恋爱的次要情节）。由你定夺。

迷人，却对自己的容貌丧失自信。从这一组矛盾特征可推断出女主人公在工作室辛勤工作，穿着溅满颜料的工作服，塑黏土时满手泥巴。她回避与潜在有缘人接触的种种机会，对自己的头发、妆容和配饰满不在乎。可插入这样的次要情节：

第三章　行动即人物：主角、反派和配角

她的大姐（这下她有姐姐了！）是一位喜欢逛梅尔罗斯大街（Melrose Avenue）的超级时尚迷，责怪小妹不修边幅，迫切想让她大变身。

有勇气继续前行，却不敢再次恋爱。在圣坛被抛弃致使爱丽丝专注于工作，不想爱情——各种潜在的可能性就出现了。她获得了一份兼职的工作，在成人雕塑兴趣班，因此需要雇佣画室模特，他们大部分都是待业演员——和那个在圣坛弃她而去的人是同行。这只是我们围绕爱丽丝性格矛盾构建次要情节的可能性之一。

创作时很大胆，却怯于同男性打交道。在我们的情节中如何体现这一点呢？也许爱丽丝创造了一系列新作品，将两性关系崇高化，并从男性裸体获取灵感——大胆之举！但当发现自己被一位雕塑家学生吸引时，她却步了，躲回教师身份，尽管这种好感是相互的。

生性浪漫，却对男人心存怀疑，尤其是对从事演员这一职业的人。爱丽丝可能依然相信爱，却不再相信演员。然而……当雕塑班中一位模特与她调情时，她把他解雇了。不过，你猜猜，她下一位裸体模特雕塑应该是谁？

她爱父亲，却厌恶他玩弄女性。有一个喜欢玩弄女性的父亲，可以让任何故事的主要和次要情节、主题和主题变体丰富起来。爱丽丝的背景故事可以涉及儿时父亲为何离开母亲（还有她），可以让父亲二十年后再来看她，通过她重新审

59

视过去的事件。或让父亲在爱丽丝的生活中扮演重要角色——如被第四任妻子踢出家门后,他不得不在爱丽丝的工作室暂住。仅举几例。

她爱母亲,却厌恶她敏感多疑。心理学家常说,所有小两口的床上其实都躺着六个人:他,她,双方父母。(这就是为何父母与配偶父母常常成为重要的配角——他们是男女主角的镜子!)和爱丽丝的父亲一样,她母亲也可以成为灵感的金库。也许母亲是一位富有却敏感多疑的女性——爱丽丝得知母亲雇用了私家侦探跟踪她的未婚夫,然后利用她的发现逼迫对方离开小城,让女儿心碎却免于与一个失败者共度一生。也可以是她母亲离婚后立即再婚,总是教导女儿丈夫还是老实无趣的好——尽管她显然还爱着爱丽丝的父亲。同样地,这一部分存在无限可能。

艺术方面她敢于打破传统,爱情方面却矜持保守。也许爱丽丝应该让爱情生活更现代化——改改她老派的神经过敏的态度,至少她的好友男同性恋艺术家杰克总是这么说她。他略微施压,让爱丽丝走"爱美丽式路线"[①],爱丽丝对此感到无比陌生。或可将最后赢取她芳心者设定为挑战她传统恋爱路线的人。

身为艺术家互助团体一员,她内心却十分孤独。爱丽丝被

[①] 此处可能指童年家庭没有温暖,长大后自行探索爱情的《天使爱美丽》女主人公路线。——译者注

第三章 行动即人物：主角、反派和配角

抛弃后自我孤立，但我们可以让她的亲朋好友（这下她有许多亲朋好友了！）引她走出封闭状态。生日惊喜聚会、在当地画廊展览她的大胆新作，她不得不参加的婚礼、洗礼、葬礼……发挥你的想象力吧。

她喜欢看旅游节目，却没去过其他地方。艺术家竟然没去过巴黎？旅程即将开始。也许这是爱丽丝计划去度蜜月或享受理想假期的地方，但一想到没有未婚夫同行她就难以承受。或许她可以踏上一个人的蜜月之旅——一切都会随之改变。

痴迷于 19 世纪 90 年代的新艺术流派，却无奈生于 21 世纪。我们不是刚送她去巴黎吗？巴黎——新艺术作品随处可见，从地铁站开始，我们的女主人公就可以从一个街区走向另一个街区，最后遇到真命天子。想象一下吧，在巴黎她会遇到哪些男子。或遇不到。如果你希望让爱丽丝在美国境内，那么她也许可以通过时光旅行穿越回 19 世纪 90 年代，遇到神秘的艺术家，并和克利姆特、图卢兹-劳特雷克和穆夏等人愉快交谈，展开一段穿越时空的浪漫关系。

宽以待人，却严于律己。我们怎样利用爱丽丝的慷慨推动情节呢？也许她在照看一位年迈的邻居——这位邻居则努力撮合爱丽丝与她的孙子、侄孙等单身男性亲戚。这可以成为贯穿故事始终的次要情节——直到合适的孙子出现。也可以将爱丽丝的年迈邻居设置为一位鳏夫，因为喜欢爱丽丝送来的汤，开始给她讲述亡妻和他们长达 65 年的婚姻。

爱玩，却始终在工作。这样如何：爱丽丝为超级时尚迷姐姐照看孩子，这样我们就可以写写爱丽丝阿姨怎样陪孩子们一起玩耍。但我们也发现，她每周六晚上都是这样度过的。还可以让她独自一人在工作室里，准备创作时翩翩起舞。也可以让作品本身展现出她爱玩的天性：由于与人相处时遭遇打击，她转而雕刻动物——企鹅和小狗崽等——因此波士顿儿童博物馆（Boston Children's Museum）委托她创作大型作品。

她创造的作品和谐美妙，却感到自己支离破碎、丑陋无比。这一主题涉及自我价值，应融入主要情节，因为如意郎君必须能够珍视爱丽丝本人——且同时尊重她的天赋和脆弱。爱丽丝必须先治愈破碎的心，才能爱上另一个人，给予如意郎君应有的爱。我们怎样让这一部分戏剧化呢？这就需要设置重大而无私的浪漫之举，就像欧·亨利（O. Henry）的《麦琪的礼物》(*The Gift of the Magi*)那样。爱丽丝和她的如意郎君会做出怎样的举动证实自己的价值呢？也许他也是一位艺术家，悄悄放弃了自己在展览中的布展空间，让她的作品有一席之地。也许她巧妙地以自己的形象为基础，创造雕塑作为礼物送给他，这尊雕塑反映的恰是他眼中的爱丽丝——也是爱丽丝慢慢认识到的自己。

第三章 行动即人物：主角、反派和配角

> 我书中的许多人物都有自我毁灭的冲动，他们会做自己明知不妥的事情，却执拗地为做错的事情偷着乐。
>
> ——理查德·拉索（Richard Russo）

从这个基于爱丽丝的简单头脑风暴练习可以看出，列出人物的矛盾之处大有裨益，可用于构建主要情节、次要情节、主题以及主题变体。更重要的是，这个练习有助于让你看到将人物视为行走的矛盾体的好处，这种思路有助于丰富故事的次要人物，以此反衬主人公，推动故事次要情节的发展。

创作实践

完成主人公的矛盾体气泡图之后，再根据这些矛盾特征组做场景列表，简要描述次要情节和次要人物。展开头脑风暴，尽可能多想一些场景，就像我们在爱丽丝的故事中练习的那样。写得越多，构思就越容易起步——你对人物的理解也就越深。

谈谈次要人物

你的主人公是所有演职人员的支点——如当一系列事件动摇丹麦王国的腐败根基时，哈姆雷特正处于这些事件的中心。头脑风暴列出主人公的矛盾特征组之后，请继续头脑风暴，画出次要人物气泡图。像在爱丽丝的故事中练习的那样，

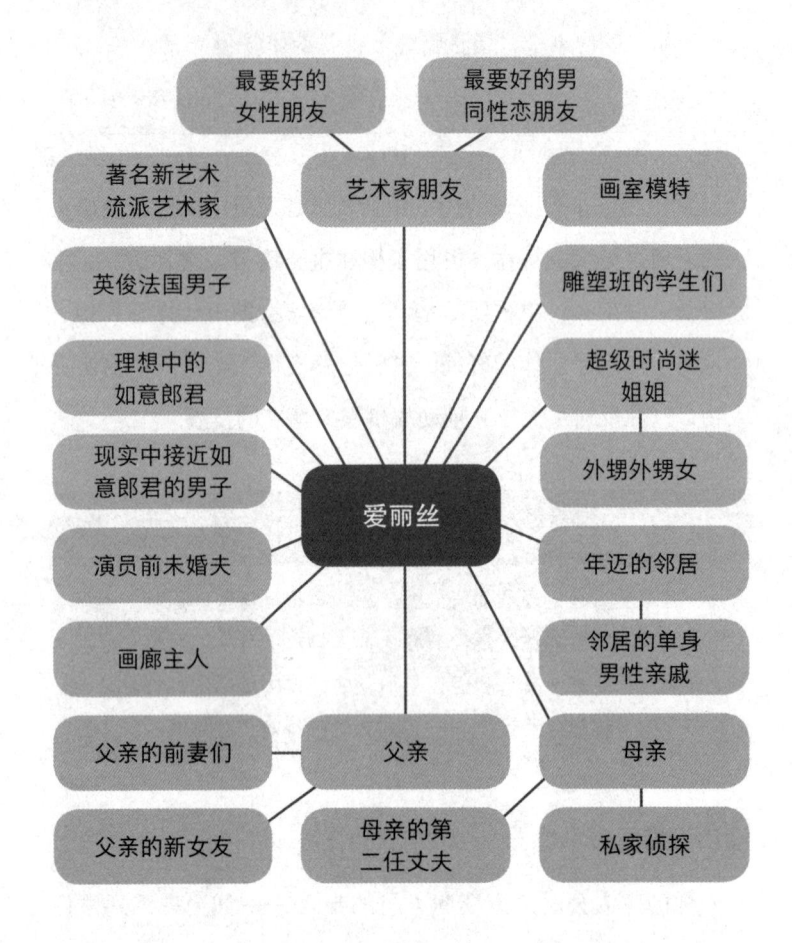

以你的主人公为中心构建气泡图，示范如下。

```
        最要好的            最要好的男
        女性朋友            同性恋朋友
            \              /
著名新艺术      艺术家朋友        画室模特
流派艺术家
                               雕塑班的学生们
英俊法国男子
                               超级时尚迷
理想中的                        姐姐
如意郎君
                               外甥外甥女
现实中接近如          爱丽丝
意郎君的男子                    年迈的邻居

演员前未婚夫                   邻居的单身
                               男性亲戚
画廊主人

父亲的前妻们      父亲          母亲

父亲的新女友     母亲的第       私家侦探
                 二任丈夫
```

第三章 行动即人物：主角、反派和配角

> 我的人物常常让我惊讶，他们就像我的朋友们一般——我可以给他们建议，但他们不听。如果你的人物很真实，他们就会让你惊讶，像现实生活中的人一样。
>
> ——劳雷尔·K. 汉密尔顿（Laurell K. Hamilton）
>
> 有时，甚至在写完书之后，我都分不清谁是好人、谁是坏人。我觉得写灰色人物比写黑白分明的人物更有趣。
>
> ——哈兰·科本（Harlan Coben）

认真塑造反面人物

主人公碰上的反面人物应该同样精彩，许多作家把反面人物安排得过于草率——故事会因此遭遇严重损失。确保对手聪明强大，激发主人公展现最好或最坏一面的最佳途径，就是使用与塑造主人公相等的时间来设计大反派。

如下是部分令人满意的反面人物，我们都非常憎恨他们。

- 汉尼拔·莱克特〔来自托马斯·哈里斯（Thomas Harris）作品《红龙》(*Red Dragon*)[①]〕
- 克劳迪斯（来自威廉·莎士比亚作品《哈姆雷特》）

[①] 《红龙》为《沉默的羔羊》前传。——译者注

- 伏地魔（来自 J. K. 罗琳的"哈利·波特"系列）
- 护士拉契特〔来自肯·克西（Ken Kesey）作品《飞越疯人院》（*One Flew Over the Cuckoo's Nest*）〕
- 沙威〔来自维克多·雨果（Victor Hugo）作品《悲惨世界》（*Les Misérables*）〕
- 克吕埃拉·德·维尔〔来自多迪·史密斯（Dodie Smith）作品《101 斑点狗》（*The Hundred and One Dalmatians*）〕
- 丹弗斯太太〔来自达芙妮·杜·穆里埃（Daphne du Maurier）作品《蝴蝶梦》（*Rebecca*）〕
- 鲨鱼〔来自彼得·本奇利（Peter Benchley）作品《大白鲨》（*Jaws*）〕
- 邪恶继母〔来自夏尔·佩罗（Charles Perrault）作品《灰姑娘》（*Cinderella*）〕
- 安妮·威尔克斯（来自斯蒂芬·金作品《头号书迷》）
- 莫里亚蒂教授〔来自亚瑟·柯南·道尔（Arthur Conan Doyle）作品《福尔摩斯探案集》（*Sherlock Holmes*）〕
- 希利·霍尔布鲁克〔来自凯瑟琳·斯托科特（Kathryn Stockett）作品《相助》（*The Help*）〕
- 索伦（来自 J. R. R. 托尔金作品《魔戒》）

反面人物的确可以催促主人公加快步伐，他们聪明却残酷，无情却足智多谋，力量强大却不怀好意。这群人可以让我

第三章　行动即人物：主角、反派和配角

们的主人公死去活来，逼迫他们遇到每件事时都使出浑身解数。这是一场举步维艰的战役，精彩的冲突和戏剧效果从中而生；换言之，精彩情节从中而生！

最棒的反面人物和最棒的主人公一样，也是行走的矛盾体。不少作家带着黑白分明的眼光看大反派——完全黑暗邪恶，不带一丝令人尊敬的品质——可那种大反派只是漫画式的，无法成为全面的人物。请看如下气泡图，分析一下给人留下深刻印象的大反派汉尼拔·莱克特。

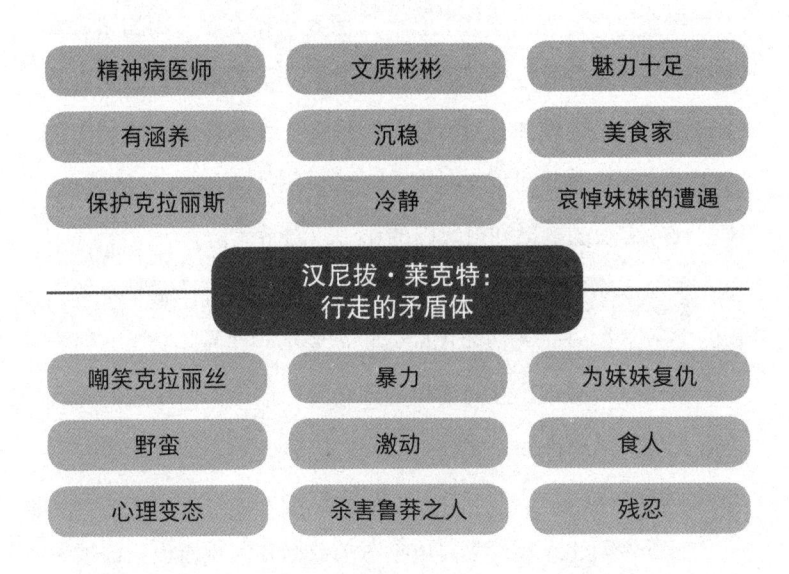

精神病医师	文质彬彬	魅力十足
有涵养	沉稳	美食家
保护克拉丽斯	冷静	哀悼妹妹的遭遇

汉尼拔·莱克特：行走的矛盾体

嘲笑克拉丽丝	暴力	为妹妹复仇
野蛮	激动	食人
心理变态	杀害鲁莽之人	残忍

画出气泡图能够帮助你塑造全面的大反派，让读者在支持主人公的同时也尊重反面人物。切记：要让主人公的死对

头同样出彩。

> 我总是喜欢写灰色人物，写有人情味的人物，不管是巨人、精灵还是矮人，其他某些生物也同样具有人类的性情，人心始终处于矛盾之中。
>
> ——乔治·R.R.马丁

3.4 深入挖掘人物

现在你已经列出了主人公、反面人物和次要人物的矛盾特征，可以开始考虑这些矛盾特征组对主、次要情节的影响以及它们如何反映主题和主题变体了。现在，我们该深入挖掘人物了。深挖意味着尽可能多地了解人物——从他们头发的颜色、体型到最喜欢的电影和最黑暗的秘密，洞悉一切。

了解人物的最佳途径即创建个人档案，人物档案是发展人物的常用方式——写故事的时候也需要不时回顾。

但这些档案远不止是简单的追踪器，你还可以用它们深入塑造人物，俘获世界各地读者的心。诀窍在于，创建档案时需潜到表面之下。

如下为创建人物档案时可参考的数据和问题模板，该模板可用于你所有的人物。如果暂时无法填出完整档案，别担心，人物在故事中生长需要一定时间。你可以在探索过程中逐步补充材料——并慢慢揭示出来。随着故事的展开,你的人物会展现出更多特征。

> 我会打小抄,记下每个人物的性格、相貌等,所以不可能遇到思维停滞的问题。
>
> ——R. L. 斯泰恩(R. L. Stine)

人物档案

姓名 _____

年龄 _____

婚姻状况 _____

性取向 _____

头发 _____

眼睛 _____

身高 _____

体型 _____

生日 _____

出生地点 _____

母亲姓名 _____

父亲姓名 _____

兄弟姊妹 _____

家中排行 _____

最美好的童年回忆 _____

最糟糕的童年回忆 _____

高中 _____

成绩 _____

被一致看好"最可能做" _____

大学专业和小方向 _____

最爱的书 _____

最爱的电影 _____

崇拜的英雄 _____

首选药物 _____

美德 _____

恶习 _____

心怀愧疚的乐事 _____

愿为之奋斗的事情 _____

愿为之牺牲的事情 _____

最大的教训 _____

有待吸取的教训 _____

与母亲的关系 _____

与父亲的关系 _____

与兄弟姊妹的关系 _____

为他人保守的最大秘密 _____

自己最大的秘密 _____

童年最大的谎言 _____

成年后最大的谎言 _____

世界上最爱的地方 _____

童年最尴尬的时刻 _____

第三章 行动即人物：主角、反派和配角

成年后最尴尬的时刻 _____
童年最为屈辱的失败 _____
成年后最为屈辱的失败 _____
童年最怕的事物 _____
成年后最怕的事物 _____
最棒的应对机制 _____
最糟的应对机制 _____
初恋 _____
最近一次恋爱 _____
宠物 _____
最爱的配餐 _____
最爱的运动 _____
最要好的童年伙伴 _____
现在最要好的伙伴 _____
敌人 _____
亦敌亦友者 _____
已克服的障碍 _____
待克服的障碍 _____
目前职业 _____
理想职业 _____
最宏大的抱负 _____
银行余额 _____
信用评分 _____
宗教信仰 _____
与老板/员工的关系 _____
与爱侣的关系 _____

> 与上帝的关系 _____
> 他/她如何遇到另一半的 _____
> 初次性爱经历 _____
> 最佳性爱经历 _____
> 最美妙的假期 _____
> 最糟糕的假期 _____
> 最理想的工作 _____
> 最糟糕的工作 _____
> 如果他/她赢了彩票 _____
> 谚语 _____
> 人生格言 _____
> 若需打印版,请访问 www.writersdigest.com/plot-perfect-worksheets。

> 我写人物、情境和关系时,都会充分动用自己对世界的有限理解、从朋友那儿听说的事情以及对亲戚的观察。
>
> ——查理·考夫曼(Charlie Kaufman)

人生格言……

也许人物档案模板中的最后一条是最重要的:人生格言。你的主人公相信什么——这种信念在你的故事中将遭遇怎样的质疑?他的原则是什么?各类事情发生时他将如何坚守原则?他的个人原则如何影响他的关系和行为?

第三章　行动即人物：主角、反派和配角

人生在世，我们都有自己倾向的生活方式。有时，潜意识动机决定我们内心最深处的渴望，掌控我们的决策。

我只是希望快乐。

我只是希望被爱。

我只是希望主导。

我只是希望清净一点。

我只想创作。

我只想探索。

我只想帮忙。

你的男主人公只希望怎样？你的女主人公只想做什么？这些愿望如何与反面人物以及次要人物发生冲突？这些动机将如何驱动主要情节和次要情节？

> 写书前，我会与人物亲密相处。我会剪出他们的图片贴在墙上，会为每位主要人物画时间轴以及他们各自在整部小说中对应的关键时间点：当我的人物们拼命解决问题时，他们所处的世界正在发生什么？
>
> ——沃尔特·迪恩·迈尔斯（Walter Dean Myers）

人物的人格类型

你可能会发现，从零开始塑造人物十分困难。倘若你自认为擅长构思情节，但在人物发展方面感觉有些粗枝大叶，更会深有感触。但即便你认为发展人物是自己的长项，还是需要下功夫，确保人物足以吸引人，才能让读者保持兴趣。面对一个故事，编辑们最常抱怨的一句话是："我就是没法爱上这些人物。"避免这种问题的方法之一就是探索人格类型。

研读现有人格分类法，判断哪一种适合你的故事创作。你喜欢迈尔斯-布里格斯类型指标（Myers-Briggs Type Indicator）测评吗？如果喜欢，可以将你活泼的女主人公设定为ENFP型①，将坚强、沉默寡言的男主人公设定为INTJ型②，并据此设定情节。若是倾向九型人格（Enneagram）分类法，可将诗情画意的女主人公设为4（艺术家型），将政治化的大反派设为3（领导者型）。也许你是星座迷，可将热情的女主人公设为白羊座，将其坚定稳重的另一半设为金牛座。你可以将笔下职业女性的女主人公设为典型的A类人格，将她悠闲放松的音乐家如意郎君设为B类。还可参考古希腊英雄设置你的主人公，使其呈现出可能引发其失败的悲剧性格弱点。

设置人物有多种途径，请按需择取合适的方法。但无论怎样，都要动脑思考。你的人物会感谢你的——读者也会。

---

① 外向、直觉、情感、感知的缩写。——译者注
② 内向、直觉、思维、判断的缩写。——译者注

第三章 行动即人物：主角、反派和配角

> **作家阅读书目**
>
> 如下参考资料有助于创造出精彩的人物。
>
> - 《排行的秘密：出生顺序如何影响人的一生》（*The Birth Order Book: Why You Are the Way You Are*），凯文·莱曼博士（Dr. Kevin Leman）
> - 《出生顺序的影响》（*The Birth Order Effect*），克利福德·E. 艾萨克森（Clifford E. Isaacson）
> - 《天生不同：人格类型识别和潜能开发》（*Gifts Differing: Understanding Personality Type*），伊莎贝尔·迈尔斯（Isabel Myers）和彼得·B. 迈尔斯（Peter B. Myers）
> - 《12星座人》（*Linda Goodman's Sun Signs*），琳达·古德曼（Linda Goodman）
> - 《问题之书》（*The Book of Questions*），格雷戈里·斯托克（Gregory Stock）
> - 《九型人格：了解自我、洞悉他人的秘诀》（*Personality Types: Using the Enneagram for Self-Discovery*），唐·理查德·里索（Don Richard Riso）和拉斯·赫德森（Russ Hudson）
> - 《九型人格全书》（*The Everything Enneagram Book*），苏珊·雷诺兹（Susan Reynolds）
> - 《诗学》，亚里士多德（Aristotle）
> - 《心理类型》[*Psychological Types*，选自《荣格作品集·卷六》（*The Collected Works of C.G. Jung, Vol. 6*）]，C. G. 荣格（C. G. Jung）

> **轻松激发好创意**
>
> 为故事选角,就像为影片选角。你希望让谁扮演男主人公?让谁扮演女主人公?大反派呢?搜索可在故事电影版中出演相应角色的男女演员照片,进一步找出他们的定妆照,看看他们开什么样的车,住什么样的房子。将这些图片贴进笔记本或收藏在电脑中,放在对应人物的名下。继续完善人物档案、想象人物在行动中的表现或需要找寻灵感时,请参照这份资料。

本章开头,我们引用了黛西·布坎南在《了不起的盖茨比》中的哀叹:"我们今天下午要拿自己怎么办?……一天之后呢,接下来的三十年中呢?"现在你对自己的人物有了更深的理解,并认真构思了他们会拿自己怎么办——即便不知道接下来三十年有何变化,至少也能确定他们下一个场景该做什么了……还有后面一个场景……再后面一个场景。

话已至此,我们便自然地过渡到了与场景相关的讨论,这是情节的基本构件。下一章中,我们将讨论强大场景的构成元素,用它们逐步构建情节。

> 我想,所有的人物,尤其是探险或英雄小说中的人物,归根结底是我们关于自己的梦想。有时,这些人物非常具有揭示作用。
>
> ——阿兰·摩尔(Alan Moore)

第四章
场景：情节的基本单位

> 将一切展示给读者看，什么都别直接告诉他们。
> ——欧内斯特·海明威

无论你的主题多么丰富，如今的市场都要求我们以场景呈现故事。无论你的情节多么巧妙，如今的市场都要求我们以场景呈现故事。再强调一遍：**如今的市场要求我们以场景呈现故事。**

如果你在为舞台剧或影视剧创作剧本，你可能会想：这不明摆着吗。但倘若你在创作短篇故事、回忆录或小说，也许会想：慢着……可我们有必要认识到，小说和非虚构类作品有着影视剧和舞台演出无法企及的一面——窥探人物的内心生活。只有在这些文学形式中，作者才能直接揭示人物的所思所感，而读者们很看重这一点。因此，尽管影视剧和剧院演出能够带来刺激的体验、强大的视觉吸引力，文学的确面临巨大的竞争压力，但读者们还是会选择回归短篇故事、小说和回忆录。他们希望瞥见最爱人物的内心世界——从霍尔登·考菲尔德、亨伯特·亨伯特到戴维·塞达里斯和伊丽莎白·吉尔伯特。

即便如此，小说和非虚构类创意写作在某些方面还是处于劣势地位，因为没有外部冲突的内心生活非常致命，被困于整天沉思却无所作为的大脑之中，实在是太痛苦了。（我们都认识这种人，也不想跟他们一起共进午餐，更不乐意读他们的书。）

没有戏剧化处理，故事就了无生机，永远都找不到读者或出版商，在文学史上更是难以立足。书稿被拒的最常见原因之一是，作者未能在故事中创造出戏剧效果，通篇都是高谈阔论——只说不做。什么事情都没发生，就算有，读者也是通过某个人物的转述听到的，没有机会与人物一起亲身体验。这样写故事，相当于在法庭上用小道消息作证。

"展示，别直接告诉。"这句经典的作家箴言，可以溯源到海明威或亚里士多德。尽管你可能对这条建议心怀不满，但若想写出畅销书，还是有必要坚持尽力通过场景来呈现故事。

> 给我一台打字机，要是当天我心情特别好，就能写出一个让读者震惊的场景。它也许会让读者哈哈大笑，也许会让他们号啕大哭——能够施加感情影响力。这并不算太费劲。
>
> ——阿兰·摩尔

场景是情节的基本构成单位，以场景呈现故事能确保每页

第四章 场景：情节的基本单位

都有事情发生。本章中，我们将学习如何成就精彩场景，了解以场景呈现故事为何有助于顺畅地打造情节——从第一页直至最后。

4.1 何为场景？

场景的定义即为**连续的行动**。这是从电影角度看写作的真实意义：用连续行动的小片段来讲故事。我们讨论的行动并不局限于大爆炸或飙车——不过如果你在写惊悚片或历险故事，这种行动的确会出现。行动大小不一、形态各异，激烈程度也不同，从害羞少年的初吻到寡居老人在亡夫的葬礼上发表悼词，一切皆有可能。

以下为文学史上部分感人场景，让我们记忆犹新——在纸质书和电影版本中，这些场景成了经典。这些场景是连续行动的基本单位，而推动故事的正是这些行动——其中还带着重磅的感情刺激。更重要的是，它们不会**告诉**我们关于人物的事情，它们会将人物的所思所感清晰地**展示**给我们看。

- 阳台场景，来自威廉·莎士比亚的《罗密欧与朱丽叶》（*Romeo and Juliet*）。（"哦，罗密欧，罗密欧，你为什么要是罗密欧？"）我们看着一对年轻的情侣陷入禁忌的爱河并回忆起自己第一次坠入爱河的经历。
- 晚餐场景，汤姆的妈妈给自己好斗的丈夫送上伪装起来的狗粮，来自帕特·康罗伊（Pat Conroy）的《浪潮王子》(The Prince of Tides)。（"真是一顿像样的饭，莉拉。简简单单，但真的不错。"）当莉拉给丈夫送上狗粮时，我们和孩子们一样震惊，却感到大快人心——我们希望他别吃出来是什么。

- 伊丽莎白·班内特无意间听到达西先生背后侮辱她的舞会场景，来自简·奥斯汀的《傲慢与偏见》。（"她长得勉强过得去，但还没漂亮到足以诱惑我……"）当伊丽莎白被傲慢的达西先生冒犯时，我们对她的愤慨也感同身受——似乎又回到了自己青春年少时愤愤不平的那一刻。

- 医院场景，盖普妈妈怀上儿子时，来自约翰·欧文的《盖普眼中的世界》。〔"她感到自己比翻过的沃土——滋润的土地更易于吸收——盖普射入她身体时，她感到像夏日的水管一样充盈（好像可以灌溉整片草坪一样）。"〕当珍妮·菲尔兹决定让盖普成为她梦想中孩子的精子捐献者时，我们惊讶于她的足智多谋——尽管我们会为她备受争议的残酷行为感到局促不安。

- 凯特尼斯·伊夫迪恩坚持替代被抽中参赛的妹妹波利姆，来自苏珊·柯林斯（Suzanne Collins）的《饥饿游戏》。（"我自愿当贡品！"）当她自愿替代妹妹参加有去无回的游戏时，我们爱上了这个角色。我们在《饥饿游戏》中一路支持她——同时也会思考自己是否有勇气做出和

第四章 场景：情节的基本单位

她一样的选择。

- 丹妮莉丝走进亡夫火葬的木柴堆的场景，来自乔治·R. R. 马丁的《权力的游戏》。（"我是风暴降生丹妮莉丝，龙之女，龙之妻，龙之母，你不明白吗？"）看着丹妮莉丝走进火堆与亡夫团聚，是小说中最有力的场景之一。看着这个场景发生，我们也受到了她对自己命运信念的诱惑，愿与她一起走入其中——我们希望面对自己的命运时也能如此自信。

- 莉丝贝特·莎兰德面对虐待者扭转局势的场景，来自斯蒂格·拉森（Stieg Larsson）的《龙文身的女孩》（*The Girl with the Dragon Tattoo*）。（"我是一头有施虐狂的猪，是个堕落的人，是个强奸犯。"）莉丝贝特对折磨者精心策划、仔细实施的复仇计划既令人震惊，又大快人心——每一步我们都紧跟她的步伐，心系每一位曾遭遇男人虐待的女孩。

并非所有场景都能像上述场景那样令人记忆深刻，但你可以让故事中的每一个场景都吸引读者，以小说和回忆录独有的形式去打动他们。

> 别告诉我月亮闪闪发光，让我看碎玻璃上的光点。
> ——安东·契诃夫（Anton Chekhov）

4.2 用故事问题引领创作

如果将整个故事当作一系列连续行动是你的噩梦,那么欢迎来到剧作家的世界。言归正传,以场景呈现故事可能颇具挑战性,如果你依赖于背景故事和解释,那就更是难上加难。许多作家过分依赖于背景故事和解释,这是一种误区。

然而,一旦掌握根据场景写故事的技能,你就会发现这是增强故事戏剧效果的有效途径,而且会妙趣横生。诀窍在于竭尽所能从**故事问题**的角度来构思,重点并不在于巧妙的行动顺序。

故事问题是读者在阅读过程中会问自己的问题。作为小说家,你的职责是在故事中找到恰当的提问方式,引诱读者继续阅读找寻答案。

有三种基本的故事问题类型:统领性问题,大故事问题,小故事问题。吸引人的故事能够将大大小小的故事问题穿插在叙述中,并受统领性问题的驱动。

统领性问题直至故事结尾才会给出答案,我分类列出了一些经典的统领性问题。

- **推理故事**:谁做的?
- **惊悚故事**:为什么做?
- **爱情故事**:有情人能否终成眷属,今后幸福地生活在一起？

- **科幻故事**：我们怎样才能击败外星人、拯救地球？
- **西部故事**：新来的县治安官能让小镇恢复往日的宁静吗？
- **战争故事**：他们能完成任务吗？要付出怎样的代价？
- **家庭剧**：这个家能齐心协力渡过难关吗，还是会分崩离析？
- **体育故事**：比赛谁会获胜？
- **言情故事**：她会找到如意郎君吗？
- **间谍故事**：谁是卧底？
- **惊险喜剧片**：他们最终会怎样完成任务？

统领性问题即驱动主要情节的问题，但从首页到末页是一段漫长的旅程——所以你需要让旅途中的每一步都穿插着大大小小的故事问题。每段主要情节都有统领性问题，同样地，每段次要情节都有大故事问题，每个重大场景都需要安插大故事问题，每个小场景都需要安插更小的故事问题，每一页上都要布下众多小故事问题。

> 只要让两个人在一间屋里发生分歧，讨论某件事或探讨当下局面，就可以写成一个场景。这就是我在找寻的。
> ——阿伦·索尔金（Aaron Sorkin）

我们可以这样想：最棒的故事实际上是漫长的问答过程，

即你与读者之间的一系列问题和回答。写故事的难点在于将问题植入读者的大脑，这些问题必须足够重要，足以驱使读者读下去，直到你给出答案。

成功的故事会将统领性故事问题、大故事问题和小故事问题结合起来，叙述引人入胜。你可以根据这些故事问题构建情节：

- **主要情节**：统领性故事问题
- **重大场景**：大故事问题
- **场景**：大大小小的故事问题

让我们一起看看经典影片《星球大战》(*Star Wars*)中的故事问题分层。从片名可以看出，从某种程度上来说，《星球大战》讲的是战争故事。统领性情节问题正好对应着我们之前列表中的这个问题：**他们能完成任务吗，要付出怎样的代价？**

每项任务都有多个部分，内含一系列阶段性目标，达成这些目标有助于终极任务的实现。这些阶段性目标成了情节中的**大场景**，受大故事问题的驱动。

以《星球大战》为例，问题等级如下：

- **统领性问题**：他们能完成任务吗，要付出怎样的代价？

第四章　场景：情节的基本单位

- **大故事问题 1**：机器人 R2-D2 和 C-3PO 会找到人营救莱娅公主吗？
- **大故事问题 2**：卢克家人遇害后，他会加入欧比-旺吗？
- **大故事问题 3**：卢克、汉和他们的队伍能够救出莱娅公主且不被抓住吗？
- **大故事问题 4**：为了让卢克和伙伴们逃走，欧比-旺要牺牲自己吗？
- **大故事问题 5**：卢克会信任原力、最终扳倒死星吗？
- **大故事问题 6**：死星战役赢了，但帝国还会反击吗？

注：这些大场景也对应着重大情节关节点，我们将在第五章详细讨论。

为了进一步分解故事问题层级，我们深入分析一下大故事问题 1 以及影片中回答这些问题的场景，请留意每个场景如何引发其中的小故事问题。

大故事问题 1：机器人 R2-D2 和 C-3PO 会找到人营救莱娅公主吗？

场景 1
- 莱娅公主带着死星计划往家赶。（她能回去吗？）
- 达斯·维达和他的手下掌控了飞船。（他们会发现她吗？）

85

- 他们俘获了莱娅公主。(他们会拿她怎么办,会发现死星计划吗?)
- 莱娅公主将计划和口信一起藏在她的机器人 R2-D2 中。(发现口信的会是谁?)

场景 2

- R2-D2 和 C-3PO 乘坐逃生舱逃跑,在一个名叫塔图因的星球上登陆——被贾瓦人捕捉,卖给了欧文·拉尔斯。(在那里会发生什么,计划会落入恶人之手吗?)

场景 3

- R2-D2 到了拉尔斯的侄子卢克·天行者手中。(他会发现信息吗?)卢克发现了莱娅公主的口信。(他会怎么做呢?)

场景 4

- R2-D2 启程寻找欧比-旺,口信是留给他的。(他能找到这个人吗?谁是欧比-旺?)
- 卢克和 C-3PO 去找寻那个机器人。(他们会在欧比-旺之前找到机器人吗?)
- 他们都遭遇了沙民的袭击。(沙民会杀了他们吗,他们怎样脱身?)
- 欧比-旺解救了他们。(此人为谁,他是怎么打败沙民的?)

场景 5

- 欧比-旺邀众人跟他回去,并告诉卢克他是一名绝地武士。(到底什么是绝地武士?)并说了关于原力的事情。

第四章 场景：情节的基本单位

（到底什么是原力？）

- 欧比-旺透露，卢克的父亲也是一名绝地武士，被达斯·维达杀害。（为什么达斯·维达要杀他？他是怎样击败卢克父亲的？这对卢克来说意味着什么？）
- 欧比-旺将卢克父亲的光剑给了他。（卢克能学会使用光剑吗？他会和父亲那样成为绝地武士吗？）
- 他们播放莱娅公主的口信，她请欧比-旺将 R2-D2 和死星计划带到奥德朗。欧比-旺请卢克加入他们。（他们能到达奥德朗吗？卢克会一起去吗？达斯·维达会发现他们吗？莱娅公主还活着吗？）
- 卢克拒绝了。（他这是怎么了？难道他还没有厌倦眼下的生活、没兴趣去探险吗？）

场景 6

- 卢克回到家，发现叔叔婶婶都被风暴兵杀害。（卢克现在怎么办？）
- 卢克加入欧比-旺，他们踏上了营救莱娅公主、摧毁死星的征途。（他们能救出莱娅公主吗？他们能摧毁死星吗？一路上会发生什么？）

不难看出，从头到尾，每个场景都会提出一系列问题，将读者从一个小场景带进下一个小场景，从一个大场景引向下一个大场景。完整的情节就像俄罗斯套娃：在整体结构中，大场景套着小场景；在统领性问题的指引之下，大故事问题套着小故事问题。

> 作家必须参与到场景中去……就像一位自编自导的导演，却能将自己作为主人公或至少是主要人物拍进电影的行动中。
>
> ——亨特·S. 汤普森（Hunter S. Thompson）

轻松激发好创意

重新观看1977年版的《星球大战》〔星战系列中的《星球大战第四部：新的希望》(Star War Episode IV: A New Hope)〕。观影时记录故事问题，分析紧凑情节以及正义与邪恶、爱情与战争、身份与自控等主题是如何紧密地与主、次要情节关联起来的。用这个故事来分析结构也很棒，不仅因为情节紧凑，还因乔治·卢卡斯以英雄之旅作为结构模型。这种结构在很多故事中都能发挥作用——也许你的故事就可以。关于英雄之旅，详见第五章。

4.3 字里行间

我们探索了故事问题在主要情节、大场景和小场景的框架中是如何发挥作用的以及你如何针对上述每个部分提出故事问题。但如何提出问题？这就需要我们在实际行文中注意细节。为了有效地达成这一目标，你需要预测读者在阅读文

第四章　场景：情节的基本单位

字时可能会思考的问题。请回答亟待解答的问题，但别急于回答可留待后话的问题，此处需保持微妙的平衡。倘若一些问题不及时解决会让读者沮丧分心，就需要尽快回答；倘若在某些问题上保持悬念能让读者挑灯夜读，那就先别急着回答。

提出小小的故事问题

对大场景故事问题做出规划后，需确保在大问题之间布下各种小小的故事问题。将目标设定为每页至少一个故事问题（或每隔250～500词提出一个问题）。

普普通通的典型场景中其实藏着许多故事问题，这也许是你意想不到的。下面我们将分析回忆录《调教弗雷迪》片段，我用黑体为读者标出了提出的问题。阅读片段时，请读者留心黑体部分，思考提出的故事问题是什么，哪些已经回答，哪些还没有。

注：摘录片段为故事的开篇场景。

> 调教弗雷迪：一个真实的故事，关于一名男孩、
> 　　一位妈妈和一条非常非常糟糕的
> 　　　　比格犬
> 　　　　　　葆拉·穆尼埃

第一章

> 心口一致，与说出想表达的内容同等重要。
>
> ——珍妮弗·布里德韦尔
> 《狗狗服从命令全书》

我们不需要狗。〔**为什么不要？养一条狗有问题吗？**〕我们已经有一条很棒的狗了，又大又可爱，是从收容所领养的。这是一条惹人喜爱、毛茸茸的黑色杂种狗，我们取名为莎士比亚。家里还有一只美丽的斑猫伊西斯。我，这条狗，这只猫，还有我最小的孩子麦凯伊，我们是一家人，我孩子只有麦凯伊还在家，他的哥哥们都已经长大成人，远走高飞了。他父亲刚刚离开。〔**发生了什么？他去了哪儿？为什么？麦凯伊怎么办？**〕

我们要搬家了。〔**为什么要搬家？他们是不是在离婚中输了房子？麦凯伊乐意搬走吗？**〕我们搬过许多次家了，从几年前的离婚开始——搬了太多次。〔**为什么那么多次？**〕从拉斯维加斯到马萨诸塞，然后是加州，接着再搬回马萨诸塞。〔**跨度这么远？到底是为什么？**〕而如今，手头紧张的日子终于过去，我终于凑足了买房的钱。〔**找到更好的工作了吗？他**

第四章 场景：情节的基本单位

们此前到底多贫困？〕这是一栋小别墅，充其量只是改造过的夏日农庄，但它坐落在一个可爱的小湖畔，足以让我们忽视它其他的所有缺陷。〔**哪些缺陷？会产生高额开支吗？**〕在这个美丽、轻快、阳光明媚的秋日，锈红色的树叶、微风掠起波浪的湖面还有清新的松针香气让我们沉醉其中，终于到家了——其乐融融。

"我们养只小狗崽吧。"麦凯伊说道。此时，我们正站在前甲板上，看着搬家大卡车从车道开走。

"什么小狗崽？"〔**什么小狗崽？**〕我正想着怎么在900平方英尺的小小居住空间里打开那几百个箱子呢。

"我们的小狗崽。"〔**为什么麦凯伊想着要养一条小狗崽？**〕

"我们没有小狗崽。"我正想着怎么把一百双鞋塞进小小的鞋柜。〔**一百双鞋？至于吗？**〕更别提我的衣服了。

"但现在可以养一只了。"

"孩子，我不知道你在说什么。"我不想养小狗崽。〔**为什么不想养小狗崽？她不知道每个孩子都想要吗？**〕麦凯伊明白的。我估摸着入住后添置洗碗机的费用。

如何写出"抓人"的故事

"'等我们有了自己的房子以后。'你说过的,"麦凯伊坚持道,"记得吗?"

麦凯伊现在 12 岁了,在同龄孩子中个子算高的,笨手笨脚的大高个儿,有点个性。〔**什么样的个性?**〕但在这虚张声势的体格之下,他只是一个思念父亲的小男孩——让我这个做母亲的满心愧疚。〔**为什么她会愧疚?离婚是她的错吗?**〕

麦凯伊转向我,把手搭在我肩上,12 岁的他已经快和我一般高。"我们现在有自己的房子了,妈妈,"他严肃地缓缓说道,似乎在向三岁孩子解释自然规律,"现在该养条小狗崽了。"〔**他到底为什么这么想?**〕

啊呀。我模糊地回忆起教育孩子时常用的借口,如果我们的孩子们特别想要某样东西但我们不能——或不愿给的时候。比如早餐吃蛋糕、去迪斯尼乐园,或爸爸回来永远不走了。

现在,每个孩子都想要小狗崽,迟早的事。但小狗崽太麻烦了——更别提多不合时宜。那么多流浪狗需要家,为什么要买小狗崽呢?我总是这样教育麦凯伊,要是实在不能说服他,我就会补充说:"你不能在租来的公寓养小狗崽,也许等我们有了自己的房子……"〔**她为什么要许诺呢?**〕说那话时,情况很糟,我没想到这一天真的会到来。〔**欠考虑了吧?**〕

第四章 场景：情节的基本单位

"你答应过。"麦凯伊坚持道。〔**她会信守诺言吗?**〕

"可是宝贝，我们已经有莎士比亚了。"听到这个名字，莎士比亚跑了过来，摇着尾巴。莎士比亚是一条完美的狗，麦凯伊和我第一次在家过圣诞节时，愁云惨淡，为了缓解那种痛苦，我领养了莎士比亚。〔**莎士比亚的完美体现在哪儿?**〕

麦凯伊把手从我的肩膀上拿开，离开我去抚摸更忠实的莎士比亚。"莎士比亚很棒，但他不是小狗崽，妈妈。我们领养他时，他已经长大了。"

"我们还有一只猫呢，"我四处寻找无畏的斑猫伊西斯，"你看到她了吗？〔**猫咪这就丢了?**〕她一定在这附近呢。"每次搬家，我都担心她溜达太远找不回来。几年前一次搬家时，她被一只罗威纳犬追到了附近的一片林子中，两个礼拜没回来。

"她在树上呢。"麦凯伊放开莎士比亚，指着院子里一棵高高的枫树说道。伊西斯停在低低的枝头，准备扑向一只几乎和她一样大的松鼠。

"小狗崽不会爬树，"我开玩笑地说道，"他们有什么用呢？"

"这不好笑，妈妈。"

"我知道，"我停下，试着换种办法，"我们刚刚搬进来，也许过段时间——"

"可你答应过。"〔她不知道必须信守承诺吗?〕

你答应过——这几个词也许是最让单亲妈妈恐惧的。

"可是——"我开始道,说这话时,我明白这是《我的超级妈妈生活》中屡战屡败的一项。〔**哪些失败案例?作为母亲她还犯了哪些错误?**〕

麦凯伊把手插进牛仔裤兜,踢着门廊里松动的木板。〔**松动的木板?这房子状况很差吗?**〕我暗暗记下要把木板钉牢。

"我们现在有自己的房子了,"麦凯伊小声说,"所以我们可以养小狗崽了。"

"再看看吧。"我说道,说完这话我就后悔了。〔**她为什么后悔?**〕在我们家,"再看看吧"等同于妈妈说"不可能"。〔**她在出尔反尔吗?**〕

麦凯伊看着我,脸上带着温和的厌恶之情,我知道,这个表情很快就会变成活跃的青春期的嘲笑。〔**她对青少年有哪些了解?**〕"所以你只是随便说说,根本没当真。"〔**她以前也让他失望过吗?她经常随便说说吗?**〕

我抬头看看万里无云的蓝天,叹了口气。搬家是因为我换了非常理想的新工作,高薪,位于南岸。好消息是我们买得起(刚刚买得起)一栋别墅了,坏消

第四章 场景：情节的基本单位

息是得向南搬 45 英里。麦凯伊离开了他的朋友们、学校、足球队——离开了他熟悉的生活。他来到新的城镇，转入新学校，孤身一人，没有朋友，新来的孩子都是这样。我是部队军人的孩子，所以我知道那种孤独。我想起了自己和麦凯伊差不多大时父亲带给我的小贵宾狗崽，那条小狗——叫罗格——转学无数次，他是唯一跟随我的朋友。天哪，我那么爱那条小狗。

我们不需要小狗崽。我们当然不需要一条比格犬。我们当然不需要弗雷迪。〔**谁是弗雷迪？**〕

但孩子迟早会让你明白，一诺千金。我很快就发现了，如果心口不一，战役尚未打响就输定了。〔**她会输了这场战役吗？什么战役？所以她认输了，同意麦凯伊养小狗崽？什么时候养？**〕

作家阅读书目

若想感受一下什么是场景，我建议大家读一读戏剧，从莎士比亚开始。读读演员用来准备试镜的场景合集也很有效，这些场景戏剧感强烈，主题突出，能让演员充分发挥潜力塑造人物。

- 《环球剧院插图版莎士比亚作品集》(*The Globe Illustrated Shakespeare*)，威廉·莎士比亚

- 《演员场景练习》(The Actor's Scenebook)，迈克尔·舒尔曼（Michael Schulman）
- 《为演员准备的 99 个电影场景》(99 Film Scenes for Actors)，安吉拉·尼古拉斯（Angela Nicholas）

4.4 向自己的故事提问

上文《调教弗雷迪》的选段朴实无华，却可以证明故事问题无须是生死抉择，并非所有场景都要安排飙车戏或大爆炸。审视自己的场景，找出其中的故事问题。判断场景中故事问题的层级，思考作品需要在哪些地方提出更多问题。

创作实践

列出你最爱的小说中的最爱场景，选一个（最好是 21 世纪的），然后逐字逐句地将该场景抄在笔记本里或输入电脑。打字时，请从作者的角度看问题，想象作者创作原著时可能要思考的下一个场景。分析场景中实际发生了哪些事情及其对故事后续发展的影响。请分析文本中的语言和大大小小的故事问题，记录各要素——行动、对话、叙述、描写等——以及作者如何实现。思考你为何如此喜爱这一场景，以及感情是如何影响这种喜爱程度的。

注：也许你想跳过这个练习，认为是浪费时间。请别跳。抄写整个场景极具建设性，收获一定会让你大吃一惊。这是发自肺腑的建议，增益或许潜移默化，或许立竿见影。请信任过程。

第四章 场景：情节的基本单位

现在，我们已经分析了故事问题的层级，你可以思考如何构建自己的故事问题层级以及你的故事概貌了。你的故事的统领性问题是什么？大场景和大故事问题是什么？小场景和小故事问题呢？你将怎样把它们串进连贯的故事主线？

在第二部分中，我们将分析故事的总体结构以及如何以场景为单位创造情节框架。

> 场景太暗淡了，让他死得再活泼一些。
> ——塞缪尔·戈尔德温（Samuel Goldwyn）

第二部分
基于主题的三幕结构

每个精彩的魔术都有三部分或三幕。

——克里斯托弗·普瑞斯特（Christopher Priest）

第五章
用三幕演绎情节

情节就是一件事接着另一件事,什么,什么,再来一个什么。

——玛格丽特·阿特伍德

所有故事都是由三部分构成的:开头、中间和结尾。无论你是在饮水机旁给朋友讲述自己在拉斯维加斯参加单身女子婚前派对的情形,还是给孩子讲一个睡前童话,故事都自然而然地包括三部分。讲故事的经典结构:从"很久很久以前……"到"……从此以后幸福地生活在了一起",加上中间的精彩内容。

开头、中间和结尾构成了三幕结构:第一幕是开头,第二幕是中间,第三幕是结尾。本章中,我们将探索三幕结构如何发挥作用以及主题对结构的影响。你将学习如何把三幕结构运用到自己的作品之中,如何打造出让三幕结构充分发挥作用的场景列表。

> 三幕结构是人类大脑对世界模型的本能认知,它与人类大脑中固有的蓝图自然匹配,而这一蓝图始终在对这个世界进行理性分析,试图将其归类。因此,三幕结构几乎是所有成功剧作的必备特征,无论作者是否刻意为之。
>
> ——爱德华多·诺尔福(Edoardo Nolfo)

5.1 三幕结构

将故事分解为三幕——开头、中间和结尾——是情节构思的第一步。这三个词我们都听过,在生活中也会提起,但从讲故事的角度来下定义并没有想象的那么简单。

开头:从哪儿开始?这是每位作家都面临的问题,也是许多作家误入歧途的地方。故事的开头是一切即将发生变化的关节点,是迈出旅途的第一步,是途中的第一个岔路口,决定着第一次走上正确(或错误)的方向。请回顾下列时刻:在海伦·菲尔丁(Helen Fielding)的《BJ单身日记》(*Bridget Jones's Diary*)中,孤独的单身女郎布丽吉特·琼斯在她父母的假日派对上冷落马克·达西;在约翰·格里森姆的《糖衣陷阱》(*The Firm*)中,雄心勃勃的法学院毕业生米切尔·迈克迪尔为了第一份工作去面试;或是彼得·本奇利的《大白鲨》中鲨鱼袭击第一位受害者。开头即"很久很久以前有主人公X……然后Y出现,X的一切从此发生改变"。

中间：Y之后，你就离开堪萨斯了，来到中间部分。在弗兰克·L.鲍姆（Frank L. Baum）的《绿野仙踪》（*The Wizard of Oz*）中，龙卷风来袭，多萝西醒来时周围都是芒奇金人。夏洛克·福尔摩斯接手一桩令人费解的新案子，在亚瑟·柯南·道尔爵士《巴斯克维尔的猎犬》（*The Hound of the Baskervilles*）中的较量便开始了。在加布丽埃勒-苏珊·巴尔博·德维尔纳夫（Gabrielle-Suzanne Barbot de Villeneuve）的《美女与野兽》（*Beauty and the Beast*）中，美女以囚禁自己来改变父亲的命运，被迫与野兽生活在一起。中间部分，X必须处理Y引发的复杂问题。多萝西为了回到堪萨斯州，需要应对奥兹国的一切、西方的坏女巫还有那些吓人的飞天猴子。夏洛克必须动用自己的侦探天赋解决案件，维持自己世界第一私家侦探的名声。美女必须学会爱上一头野兽，才能赢得王子的爱。在中间部分，X必须克服障碍，掌握技能，汲取经验教训，最后通过终极大考验：摆平Y，故事达到高潮。中间部分是故事的主体部分，是通往终点的曲折回环之路，这一切都是为了激发X最好或最坏的自我。

结尾：熬过中间阶段，一路奔向结尾。好比你的主人公X在为奥林匹克训练准备，现在所有的障碍皆已克服，掌握了技能，汲取了经验教训，只待最后一搏，即面对一切磨难的根源：摆平Y。在查尔斯·韦布（Charles Webb）的《毕业生》（*The Graduate*）中（没错，先有小说后有电影），本·布拉多克破坏了伊莱恩·罗宾逊的婚礼,与她私奔。在劳伦·魏斯贝格尔(Lauren Weisberger)的《穿普拉达的女魔头》(The Devil Wears Prada)中(也是小说在先),安迪·萨克斯面对可怕的老板米兰达·普莱斯利终于成长为一名出色的职场达人。在查尔斯·波蒂斯《大地惊雷》最后的紧要关头——马蒂·罗斯、鲁斯特·考特柏恩和拉波伊夫与杀害马蒂父亲的杀手们斗争——更别提致命毒蛇了(没错,有套路)。摆平 Y 是 X 的大噩梦——为了生存,X 需要激发自己的最大潜能。X 成功,我们称之为快乐的结局;X 失败,则如《教父》(The Godfather)、《老无所依》(No Country for Old Men)或《安娜·卡列尼娜》。但从作者的角度来看,无论如何都是皆大欢喜。

我们来看看这种结构分解在三种迥异的原型故事中是如何展开的——这三类故事在长度、体裁、受众等方面皆有不同,而结构却非常相似。

《灰姑娘》

这个经典的童话始终是最受欢迎的故事之一。紧凑的故事线,永恒的主题,呈现了一个惹人喜爱的女主人公(灰姑娘),还有残酷绝情的大反派(邪恶继母),并让次要人物(丑陋姐姐)完美地起了反衬作用。

第一幕(开头):灰姑娘听说有舞会,但邪恶继母不让她去。

第二幕（中间）： 为参加舞会，仙女教母帮助灰姑娘盛装打扮，灰姑娘遇到白马王子，两人相爱，随后丢了水晶鞋。

第三幕（结尾）： 白马王子带水晶鞋前来，灰姑娘上脚发现大小正合适——两人成婚，从此以后幸福地生活在一起。

《星球大战》

《星球大战》是授权电影作品中最卖座的影片之一，它讲述了一个宏大的史诗故事，重新定义了太空探险。但从本质上说，它讲述的是一名渴望探险的年轻人如何慢慢成长并找寻自我。

第一幕（开头）： 莱娅公主被俘，发出求救信号。叔叔婶婶遇害后，卢克响应了她的求救信号——他加入了欧比-旺的队伍解救公主、摧毁死星。

第二幕（中间）： 卢克在欧比-旺的指导下成为一名绝地武士，两人一起征募汉·索洛和丘巴卡一起去解救莱娅公主。

第三幕（结尾）： 义军计划袭击死星。在斗争中，卢克必须信任原力以摧毁死星。

《美食，祈祷，恋爱》

《美食，祈祷，恋爱》最精彩的创意在于结构，故事干净利落地分为三幕，正如标题所示。更重要的是，每一幕都有各自完整的戏剧弧，各有开头、中间和结尾。故事整体讲述的是女主人公完成自我实现的过程——涉及身体、灵魂和内心——而其中每一幕讲述的是她如何用每个元素滋养自己。

第一幕（开头）：吃在意大利。伊丽莎白离开纽约，离开前夫，前往意大利。她在意大利结交好友，成年后第一次独自入眠；学会了手势的艺术，试着说意大利语点餐，也学会了享受无所事事；她沉浸在意大利的美酒佳肴之中，最终学会喂饱自己，重获生活的胃口。

第二幕（中间）：祈祷在印度。伊丽莎白离开意大利前往印度，在那里内观自身，倾听心底真实的声音。她在蚊虫、酷暑、念诵和无休止的冥想中挣扎。在那里，她遇到了理查德，理查德鼓励她面对内心的恶魔，原谅自己，让往事随风。她在此地重获自信和自尊。

第三幕（结尾）：爱在巴厘岛。伊丽莎白离开印度前往巴厘岛，和她的导师柯图特重新开始联系。她与一位单身母亲成了朋友,筹款帮助这位妈妈及其女儿们安家。她还帮助柯图特编撰回忆录。伊丽莎白在这里又遇见了一位不适合她的男人——意识到不合适之后,她离开了。随即她遇到真命天子——意识到这是如意郎君之后,她再次离开。但伊丽莎白最终还是回来了——投入真命天子的怀抱。她重获了真爱的能力。

5.2 你的故事的开头、中间和结尾

将你的故事分解为开头、中间和结尾,是情节构思的第一步。从某种程度上来说,许多题材的宏观路线已经命中注定,我们来分析一下。

爱情故事
- **开头**:男孩遇见女孩。
- **中间**:男孩失去女孩。
- **结尾**:女孩重返男孩身边。

谋杀推理故事
- **开头**:有人被谋杀了。
- **中间**:警察、私家侦探或侦探爱好者调查谋杀案。

- **结尾**：凶手落网。

成长故事

- **开头**：一个年轻人渴望探险并在途中结交新友、遇到特别的事情。
- **中间**：在新朋友和导师的帮助下，这位年轻人经历了一系列转型。
- **结尾**：用新知识和新经验武装自己后，这位年轻人战胜了磨难——长大成人。

战争故事

- **开头**：我们的主人公获得了一项任务。
- **中间**：我们的主人公计划、训练并执行任务。
- **结尾**：我们的主人公必须超常发挥才能战胜敌人——任务完成。

请思考一下你的故事类型的开头、中间和结尾，然后写出来。接着写出两三句话作为梗概（就像上文《灰姑娘》《星球大战》和《美食，祈祷，恋爱》中一样），概括故事的开头、中间和结尾。你的梗概结构与同类作品基本结构有何异同？你可以怎样调整这些形式，让三幕结构在自己的故事中充分发挥作用？

第五章　用三幕演绎情节

我们是否可以在自己的故事中改变同类作品的既有模板？当然可以，适合你的故事就好。比如，大部分爱情故事都是"从此幸福地生活在一起"（女孩重返男孩身边）。但有一些故事不按常理出牌——有情人分开，未能终成眷属。实际上，有人认为这才是最有力的爱情故事的结尾，如玛格丽特·米切尔的《飘》、查尔斯·弗雷泽（Charles Frazier）的《冷山》（*Cold Mountain*）、伍迪·艾伦（Woody Allen）的《安妮·霍尔》（*Annie Hall*）以及亚瑟·劳伦茨（Arthur Laurents）的《往日情怀》（*The Way We Were*）。

同样的，在谋杀推理故事中，并非所有谋杀者都会落网，主持公道有许多种形式——有时甚至不会在故事中提及。这些不同形式的公道在罗伯特·B. 帕克（Robert B. Parker）的《致命赌注》（*Mortal Stakes*）、帕特里夏·海史密斯（Patricia Highsmith）的《天才雷普利》（*The Talented Mr. Ripley*）、托马斯·哈里斯的《汉尼拔》（*Hannibal*）乃至阿加莎·克里斯蒂（Agatha Christie）的《东方快车谋杀案》（*Murder on the Orient Express*）中都可见一斑。

创作实践

现在，你已经明确了自己的故事所在类型的常见开头、中间和结尾套路。展开头脑风暴，思考玩味这些套路，变幻出适合自己故事的版本，你可以改变结构、顺序、背景、视角等。列出同类故事中深受大众喜爱的故事，进行同样的分析，看看能否将它们的策略化用在自己的故事中。

如果你在创作战争故事，列出同类"攻下山头"结构的战争故事，仔细玩味，可研读下列作品：

- 约瑟夫·海勒（Joseph Heller）《第二十二条军规》（*Catch-22*），该作采用了二战中美国空军的几条故事线，有时根据时序讲述，有时做了一定的调整，点出战争恐怖的主题。
- 库尔特·冯内古特（Kurt Vonnegut）《五号屠场》（*Slaughterhouse-Five*），讲述了一位在德累斯顿轰炸中幸存的美国战俘穿梭在时间之中——过去、现在和将来的故事。
- J.G. 巴拉德（J.G. Ballard）《太阳帝国》（*Empire of the Sun*），从一名被困上海的英国男孩视角讲述抗日战争的故事。
- 洛塔尔-贡特尔·布赫海姆（Lothar-Günther Buchheim）《从海底出击》（*Das Boot*），讲述二战期间一艘追踪英国供给船的潜水艇的故事——这艘潜艇最终被英军追击。
- 欧内斯特·海明威《永别了，武器》（*A Farewell to Arms*），故事讲述的是一战中一名理想破灭的美国救护车司机成了逃兵。
- 皮埃尔·布勒（Pierre Boulle）《桂河大桥》（*The Bridge over the River Kwai*），讲述了一群被日军俘获的英军战俘被迫修桥的故事。
- 贝特·格林（Bette Greene）《我与德国士兵的夏天》（*The Summer of My German Soldier*），这是一部青少年小说，一位年轻的堪萨斯州犹太女孩与一名德国战俘成了朋友。

- 玛吉·皮尔西（Marge Piercy）《加入战斗队伍》（Gone to Soldiers），这个史诗故事交织了十位女性的故事线，她们在战争中积极扮演着情报员、飞行员、战地通讯员等角色。

这些作家都对同类故事的典型结构进行了调整发挥，你也可以的。你想做出哪些改变？如何改变情节？或是改变人物、主题或独特卖点？

> 我们称之为开头的常常是结尾，创作结尾就是创作开头，结尾是我们的起点。
>
> ——T. S. 艾略特（T. S. Eliot）

5.3 让三幕结构更精致

确定了基本的开头、中间和结尾后，便可将这三块分解为更小的单位。有两种办法可以让结构更精致：情节关节点路线和英雄之旅路线。情节关节点路线由事件驱动，差不多适用于每个故事。英雄之旅则受人物驱动，适用于主人公需经历一系列事件、成长变化的故事。（我们大部分故事均可采用，不过并非所有故事皆是如此。）

具体采用哪种方式由你决定，取决于你的故事。如果你写的是政治故事，讲述一群恐怖分子打算刺杀美国总统、各类国家机构设法阻止他们，那么从情节关节点角度来安排也许就是最佳选择。但如果写的是某个失宠特务组织揭发刺杀总统的预谋并努力阻止刺杀，期待借此机会重塑自身威望，那么英雄之旅[①]可能就会更合适。

让我们分别审视一下这两种方法。

情节关节点路线

从情节关节点出发构思，需将开头、中间和结尾分成故事中的六大事件。如果你创作的是传统结构的爱情故事——男孩遇见女孩、男孩失去女孩、女孩重返男孩身边——主要事件可能会呈现出这种结构。

开头 / 第一幕 / 男孩遇见女孩

1. 美丽的邂逅

2. 初吻

中间 / 第二幕 / 男孩失去女孩

3. 第一次争执

4. 分手

结尾 / 第三幕 / 女孩重返男孩身边

5. 和解

6. 婚礼

[①] 英文中"英雄"和"主人公"皆可用"hero"一词表述。——译者注

第五章 用三幕演绎情节

上述结构中我们的描述用词都比较宽泛,但它们将会被转化为故事中的重大场景,因此写得越具体越好。一种方法是将六大重要事件视为之前我们讨论的大故事问题的答案,那些大故事问题与故事情节关节点息息相关。记得上一章中我们讨论的《星球大战》的大故事问题吗?让我们带着这些思考,重新审视那些故事问题。不过,这次我们将重点关注问题的答案。

诱发事件:这是第一幕中突然引发故事行动的事件且能够推动读者提出大故事问题1。在《星球大战》中,诱发事件即莱娅公主被捕、将口信和计划藏在R2-D2中——该事件与这个问题紧密相关:R2-D2和C-3PO会找到人营救莱娅公主吗?

情节关节点1:情节关节点1是将故事引向不同方向,驱使读者继续阅读第二幕的事件。在《星球大战》中,情节关节点1即卢克的婶婶和叔叔被杀,这改变了他的整个世界。不难看出,这与大故事问题2直接相关:卢克的家人遇害后,他会加入欧比-旺的队伍吗?

中点:这一事件应正好发生在故事中间,从而保持读者对情节的兴趣——好莱坞创意工作者会担心"观众在椅子里骚动",我们要避免这个问题,让观众们不至于看到一半就无聊地离开。在《星球大战》中,中点即卢克、欧比-旺、汉·索洛以及丘巴卡去营救莱娅公主。这与大故事问题3相关:卢克、汉和他们的队伍能救出莱娅公主且不被抓住吗?

情节关节点2:这是将故事引向不同方向的第二个事件(正如情节关节点1那样),驱使我们进入第三幕。欧比-旺与达斯·维达战斗至死，使卢克和其他人毫发无损地逃脱了。这对每个人的未来都产生了重大影响，尤其是卢克的前路，这一关节点用震撼人心的方式回答了大故事问题4：为了让卢克和伙伴们逃走，欧比-旺要牺牲自己吗？

高潮：高潮是故事中最大的事件，既需要回答统领性问题，也要回答大故事问题5。在《星球大战》中，卢克必须用导师欧比-旺传授的技能摧毁死星。这直接与统领性问题（他们能完成任务吗？要付出怎样的代价？）以及大故事问题5（卢克会信任原力、最终扳倒死星吗？）息息相关。

尾声：这是将所有待解决的问题束在一起的时候——若是系列故事，此时就需要为系列的下一部设定场景。在《星球大战》中，卢克回到家乡，受到了英雄般的礼遇，但我们都明白，无论这场胜利多么令人欢欣鼓舞，前路依然艰辛。这就与大故事问题6联系起来了：死星战役赢了，但帝国还会反击吗？

> 所有故事都是关于转型的。每个故事中，都有一条毛毛虫等着破茧成蝶。
>
> ——布莱克·斯奈德（Blake Snyder）

从大场景开始

我们分析了大故事问题，分析了开头、中间和结尾，分析了与大场景相对应的情节关节点。你已经斟酌了自己的大故事问题、重大事件以及三幕划分，也明白了将三幕结构分解为情节关节点有助于构思大场景，从而有助于构建引人入胜的情节。现在，轮到你主动思考，确定自己的大场景了。

诱发事件：＿＿＿＿＿＿＿＿＿＿＿＿＿＿＿＿＿＿
情节关节点1：＿＿＿＿＿＿＿＿＿＿＿＿＿＿＿＿
中点：＿＿＿＿＿＿＿＿＿＿＿＿＿＿＿＿＿＿＿＿
情节关节点2：＿＿＿＿＿＿＿＿＿＿＿＿＿＿＿＿
高潮：＿＿＿＿＿＿＿＿＿＿＿＿＿＿＿＿＿＿＿＿
尾声：＿＿＿＿＿＿＿＿＿＿＿＿＿＿＿＿＿＿＿＿

确定了大场景之后，你就可以进一步完善故事线了——通过场景构建。但在此之前，我们再分析一下人物驱动的三幕结构。

英雄之旅路线

> 常见的英雄历险记是——主人公的某样东西被夺走，从而踏上征程，或主人公感到日常生活中缺了点儿什么，转而追求社会普遍不允许的东西。随后，为了寻找失去的东西或渴望得到的东西，主人公经历一系列走出日常生活的探险。这通常是一个循环，到达，然后归去。
>
> ——约瑟夫·坎贝尔（Joseph Campbell）

如何写出"抓人"的故事

英雄之旅路线由人物驱动,将三幕结构分解为描述主人公转型的必经之途。如果你喜欢阅读并创作由人物驱动的故事,那么英雄之旅路线可能就会引发你的共鸣。在受情节驱动但可融入人物发展的故事中,将故事视作英雄之旅模式,同样有助于你塑造更为全面的人物。无论采用何种方式,熟悉英雄之旅路线都会让你和你的故事创作受益匪浅。

知名神话学家约瑟夫·坎贝尔在他的杰作《千面英雄》(The Hero with a Thousand Faces)中提出了英雄之旅原型——这是每位作者书架上都应该摆放的一部著作。坎贝尔在这部经典之作中将英雄之旅定义为主人公踏上探险之路并历经坎坷,面对无数挑战,并在这一过程中完成转型。坎贝尔称,英雄之旅是人类社会中最受欢迎的故事类型,不同文化的神话中都有。无数现代作者也采用了英雄之旅路线,沃卓斯基(Wachowskis)的《黑客帝国》(The Matrix)便是典范。而回忆录(特别是回忆录),实际上就是创作者自己的英雄之旅,因为你就是自己生活的英雄。

英雄……还是魔术师?

并非所有的故事都可以采用英雄之旅路线来讲述,一些主人公在故事中本身并未发生变化,而是起催化剂的作用,他们来到某地,改变了周围所有人的生活。詹姆斯·邦德、巴特·辛普森和长袜子皮皮等都是此类魔术师型主人公。

第五章 用三幕演绎情节

> 有多种视角或多个主人公的故事同样也很难分解为英雄之旅,若是创作此类及上述魔术师型主人公的故事,采用情节关节点路线也许更为合适。

> 在过去的三十年中,我一直在探索《千面英雄》,我始终为它着迷,它也始终激励着我。约瑟夫·坎贝尔探索了无数个世纪以来的神话,说明了我们都有听故事和理解自身的基本需求,这种需求也将我们联系在一起。这是一部值得一读的著作,是一部解释人类生存状态的启示录。
>
> ——乔治·卢卡斯

英雄之旅,一步一个脚印

正如我们所见,所有故事都有开头、中间和结尾,英雄之旅也不例外。英雄之旅由三幕组成——正如生命的旅途一般,每一幕都由主人公必经的步骤构成,是一段让主人公发生永久性改变、走向完满的旅程。

我们之前讨论的六大情节关节点可能会与这些阶段性事件相对应——也可能不会。英雄之旅的每一步代表着主人公的转型,让我们仔细分析一下转型的每一步。(注:这些步骤有许多不同的称谓,本书采用现当代故事中平白简明的转型术语。)

第一幕（开始）

现状：我们遇到主人公之前，他身处普通的生活环境中，随后将会踏上旅程，改变一生。这就是《绿野仙踪》里龙卷风来袭之前多萝西的状态；这就是《哈利·波特与魔法石》（Harry Potter and the Sorcerer's Stone）中哈利·波特收到霍格沃茨录取通知书之前，在德思里家寄人篱下的状态；这就是《饥饿游戏》中妹妹的名字被喊出来之前凯特尼斯的状态。

催化剂：这是需要我们的主人公采取行动离开熟悉的环境，踏上未知旅程的事件。例如《沉默的羔羊》（The Silence of the Lambs）中克拉丽丝·斯塔林得到审问汉尼拔·莱克特的机会，再如《飘》之中郝思嘉初遇瑞德·巴特勒，又如《哈姆雷特》中哈姆雷特见到被害亡父的鬼魂。

否认：通常，主人公听到冒险的召唤后会退却，直接拒绝机遇——往往是出于恐惧、犹豫或傲气。这种满心不情愿的主人公正是《教父》中不愿意插手家族生意的迈克尔·柯里昂，正是《理智与情感》中拒绝布兰登上校的玛丽安娜·达什伍德，正是《相助》中拒绝了斯基特采访请求的艾比里恩。

遇到专家导师：每位主人公都需要一位导师，一位博学智慧、对主人公的转型至关重要的人。这位圣人导师会帮助主人公探索生命中的曲曲折折，最重要的是帮助主人公探索重重险阻的前路。比如《帝国反击战》〔*The Empire Strikes Back*（*Episode V*）〕中卢克·天行者和尤达大师的关系，《亚瑟王传奇》中亚瑟王和梅林的关系，《普通人》（*Ordinary People*）中康拉德·贾勒特与伯杰医生的关系。

接受与行动：这就是推动主人公转念接受生活新境遇的事件。决定采取行动，意味着他要离开熟悉的日常生活，挑战体能和心理极限踏入未知世界。例如《与狼共舞》（*Dances with Wolves*）中奔赴西部边境的南北战争英雄邓巴中尉；《美女与野兽》中走进住着野兽的城堡的美女，以及《国王的演讲》中走进莱昂内尔·洛格家开始参加口头表达训练课程的伯蒂。

第二幕（中间）

历经磨难，敌友共存：在新环境中，我们的主人公将遇到帮助他前行的人，也会遇到阻碍者——充满挑战的考验将帮助他区分来者是敌是友。比如多萝西沿着黄色的大道走着，一路遇到了铁皮人、稻草人和狮子，还有西方的坏女巫；哈利·波特在霍格沃茨既交到了朋友，也遇到了敌人；凯特尼斯则需要判断"饥饿游戏"其他参赛者的危险程度。

如临深渊：现在我们的主人公来到第二道门槛边缘，但跨过去之前，他会重新组队、稍作休息并规划后续行动。于是，我们看到了《神火之盗》（*The Lightning Thief*）中的波西为潜入地下世界旅行做准备,《证人》(Witness)中约翰·布克在谷仓中与蕾切尔·拉普共舞,《小鬼当家》(Home Alone)中凯文设下各类简易陷阱阻碍盗贼。

纵身一跃:主人公纵身一跃跳下悬崖,直面最深的恐惧,殊死搏斗——既可能是真实的生命危险,也可能是关于心灵的困境。例如在《夺宝奇兵》(Raiders of the Lost Ark)中,印第安纳·琼斯被困于金字塔底部,周围爬满了蛇;在《军官与绅士》(An Officer and a Gentleman)中教官福里中尉要求梅约退出("我无处可去");在《国王的演讲》中,洛格告诉受惊的伯蒂,要是他做国王会比兄长大卫更称职。

回报:置之死地而后生,主人公就会赢得奖励。奖励可能有多种形式:打败西方坏女巫后,多萝西带走的红宝石鞋和扫帚;《亚瑟王传奇》中圆桌骑士找到的圣杯;或者是《卡萨布兰卡》中里克与伊莉莎的和解之吻("宝贝儿,看你的了")。

第三幕(结尾)

通往终点之路:故事走到这一步时,主人公正在为终极大考验做准备。他也许在逃离第二幕中的某种力量——因此,通往终点之路常常是追逐的场景。《怪物史莱克》中史莱克(还有驴子)骑在龙背上赶回杜洛克阻止菲奥娜的婚礼;《E.T.》中埃利奥特和 E.T. 骑着魔法自行车逃离基斯;《公主新娘》

（*The Princess Bride*）中的韦斯特雷幸运地得到米勒克尔·马克斯的相助活了过来。

真正的考验：这是最后的考验，主人公必须充分展现出自己对人生教训的理解。这就是在《当哈里遇见萨莉》（*When Harry Met Sally*）中，哈里告诉萨莉"一旦你发现自己想和某人共度余生，便会希望余生尽快开始"；在《简·爱》（*Jane Eyre*）中，简拒绝了圣约翰·里弗斯的求婚，重返桑菲尔德庄园；在《狮子王》（*The Lion King*）中，辛巴击败刀疤夺回王位。

重归新的日常状态：我们在旅途中历经蜕变的主人公终于回家了，带着奖励——既可能是实物，也可能是比喻意义上的奖励。《断背山》（*Brokeback Mountain*）中恩尼斯找到了杰克衣柜里的衬衫；《肖申克的救赎》（*The Shawshank Redemption*）中瑞德与安迪在芝华塔尼欧海滩重逢；《白雪公主》（*Snow White and the Huntsman*）中白雪公主和王子从此快乐地生活在一起。

> 悲剧是对某种完整、严肃行动的全程模仿。完整，即拥有开头、中间和结尾。
>
> ——亚里士多德（Aristotle）

在讨论如何将英雄之旅融入你的故事写作中之前，我们先来分解一下《灰姑娘》《星球大战》和《美食，祈祷，恋爱》。

第一幕（开头）
现状
- 灰姑娘生活悲惨，与邪恶的继母及其丑陋的女儿们生活在一起。
- 卢克·天行者同叔叔婶婶一起住在农场，百无聊赖。
- 伊丽莎白·吉尔伯特住在城郊，婚姻并不幸福。

催化剂
- 灰姑娘听说了舞会。
- 卢克发现了被绑架的莱娅公主留下的口信。
- 伊丽莎白离婚。

否认
- 灰姑娘的姐姐们阻止她去舞会。
- 伊丽莎白又遇到了一个不适合她的人。

遇到专家导师
- 灰姑娘遇到了仙女教母。
- 卢克遇到了本，即欧比-旺（**遇到导师**），但拒绝受训成为绝地武士（**否认**）。
- 伊丽莎白去了意大利，遇见挑战她的美国思维、饮食和生活方式的欧洲人。

第五章 用三幕演绎情节

接受与行动

- 灰姑娘坐着南瓜马车去参加舞会。
- 风暴兵杀害卢克的亲人,卢克开始接受绝地武士训练。
- 伊丽莎白交朋友、吃美食,并学会爱惜身体。

第二幕(中间)

历经磨难,敌友共存

- 灰姑娘参加舞会,遇到王子。
- 卢克与欧比-旺、C-3PO 和 R2-D2 一起去小酒馆见汉·索洛和丘巴卡。
- 伊丽莎白离开美好的意大利,前往混乱的印度。

如临深渊

- 灰姑娘与王子共舞,坠入爱河。
- 卢克和队友登上死星解救莱娅公主。
- 伊丽莎白去印度祈祷,但她无法做到冥想所需的坦然,也拒绝身边真理追求者睿智的建议,面对理查德时尤为明显。

纵身一跃

- 钟敲了十二下,灰姑娘逃跑时丢了水晶鞋。
- 卢克遇到了重重困境,包括下水道的怪物、坍塌的杂物间以及风暴兵袭击等。
- 伊丽莎白和理查德成了朋友,并从他和其他真理追求者那里汲取智慧。

回报

- 王子宣布他会娶一位能穿得上水晶鞋的姑娘。
- 卢克救下公主。
- 伊丽莎白学会原谅自己,放下过去,珍惜当下。

第三幕(结尾)

通往终点之路

- 灰姑娘的王子带着水晶鞋来了。
- 卢克等逃离达斯·维达的魔掌,回家准备袭击死星。
- 伊丽莎白前往巴厘岛。

真正的考验

- 王子到来时,继母丑陋的女儿们拼命阻碍灰姑娘试穿水晶鞋。但她坚持要去试穿,勇敢地面对姐姐们。
- 卢克使用原力摧毁死星。
- 伊丽莎白遇到了真命天子——尽管她依然心有余悸,但她还是学会了再次去爱。

回归新常态

- 灰姑娘嫁给王子,从此过上了幸福的生活。
- 卢克荣归故里。
- 伊丽莎白与所爱之人一起扬帆驶入夕阳之中。

第五章　用三幕演绎情节

作家阅读书目

研习英雄之旅是学习这种结构的好办法,下列书目有助于理解英雄之旅。

- 《千面英雄》,约瑟夫·坎贝尔
- 《英雄之旅:约瑟夫·坎贝尔亲述他的生活与工作》(*The Hero's Journey: Joseph Campbell on His Life and Work*),约瑟夫·坎贝尔
- 《作家之旅》(*The Writer's Journey*),克里斯托弗·沃格勒(Christopher Vogler)
- 《女主角之旅》(*The Heroine's Journey*),莫琳·默多克(Maureen Murdock)
- 《神话的力量》(*The Power of Myth*),约瑟夫·坎贝尔、比尔·莫耶斯(Bill Moyers)
- 《神话与电影》(*Myth and the Movies*),斯图尔特·沃伊提拉(Stuart Voytilla)

注:《神话的力量》也有六部DVD系列版本。

夫人,要是所有的故事都走得足够远,尽头一定是死亡。如果小说家不愿意告诉你这一点,就算不上真正的小说家。

——欧内斯特·海明威

英雄之旅，小片段

如果你认为这种英雄之旅的结构仅适用于《星球大战》《与狼共舞》《绿野仙踪》这种英雄故事，请三思。这种结构也可用于小片段构成的家庭生活故事中。在下面的故事《上帝保佑爸爸……又回来了》(God Bless Dad... Again) 中，我们将看到这种英雄之旅结构同样适用于相对平淡的家居生活。

上帝保佑爸爸……又回来了

葆拉·穆尼埃

现状

每晚哄乔伊睡觉时，我都会督促他祈祷。他才八岁，所以祷告内容不长。

"上帝保佑我爸爸，"他总是这样开始，"还有妈妈、奶奶、爷爷、老师哈珀太太、我最好的朋友查理，还有，呃，阿门。"

"阿门。"我紧紧拥抱他，为他掖好被角。很快，他就会蹬被子酣睡，直到早上我将他唤醒。

但今晚有点儿不对劲。

"祷告时间到了。"乔伊轻快地爬上床时我照例说道。

"我们必须祈祷吗？"乔伊背过身去，把头蒙在胳膊里,我看不见他的脸。

我笑道:"是呢,必须啊。"

"我们就不能跳过去吗?就这一次?"乔伊嘟哝道。

"不能跳过上帝。"我说着坐在他的床边等他。几分钟后,乔伊坐起来了。

"好吧,但我不为爸爸祈祷了。"

"知道了。"我说道,听到他提及我前夫,我总是这么回答。我们大约一年前离婚。对我来说,我觉得自己终于重获安宁;对乔伊来说,他爱父亲时也不必再担心母亲了。他工作日和我一起住,周末去看望爸爸。我可以尽量少提老乔,对此我很骄傲,我没什么好说的。我不怪乔伊,但我也不会为他父亲祈祷。不过,我会祈祷无须为他祈祷。我最多只能做到这一步,至少现在如此。显然,乔伊也是这样。

催化剂

乔伊将胖乎乎的小指头合拢起来:"上帝保佑妈妈、奶奶、爷爷、老师哈珀太太、我最好的朋友查理,还有,呃,阿门。"

"阿门。"我拥抱乔伊,他哭了起来。我把他抱到腿上摇啊摇,直到他的哭泣声渐渐止住。最后,我问道:"到底怎么了?"

"我不能再当童子军了。"他伤心地看着我,眼睛红通通的。

"说什么呢？为什么啊？"

"爸爸说内森和泰勒都不是童子军，我也不可以。"

上个月，老乔和女友珍妮弗住到一起了，珍妮弗有一对双胞胎男孩内森和泰勒，他们同乔伊一般大。老乔本来每周见乔伊一次，后来便缩减到隔一周见一次——那时双胞胎也去他们家。双胞胎与他们的父亲见面时，乔伊则与我待在家。老乔和珍妮弗喜欢享受不带孩子的周末。所以乔伊和父亲见面时，他要与内森还有泰勒争夺注意力——他不喜欢这样。

"我必须玩他们爱玩的，"他皱眉道，"打篮球。"

否认

显然，双胞胎在文法学校里个子算高的，他们比乔伊高多了——也比其他三年级孩子高。

"所以呢？我可以带你去，如果你爸不能的话。"

也许是不愿，我想道。

"我需要**爸爸**，"乔伊用手背擦干眼泪吸吸鼻子，"他得帮我做松木赛车呢。"

我不知道松木赛车是个什么东西，我可没当过男童子军。"他能做的，我们都能一起做得更好。"

乔伊咯咯笑起来。"没错，"他又咯咯笑了，"你得把一块木头切成赛车，妈妈。"

第五章 用三幕演绎情节

切东西,我想了一会儿。"我能切火鸡,我能切南瓜,我能用冰切出一颗爱心。"

"怎么可能啊。"

"我切过呢——高中一次舞会的时候。小车我觉得我能摆平。"

"我不确定,妈妈。你需要工具,像爸爸的那种,"乔伊的声音崩溃了,"去年,爸爸给我做了一辆特别酷的车,我们把它漆成了蓝色。"

老乔周末做木工,我们结婚时他用我的西尔斯百货店卡买了不少工具。我为东西付账——工具却在珍妮弗的三车位车库里落灰。

"我们尽量从五金店找工具,"我给了他一个拥抱,"一定很有趣!先睡觉吧。"

"你做梦呢,妈妈。"乔伊说道。

"安静啦。"我坐在儿子身旁为松木车祈祷,直到他睡着。

遇到专家导师

次日是周六,我开车带乔伊去男童子军官方用品店,挑选官方指定的松木车木头,木头和砖块一样重,看起来却激动人心。官方用品店接待我们的男童子军冷静睿智,安抚了我的恐慌。

"别担心,"他说道,"你要做的都在包装里面呢,跟着里面的指导做就好。"

我总是很擅长跟着指导做。这下感觉好一点了，我陪乔伊去五金店，疯狂地把钱砸在手锯、胶水、雕刻刀、砂纸、木雕指南、油漆还有标签上。

但回到家后，男童子军官方用品店的说明我看得云里雾里。所以，乔伊和我只好上网查资料，读空气动力学、判断合适的重量和形状还有造出快车的秘诀。我们把全国各地前几届松木车赛冠军的模型结构图都打印出来了，这些光洁的赛车和我们眼前的这块木头看起来毫无相似之处。

接受与行动

"我跟你说了这不容易，妈妈。"乔伊坐在厨房里，一手拿刻刀，一手拿木块。他看着我们设计的图纸——一辆亮闪闪的四轮银色子弹头——又看看那块木头。"来吧。"他拿起刀，将一小片木块削下来，然后又来一片，再来一片。二十分钟过去，还不到 1 英寸的 1/18，他放下来说："妈妈该你了，我看电视去了。"

这要多久啊？ 我边想边接过木工活儿。

这可是苦差事，我的手指生疼，接着拇指打滑——刀切进了我的手掌。"哎哟！"我放下木块，抓起一张纸巾，跑去拿创可贴。乔伊跟着跑了过来：

"你没事吧?"

"我没事。"

"我告诉过你,我们做不成,我们需要爸爸。"

我屏住呼吸,然后慢慢吐气。**我们不需要那个人**,我想道,但是嘴里说的却是:"还不一定呢。"

历经磨难,敌友共存

"妈妈,我们明天就要拿去称重了,比赛是后天,"他嫌弃地看着我,那种表情是我和老乔过日子的时候曾见过的,"不知道什么时候才好呢。妈妈,你手淌血了。"

"我没事,"我把手裹在纱布里,乔伊帮我一起用几个创可贴固定住,"看到了吗?没事的。来吧,我们有好多事情要做。"

回到厨房,我和乔伊瞪着木块。

"技不如人的地方,我们可以用想象力来替代。"我说道。

"什么意思?"

"我们需要想个办法,"我翻着往届松木车冠军的样图说,"有些没怎么刻,看看,这个切得像吸血鬼棺材似的。"

乔伊咯咯笑了:"太逗了,他们把它漆成了黑色的。"

"是呢,还有什么是这种形状的?还有什么是成块的?"

乔伊想了想:"砖头。"

"水泥。"

"冰块。"

"冰块!太棒了!"我亲了乔伊一下,"我的小天才!"

"我刚说了什么?"

"去拿你的小模型来,你给读书报告做的那个。"

"有企鹅的那个?"

"没错,"我咧嘴笑道,"去吧,把它拿过来!"

乔伊去拿小模型的时候,我赶紧祷告了一下。

上帝啊,一定要成啊,我可没当过男童子军。

这个小模型是包着铝箔的半个纸板盒做成的"冰川",侧面涂上了蓝色。银色"冰川"底部和顶部周围,是从玩具店买的塑料企鹅,这是童书《冰上企鹅》(*Penguins on Ice*)中的场景。

"我不明白,妈妈。"

"你当然明白,"我把一只小塑料企鹅放在木块上,"把木块漆成白色的,然后是什么?"

乔伊咧嘴笑了:"冰川!"

"没错!"我指着模型用漆说道,"开始上漆吧!"

第二天早上,我们快做好了。乔伊漆好木块,将轮子装了上去。我们一起将五只小企鹅粘了上去。

第五章 用三幕演绎情节

"看起来真傻。"乔伊皱眉道。

"看起来很棒!"乔伊摇了摇头,"我出去等爸爸了,明天见。"

老乔接走儿子后,我开车去男童子军领队家。有几位爸爸也在外面排队等候官方称重,他们都在讨论自己使用的工具、策略还有设计模型。他们和孩子一样兴奋——但周围见不到一个孩子的身影。所有人的赛车都和我们在网上看到的那样光滑。走进车库后,我发现我简直像置身于手艺人的天堂。男童子军领队看到"小冰山"时笑了起来。

"真可爱……重量在规定之内呢,可以回去啦,"他说道,把赛车还给我,"明晚见。"

纵身一跃

学校餐厅到处是男童子军、爸爸们还有参赛者的亲朋好友。尽管乔伊告诉我他觉得那辆冰山赛车看起来很傻,但他依然很激动。我们把一些边角料用胶水粘在木块下面,称重的时候我看到一些爸爸是这么做的,也许这样能让小车在长长弧形跑道俯冲时加速。赛道的形状很像滑雪道,配有电子计时器,为每辆车计时,精确到百分之一秒。**男孩和他们的玩具啊**,我想。

比赛开始了,每组的车都排好了队。乔伊的小组一共有12辆,都是光滑闪亮的,只有乔伊的像座冰川，只有乔伊的上面站着塑料企鹅。

"这是什么车啊？"乔伊的一个小伙伴窃笑道。

"乔伊那是你的吗？"男孩们都笑了。

"来吧，亲爱的。"我把乔伊推到前面。

乔伊满脸通红，把车交给评委。评委把它和其他车一起放在跑道上，他看着企鹅向乔伊眨眨眼。

回报

"我们给企鹅上发条，也许会有好运气。"他给一只企鹅上了发条。尽管企鹅已经用胶水黏住，但还是前后摇摆，好像在蹚水一样。

评委笑了，为其他企鹅也上好发条，小车放下去的时候比赛正好开始。"小冰川"在跑道上飞奔，企鹅在上面蹦蹦跳跳，大家都指着小车大笑。

"快跑，企鹅快跑！"他们喊道，"快跑，企鹅快跑！"

让大家惊讶不已的是小车跑到第三名了——最吃惊的要数乔伊。他得到了奖牌，我得到了一个大大的拥抱。

通往终点之路

"妈妈，我简直不敢相信！"

我笑道："我也不敢！"

但好戏还在后头。赛事全部结束后，大奖杯到了最光滑、最闪亮的子弹车主的手里，这个男孩的爸爸正好是位木工大师。**是啊，应该的**。我想道。

"接下来，最佳创意松木车奖，"童子军领队宣布道，"你们猜是哪辆车？"

"企鹅！企鹅！企鹅！"大家狂吼。

"没错！最佳创意松木车奖给32军的乔伊和他的企鹅！"

乔伊的眼睛亮了。童子军领队把银色的奖杯递给他，问道："你到底怎么想出来的，乔伊？"

乔伊看着我微笑道："我和妈妈想出来的，一起想的。"

"真棒！有这种想象力，你一定会走得更远，乔伊！恭喜！"

真正的考验

开车回家的路上，乔伊和我停下来吃冰激凌。吃着热巧克力圣代，我们为松木车的光辉成就舒了口气。

"这真是最美妙的夜晚，妈妈！"乔伊说道，满脸巧克力。

"我很庆幸这个主意管用。"我告诉乔伊。

乔伊低头看着冰激凌，"你知道的，妈妈，我和爸爸做的车什么都没赢到过。"

"这样啊。"我说道，希望自己看起来别太幸灾乐祸。

"但我们的冰山赛车让全场震惊了！"

我笑道："来吧，该回家了。"

回到家，乔伊洗脸刷牙，换好睡衣。他把获奖赛车停在床头书架上：这是小小冰山赛车的荣光之地，感谢上帝恩赐。

"祷告时间到了。"我告诉他。

"好，"乔伊说着溜上床，"上帝保佑我的松木车、妈妈、奶奶、爷爷、老师哈珀太太、我最好的朋友查理，还有，呃，阿门。"

"还有你爸爸。"我轻轻说道。

"还有我爸爸。"

"阿门。"

回归新常态

乔伊看着我："妈妈，我等不及了，我要告诉爸爸，还有内森和泰勒。"

"知道了。"我说着吻他道晚安。

5.4 将英雄之旅融入自己的作品

英雄之旅路线用起来妙趣横生。这是描述主人公转型的经典套路，也可理解为戏剧弧光——几千年来人们都在用这种方式讲故事。依照英雄之旅的思路列出你主人公转型的大体框架，故事就会像古老的神话那样，引发读者的共鸣。

为了确定主人公旅程中的每一步，按阶段依次思考下列问题。

第一幕（开头）

现状：你的主人公的日常生活是怎样的？只工作不休息？单身人士，在各种不合时宜的地方寻找真爱？被困城郊生活，却梦想去巴黎？

催化剂：哪件事唤醒了你的人物？他被炒鱿鱼了？考砸了？发现妻子有婚外恋？被绑架？被甩了？谋杀了老板？遇到美女？获得了一份外地的工作？

否认：主人公会立即对催化剂做出回应，还是临阵退却？如果他对发生的一切置若罔闻，他找了什么样的借口？他为何不采取行动？

遇到专家导师：主人公的导师、参谋或密友是谁？他的母亲？他的老板？兄弟姊妹？最好的朋友？牧师？神父？拉比？此人将如何引导你的主人公？

接受与行动：发生哪件事后，你的主人公改变了想法？他为何愿意接受发生的事情、甘于采取行动了？他是怎么做的？去了哪儿？走进一个怎样的新世界？

第二幕（中间）

历经磨难，敌友共存：你的主人公在旅途中、在新世界里遇见了谁？谁是他的朋友？谁是敌人？他们如何帮助或阻碍他？他要掌握哪些新技能？汲取哪些经验？克服哪些障碍？

如临深渊：你主人公面临的最大挑战是什么？她在心智、体能和精神上是如何准备的？他有何打算？

纵身一跃：你的主人公将怎样纵身一跃？他需要冒险示爱吗？要闯进某座城堡吗？他要打抱不平？他要克服怎样的恐惧？在体能或精神上将面临怎样的殊死搏斗？

回报：你主人公勇敢的纵身一跃获得了怎样的回报？战利品？宝藏？名望？财富？美人？爱？承诺？你的主人公的圣杯是什么？

第三幕（结尾）

通往终点之路：谁在追逐你的主人公？谁是主人公的敌人或紧追不舍的恶魔？你的主人公将如何为下一场大考验做准备？

真正的考验：能一劳永逸地证明你的主人公已充分吸收经验教训的大考验是什么？你的主人公将怎样通过这场考验？结果如何？

回归新常态：主人公胜利的标志是什么？钻戒？皇冠？瑞士银行的账户？现在主人公平安归来，完成了转型，他将如何庆祝转型？婚礼？聚会？毕业典礼？去加勒比的海岛？走向大都市？举国感激？

这些问题的答案可以帮助你思考主人公如何转型，然后放进三幕结构的不同阶段。需要注意的是，这些步骤不一定要严格按照上述顺序进行，也不一定全都会出现在故事中。例如，一些故事中"遇到专家导师"在叙述中出现较早，或根本不出现。英雄之旅思路重在引导，而不该成为束缚作品的紧身衣。

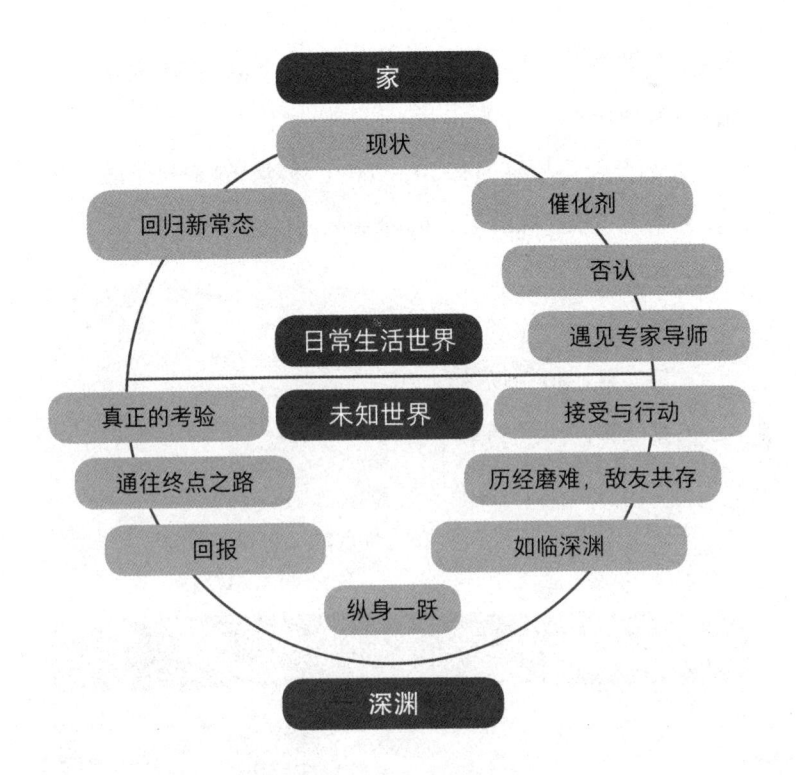

```
              家
            现状
                        催化剂
回归新常态
                         否认
                       遇见专家导师
       日常生活世界
真正的考验    未知世界   接受与行动
  通往终点之路      历经磨难,敌友共存
        回报        如临深渊
            纵身一跃
              深渊
```

5.5　一部小说需要多少个场景?

我们已将三幕结构分解成了重大场景、情节关节点和英雄之旅。我们已经看到,结构不仅可以在小说、回忆录和电影中发挥作用,还可以在短篇故事和童话中发挥作用。我们以《调教弗雷迪》片段和《上帝保佑爸爸……又回来了》为例分析了故事问题和结构。

但构思单个场景或短篇故事情节是一回事,构思长篇故事情节是另一回事。作品越长,构建有力的结构越具有挑战性,这是不争的事实。不过，为小说、回忆录和电影构思情节，还可选择其他指导方针。

大部分长篇故事都有 50~100 个场景，这取决于故事长度。初稿时，应以想出至少 60 个场景为目标。

- 第一幕：15 个场景
- 第二幕：30 个场景
- 第三幕：15 个场景

下图为分解成场景和情节关节点的三幕结构图表。

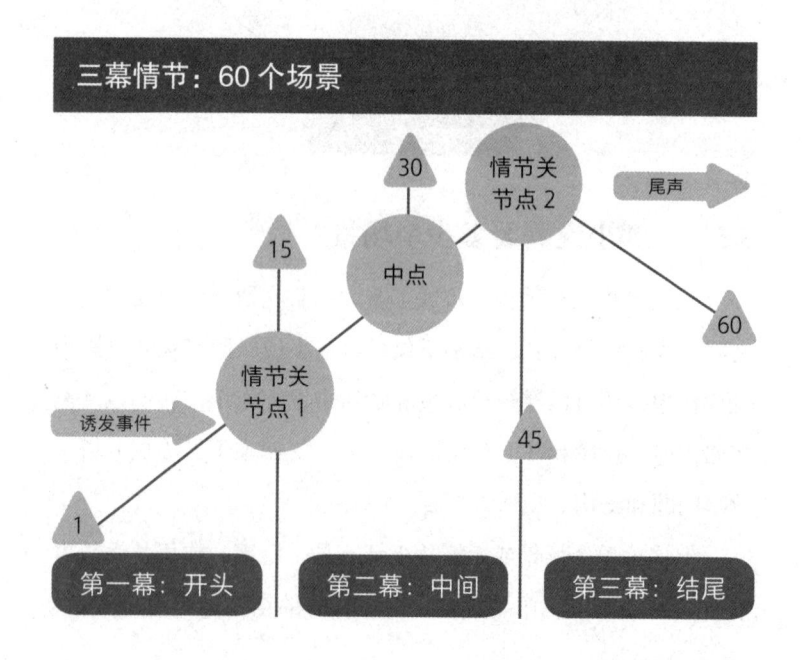

三幕情节：60 个场景

诱发事件 1 → 情节关节点1 (15) → 中点 (30) → 情节关节点2 → 45 → 60 尾声

第一幕：开头　　第二幕：中间　　第三幕：结尾

第五章　用三幕演绎情节

玩转索引卡，第一部分

现在，你已经具备了构建60个场景的三幕剧所需的全部知识，对主、次要情节，主题和主题变体，对主人公、反面人物和次要人物有了一定的了解，设好了大场景和情节关节点。或许，你还确定好了英雄之旅的不同阶段。现在，针对故事场景展开头脑风暴吧。

我最喜欢用60张空白索引卡，在卡片上写下不同场景——每张卡片一个场景，随后调整顺序摆放，直到排出最具戏剧性的顺序。你也可以用笔记本、便签贴或软件程序做这件事，但无论采用哪种方法，确定60个场景之前都别停止头脑风暴。如下说明能够助你起步。

- 抓一叠索引卡，至少60张。如果初稿已完成，浏览全稿，在索引卡上写下场景。如果初稿尚未完成，请头脑风暴出不同的场景，在不同的卡片上写下来。

- 写出60张卡片后，停下来整理成3堆：第一幕（开头）、第二幕（中间）以及第三幕（结尾）。从大场景开始，然后填满大场景之间的空缺。

- 如遭遇思维停滞，可借鉴每类故事必不可少的场景：根据故事类型和读者期待，有些场景是你非常需要的。例如，下面这些场景对写言情小说可能就是必不可少的：美丽的邂逅、初吻、第一次争执、分手、和解、婚礼等等。写推理小说，你可能需要：谋杀案1、发现尸体1、侦探介入、第一条线索出现、谋杀案2、发现尸体2、侦探审问嫌疑人、侦探与杀手对质等。

每类故事都有必不可少的场景——从这些场景起步能够激发你的想象力。你如何将这些必不可少的场景融入自己的故事？怎样使自己的故事更加独特？观众当然见过类似的场景。或是对抗老套的场景，抵制同类套路、独辟蹊径？

> **情节构思停滞不前**
>
> 如遭遇思维停滞，你可以阅读或观看最爱的同类故事，将故事中的场景依次梳理出来。这应该会激发灵感呢！

5.6　在结尾谈开头

在本章中，我们研究了三幕结构及其重大场景和情节关节点。你已经以场景为单位，初步构思了自己的故事。你已经拥有了情节构成所需的60个场景——或至少想出不少场景了。有了这些场景，你就能对初稿情节进行加工，织入主题、设置悬念、增强故事的感情影响力。

至此，本书已讨论过主、次要情节、主题及主题变体、人物、故事问题、重大场景和情节关节点、三幕结构以及英雄之旅。下一章中，我们将分析这一切如何在一部佳作中融合在一起：达希尔·哈米特（Dashiell Hammett）的《马耳他之鹰》。

> 按理说故事应该有开头、中间和结尾，但也不一定要按那个顺序走。
>
> ——让-卢克·戈达尔（Jean-Luc Godard）

第六章
案例分析:《马耳他之鹰》

> 《马耳他之鹰》打破了类型艺术的界限：它曾是一件艺术品，现在仍是。
>
> ——罗斯·麦克唐纳（Ross Macdonald）

开展案例分析是审视情节和主题复杂性的最佳途径之一，这样你就能看清拼图中的每一块，而不是众多拼图拼合好之后的全貌。除了将情节比作拼图，还有更合适的比喻吗？创作任何一类故事，皆需使用能够阐明主题、人物以及世界观的情节和场景来拼合故事。

在某些小说类型中，这些拼图块无须完美地拼合在一起；而对另一些小说类型而言，精准乃至令人惊叹的拼合却是基本要求。从这个层面来看，罪案小说就是最苛刻的故事类型之一。论及情节，观众被复杂的情节给宠坏了。他们早早就从阿加莎·克里斯蒂、亚瑟·柯南·道尔、奈欧·马许（Nagaio Marsh）、雷蒙德·钱德勒、约翰·勒卡雷（John Le Carre）等情节策划大师那里体验到了这一点，更别提埃德加·艾伦·坡（Edgar Allan Poe）这位侦探故事之父的作品

第六章 案例分析:《马耳他之鹰》

了——罪案故事创作领域最著名的"埃德加奖"即为纪念他而设立。

因此,我们有必要对达希尔·哈米特的《马耳他之鹰》进行案例分析,这部经典之作的情节、主题与人物之精致,使其当之无愧成为公认的最出色的侦探小说。

《马耳他之鹰》是史上情节安排最巧妙的故事之一,在分析过程中,我们将逐一审视各个场景。我们将从主题、主题变体以及主、次要情节几个层面分析,便于你学习如何构建自己的故事——然后再解构,将自己的故事打造成同类中的畅销品。更重要的是你会乐在其中。

> 应该说,《马耳他之鹰》不仅是我们有史以来最棒的侦探故事,还是一部突显高超写作技艺的小说。
> ——《泰晤士报文学副刊》(伦敦)
> 〔The (London) Times Literary Supplement〕

如果你还没读过这个故事,建议准备一本,它一定会为你带来非凡的阅读体验。你也可以选择观看根据该书改编的电影(1941年版),这一版较忠实于原著。该片由约翰·休斯敦(John Huston)执导,主演为此前总是出演暴徒或恶棍的汉弗莱·博加特。对比小说和黑色电影是一种有趣的练习——你也会享受这个过程。但比起阅读小说本身,看电影的乐趣还是差远了。

若无阅读或观影体验,你同样也能理解本章中我们讨论的问题。但若是读过小说或看过电影,定会产生更深入的理解(也不至于为本章出现的剧透而烦恼)。论及情节、对话、人物、主题以及经济性,这个故事定会让你受益匪浅。1929年9月至1930年1月,这个故事最初以五部分连载于通俗文学杂志《黑色面具》(*Black Mask*)上(单行本出版时间为1930年),而当今市场,上述几个层面比当年更为关键。因此,今天的读者依旧为这部小说心醉神迷,其情节一样引人入胜,主题几乎也和近一百年前一样能够触发读者的共鸣。

轻松激发好创意

在你的图书俱乐部或作家小组举办一次达希尔·哈米特之夜,阅读《马耳他之鹰》,分析其主次情节、主题以及主题变体,并对人物以及该书何以成为经典展开讨论。也可举办一次电影之夜,共同欣赏汉弗莱·博加特和玛丽·阿斯特主演的1941版的电影。

6.1 萨姆·斯佩德,这到底是怎么回事?

我们先介绍一下《马耳他之鹰》的内容。大体而言,该书遵循了同类作品的框架。

第六章　案例分析:《马耳他之鹰》

1. 有人被谋杀。
2. 侦探主人公调查谋杀案。
3. 凶手被捉拿归案。

但哈米特以自己独特的方式对这些基础情节元素做出了调整。侦探主人公萨姆·斯佩德并不只是夏洛克·福尔摩斯或赫尔克里·波洛那样的解题人,而是按自己的原则行事的存在主义的英雄:这是硬汉侦探小说类型的第一人。

遇害者是斯佩德的合伙人迈尔斯·阿切尔——这对斯佩德打击很大,他觉得自己必须采取行动,尽管调查表明凶手可能正是他爱的女人。

这种名誉原则说出了故事的大主题:爱与忠诚,真相与背叛。

从定义上看,侦探小说关乎对真相的追寻:是谁做的?由此看来,《马耳他之鹰》是个典型的侦探故事。但故事同样关乎萨姆·斯佩德眼中的真相以及他对同伴至死不渝的忠诚。简而言之,故事关乎斯佩德探索同伴之死的真相,以及这一坚持不懈的追求引发的艰难抉择——爱情还是忠诚。

然而,故事还有其他元素,如题"马耳他之鹰"可见:这件无价之宝是故事中所有反面人物都梦寐以求的——因贪婪之心而趋之若鹜。贪婪常常是推理故事中的谋杀动机,但无论创作的是推理、言情还是科幻史诗,我们都应该让大反派的动机引申出可反映或挑战主人公主题的其他主题。

从《马耳他之鹰》蕴含的主题中，我们可以读出不少谚语、引言和俗语，举例如下。

- 初次使诈，算你可恶；二次受骗，算我愚蠢。
- 真相终会大白。
- 真相只说一半便是弥天大谎。
- 买回真理，切勿出售。
- 人人皆会说谎。
- 本性难移。
- 忠于自己真实的一面。
- 欲知其人，参见其行。
- 好名声胜于家财万贯。
- 发光的不一定总是金子。
- 金钱不代表一切。
- 金钱乃万恶之源。
- 恶事无好报。
- 千金难买忠诚。
- 物以类聚，人以群分。

但哈米特也在《马耳他之鹰》中为我们奉上他自己的谚语，充分反映出他笔下主人公的道德准则。

- 合作伙伴被杀，理应做些什么。
- 别让狗去帮你抓兔子，然后听之任之。
- 如果自己的案子中所有人都被杀，让杀手逃之夭夭对生意没好处。

最优秀的小说家都会将古老的箴言化为己用——哈米特的作品便是优秀案例之一。

> 我想我和能想到的任何人一样，对美国文学产生了"不良"的影响。
>
> ——达希尔·哈米特

6.2 《马耳他之鹰》的独特卖点

《马耳他之鹰》获得了巨大的商业成功，先是在通俗文学杂志《黑色面具》以连载形式发表，接着由出版商阿尔弗雷德·A.克诺夫（Alfred A. Knopf）发行。由理查多·科尔特斯（Ricardo Cortez）饰演斯佩德的第一版电影好评如潮，票房大丰收。1941年汉弗莱·博加特主演的电影版更是成为华纳兄弟的吸金力作；爱德华·G.罗宾逊（Edward G. Robinson）在广播剧中扮演了斯佩德；1946年至1951年，电视剧《萨姆·斯佩德的探险》(The Adventures of Sam Spade) 播出。这位硬汉私家侦探的特质随后在同类作品中出现了无数次——从1975年乔治·西格尔（George Segal）主演的《黑鸟》（The Black Bird）到1976年深受欢迎的喜剧《怪宴》（Murder by Death）——后者由尼尔·西蒙（Neil Simon）编剧、彼得·福克（Peter Falk）主演。

如今《马耳他之鹰》依然吸引着一代又一代新读者。

成功的秘诀在哪儿？它自然是文笔上乘、引人入胜之作，但成为长期以来最受欢迎的私家侦探小说的原因在于其独特的卖点：萨姆·斯佩德。

哈米特将萨姆·斯佩德塑造成了新型的人物，一个影响了之后所有硬汉侦探故事中的典型存在主义私家侦探形象——从雷蒙德·钱德勒《长眠不醒》（The Big Sleep）中的菲利普·马洛，到HBO《真探》（True Detective）的编剧尼可·皮佐拉托创作的虚无主义私家侦探拉斯廷·科勒。在这些侦探身上，我们都可以看到斯佩德的特质。

创造新型英雄——超越同类题材的英雄——你就有了自己锐利的独特卖点。从同中有异这一点来分析：《马耳他之鹰》和它同时代的任何一本畅销罪案小说差不多，不同之处在于它创造了一位硬汉主人公。

值得一提的是，哈米特与其他罪案小说家同行有所不同，他本人曾在平克顿私家侦探公司（Pinkerton National Detective Agency）担任侦探并以此为基础创造了萨姆·斯佩德。

> 斯佩德没有原型。他是个理想的人物,是大部分与我共事的私家侦探希望成为的那种人,或是在他们得意之时自诩的侦探形象。你的私家侦探其实不会像夏洛克·福尔摩斯那样渴望做一名博闻强识的解题人——至少十年前与我共事的人们并不会那样想,而是希望成为坚强而足智多谋的人,能够在任何情况下保护自己,能够从自己接触的任何人那里尽可能多地挖到线索资源——不管接触的是罪犯、无辜的旁观者还是客户。
>
> ——达希尔·哈米特

6.3 首句和末句

从很大意义上来说,萨姆·斯佩德是彻头彻尾的美国式英雄。他的工作伦理完全是美式的,从他认为让杀害阿切尔的凶手逃之夭夭"对生意没好处"即可看出。斯佩德脑子里全是工作——这一主题自始至终贯彻全书。我们初识斯佩德时,他在工作;小说结尾处,他依然在工作。

同样的,小说首句提及了斯佩德的特征。

> 萨姆·斯佩德的下巴又长又瘦,V 形的嘴巴下面是 V 形的下颌。不过,嘴巴那个 V 形更灵活。

从这段狄更斯式的人物描述中，我们看到了一个下颌很大的倔强的人物。我们可从首句中了解到，他不是那种轻易放弃原则的人。只是我们还不知道他的原则而已——或者说，暂时还不知道在故事发展中这些原则将遭遇怎样的挑战。

《马耳他之鹰》末句，斯佩德又回到了办公桌前，说道：

"行啊，请她进来。"

萨姆·斯佩德的生活继续着。

6.4 "X 遇见 Y"以及"不过有件麻烦事儿……"

用好莱坞这些容易理解的术语描述《马耳他之鹰》是一个有趣的练习。你可以采用"X 遇见 Y"的思路来分析这一经典之作，如"海明威遇见卡罗尔·约翰·戴利（Carroll John Daly）"或"赫尔克里·波洛遇见平克顿私家侦探公司"。

如果想用"不过有件麻烦事儿……"模式，可将《马耳他之鹰》总结为："一位私家侦探接到了新案子，不过有件麻烦事儿，他的同伴当天晚上被谋杀了"，或"一位私家侦探爱上了他的新客户，不过有件麻烦事儿，那个新客户就是个大麻烦"。

这些结构只能暗示主题，现在我们为《马耳他之鹰》创作一段主题陈述，融入斯佩德的独特道德准则。

第六章 案例分析:《马耳他之鹰》

私家侦探萨姆·斯佩德和迈尔斯·阿切尔从美女新客户手中接过一桩新案子〔**情节**〕。紧接着阿切尔被杀〔**情节**〕,斯佩德发誓要将杀害同伴的凶手捉拿归案〔**主题**〕——于是便陷入追踪无价之宝"马耳他之鹰"的险途中〔**情节**〕。斯佩德身陷贪婪、背叛与谋杀之网〔**情节与主题**〕,他对真相坚持不懈的

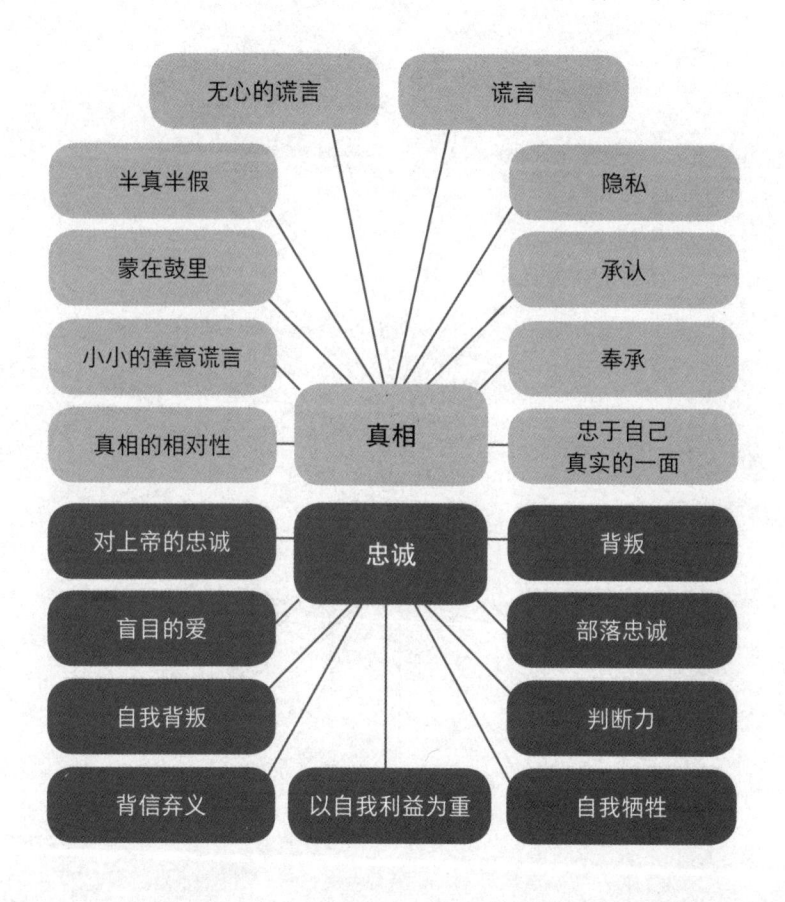

```
            无心的谎言        谎言

     半真半假                   隐私

     蒙在鼓里                   承认

     小小的善意谎言              奉承

     真相的相对性     真相      忠于自己
                              真实的一面

     对上帝的忠诚     忠诚      背叛

     盲目的爱                   部落忠诚

     自我背叛                   判断力

     背信弃义    以自我利益为重    自我牺牲
```

探索引发艰难抉择——到底选择爱情还是忠诚〔**情节与主题**〕。

这一陈述提及主题，却依然无法将哈米特织入小说中的全部主题以及将主题变体囊括其中。画出气泡图，能够让我们进一步挖掘真相与忠诚、爱与贪婪的主题。

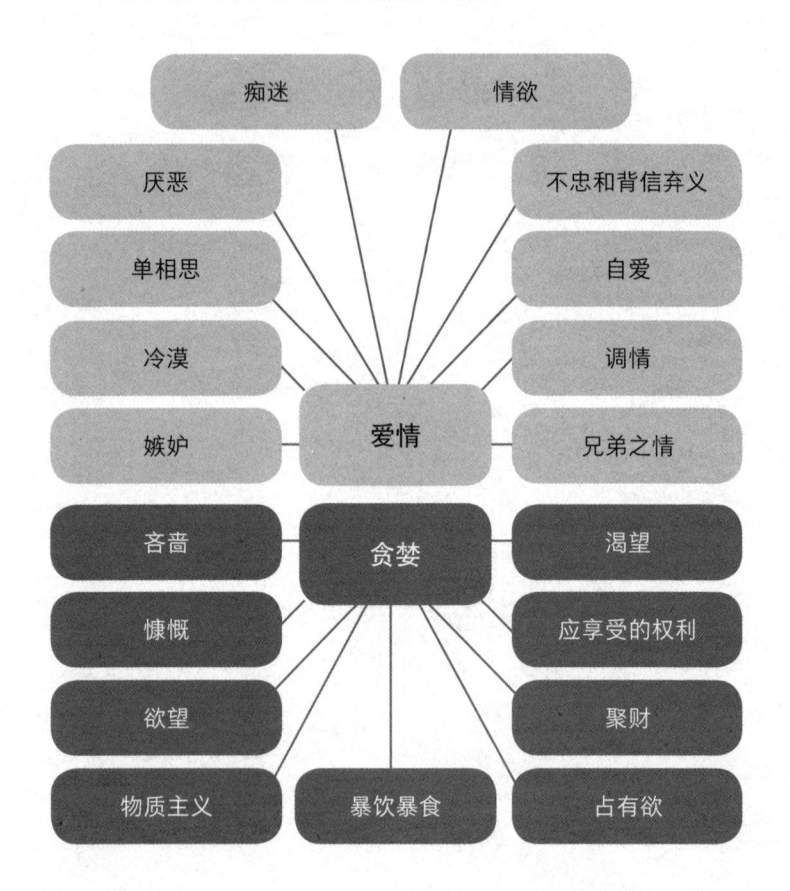

```
         痴迷              情欲

    厌恶                 不忠和背信弃义

    单相思                   自爱

    冷漠                    调情
                爱情
    嫉妒                   兄弟之情

    吝啬      贪婪         渴望

    慷慨                  应享受的权利

    欲望                    聚财

    物质主义    暴饮暴食     占有欲
```

第六章 案例分析:《马耳他之鹰》

《马耳他之鹰》的主、次要情节,主题以及主题变体都很丰富,下面我们将审视其关联性,正如在第二章中分析《傲慢与偏见》那样。

爱情:爱情是这部侦探小说中贯穿始终的主题。伊娃·阿切尔深爱丈夫的合伙人萨姆·斯佩德,因此总是不合时宜地出现,给斯佩德添乱。斯佩德爱上了布里姬·奥肖内西,布里姬也爱着他——这是让小说结尾苦乐参半的爱情。瑟斯比爱着布里姬并最终为她而死。古特曼"像爱自己的儿子"那样爱着威尔默,也许更准确地说,把他当作情人,但瞬间就背叛了他。

厌恶:威尔默·库克厌恶斯佩德,因为斯佩德羞辱了他。斯佩德轻松看穿了他跟踪自己的小伎俩,夺走他的枪,让他当替罪羊,冷冰冰地把他打晕,诸如此类。古特曼、凯罗尔和威尔默彼此之间爱恨交加,文中暗示他们之间可能存在三角恋。伊娃厌恶布里姬,艾菲厌恶伊娃,斯佩德则不将合伙人迈尔斯·阿切尔放在眼里。

不忠:斯佩德与合伙人的妻子伊娃有婚外恋。而若不是布里姬先杀了斯佩德的合伙人阿切尔,阿切尔可能会与布里姬同床共枕。背信弃义则是追逐马耳他之鹰的驱动力,那群人都在同伙背后捅刀,并随着故事的发展不断变换阵线。

单相思:伊娃爱斯佩德,但斯佩德不爱她。瑟斯比爱着布里姬,但布里姬不爱他——布里姬一直利用他对自己的爱,从他们离开香港之时,直到瑟斯比生命终结。

情欲:这部小说充斥着情欲——谁与谁同床共枕影响着情节。斯佩德对伊娃产生情欲并与她发生了婚外恋,斯佩德对布里姬产生情欲并与她同床共枕。布里姬主动诱惑斯佩德,这暗示着她若想从男人那里得到什么就会色诱对方,无论是瑟斯比还是斯佩德。艾菲看似对斯佩德有情欲,但她也爱慕布里姬——一些人将其解读为性爱吸引力。创作小说时,人们很少公开谈论同性恋,但文中暗示凯罗尔是同性恋,古特曼是双性恋(故事中暗示他与女儿雷娅、威尔默以及凯罗尔都发生过关系)。斯佩德称威尔默"娈童"。古特曼声称自己"像爱儿子一样"爱着威尔默,许多读者将其理解为"恋人"。但威尔默对雷娅·古特曼流露出一丝爱意,至于雷娅是否真为古特曼女儿,又存在不同解读的问题。但无论你如何解读这些关系,斯佩德在酒店发现雷娅被下药麻醉、身上满是针孔,无疑发生了些什么。

嫉妒:伊娃看到斯佩德和布里姬在一起非常嫉妒,将警察引到了斯佩德的公寓。斯佩德的秘书嫉妒伊娃与斯佩德的关系。

调情:布里姬与所有人调情,但最终栽在与斯佩德调情上。伊娃与斯佩德调情是不折不扣的婚外恋,而斯佩德与布里姬、伊娃乃至艾菲都有调情行为。

冷漠:斯佩德超然物外,没什么能打动他。他对阿切尔的感情如此冷漠,以至于会与阿切尔的太太闹婚外恋。伊娃爱

第六章 案例分析:《马耳他之鹰》

他,他无动于衷。比起破案的决心,他对布里姬的爱算不上强大,最终他还是将她捉拿归案。

贪婪:马耳他之鹰是一件无价之宝,对它有所了解之人皆生贪婪之心甚至大部分人都愿意为它杀人害命。尽管斯佩德并非完全无动于衷,但最终还是将1000美元连同布里姬一起交给了警方。

渴望:斯佩德对合作伙伴的妻子伊娃充满渴望,伊娃对斯佩德充满渴望,威尔默、凯罗尔、古特曼和布里姬都渴望得到马耳他之鹰。

暴饮暴食:整个故事中,古特曼都被称为"大胖子"——作者对他的腰围进行了许多细节描述。

欲望:欲望驱动故事中的所有人——性欲、爱欲以及对马耳他之鹰的渴望。

痴迷:古特曼迷恋马耳他之鹰,追踪了十七年——跑遍全世界找寻这件宝贝的人可不止他一个。斯佩德痴迷于将杀害合伙人的凶手捉拿归案,无论是谁。

真相:所有侦探小说都在搜寻真相——这部小说也不例外。斯佩德需要找出同伴之死的真相,不惜一切代价。这极具挑战性,发现真相需要看穿谎言,而故事中几乎所有人都在说谎。

谎言、半真半假以及蓄意遗漏隐瞒真相:初次去斯佩德办公室时,关于自己的身份以及需求布里姬都说谎了。她骗了阿切尔,引诱他送死。至于自己在阿切尔之死中扮演的角色,她也对斯佩德撒了谎,而这只是她的谎言之一。被问及布里姬的情况时,斯佩德对警方撒谎。搜查布里姬的公寓,斯佩德也对布里姬撒谎。古特曼、凯罗尔和威尔默对彼此以及斯佩德说谎。连马耳他之鹰本身,最终都是一个谎言。

承认:警方以及地方检察官给斯佩德施压,迫使他认罪;斯佩德在故事中反反复复地迫使布里姬告诉他真相。

背叛:斯佩德与合伙人迈尔斯·阿切尔的妻子发生了婚外恋,背叛了同伴。他又与布里姬发生关系,背叛了伊娃。伊娃告诉警方斯佩德可能会为了把她娶到手而杀害她丈夫,背叛了斯佩德。古特曼背叛了威尔默,威尔默因此杀了古特曼。

隐私和判断力:斯佩德与警察和地方检察官的互动主要是围绕判断力与隐私的主题展开。警方问及案件时,斯佩德维护客户的隐私权,保持了自己作为私家侦探的判断力和权利。然而,他先让伊娃与律师希德·怀斯谈话,随后迫使希德说出伊娃让律师保密的事情。

忠诚与部落忠诚:忠诚这一主题为故事的核心。艾菲对斯佩德忠心耿耿。斯佩德与阿切尔的妻子发生婚外恋,对阿切尔不够忠诚;但阿切尔死后斯佩德将凶手追踪到底,却体现了一种忠诚。警察要团结,暴徒也应如此——其中一些人物不惜冒险背叛这种忠诚。最重要的是,斯佩德的道德准则是一种对群体的忠诚,有人杀了他的合伙人,他必须做点儿什么。

专一投入:瑟斯比对布里姬爱得专一,而这种盲目的爱让他付出了生命的代价。威尔默对古特曼忠心不二，古特曼却将其当作替罪羊。艾菲对斯佩德忠心不二，尽管斯佩德与伊娃有婚外恋，并把她欣赏的布里姬交给了警察。由于互相尊重彼此的工作，希德和斯佩德对彼此忠心不二。艾菲的母亲一心扑在艾菲身上，斯佩德对这种支持心怀感激。斯佩德对工作专一投入，因此感到有必要将阿切尔的凶手捉拿归案。

忠于真实的自己：这是驱动斯佩德行动的终极目标，他遵循自己的个人原则，不为传统道德和行为要求动摇。小说末尾，他列出了自己要交出布里姬的全部理由并解释了为何这么做。

提炼一下《马耳他之鹰》中萨姆·斯佩德的至理名言，即，精彩的推理故事应"揭开生活的盖子，让你窥视其中"。

——达希尔·哈米特

6.5 《马耳他之鹰》主题图表

不难发现，同简·奥斯汀一样，哈米特也采用了巧妙的手法，不动声色地编织了主、次要情节，主题以及主题变体。同样地，他插入不同的次要情节时也使之彼此相关联，且让其与主要情节和主题相关——次要情节包括斯佩德与伊娃，斯佩德与布里姬，阿切尔与布里姬，瑟斯比与布里姬，古特曼、凯罗尔与威尔默，斯佩德与希德，斯佩德与艾菲，斯佩德、警方与地方检察官。我们将用"《马耳他之鹰》主题图表"来分析一下故事中出现的主、次要情节，主题以及主题变体。

《马耳他之鹰》主题图表

主题变体
调情、不忠、背叛、嫉妒、渴望、情欲、单相思、冷漠

主题变体
爱情、性欲、谎言、背叛、调情、自爱、承认、忠于自己真实的一面

次要情节 D
萨姆和伊娃

次要情节 A
萨姆和布里姬

主题：
真相与忠诚
主要情节：
萨姆侦破同伴之死案件，将凶手捉拿归案

次要情节 C
萨姆与司法部门
（警方、地方检察官、希德）

次要情节 B
寻找马耳他之鹰（布里姬、瑟斯比、威尔默、古特曼、雅各比、凯罗尔、基米朵夫）

主题变体
隐私、判断力、部落忠诚、半真半假、蓄意遗漏、隐瞒真相、厌恶

主题变体
贪婪、痴迷、谎言、背叛、专一投入、欲望、渴望、暴饮暴食

6.6 萨姆·斯佩德：行走的矛盾体

正如哈姆雷特和其他优秀的文学人物一样，萨姆·斯佩德也是一个行走的矛盾体。

浪漫	讲求实际
世俗	愤世嫉俗
温柔	强硬
懦弱	勇敢
富于哲思	热情
忠诚	不忠诚
超然物外	专注奉献
撒谎	追寻真相
厌恶女人	深爱女人
孤独不合群	依恋他人
有条不紊	生活混乱
谨慎	事先采取行动
头脑发达	四肢发达

正如我们在哈姆雷特性格分析中所见的那样，斯佩德身上的矛盾特质也在不停地竞争主导地位。同哈姆雷特一样，斯佩德身上矛盾而冲动的地方推动了情节发展。

- 他是一个我行我素的浪漫主义者，却也是一个公事公办的实用主义者。
- 他现实地看待自己的侦探职责,却又对自己行使职责的这个世界心存怀疑。
- 他有温柔的一面,在古特曼的酒店套间中努力拯救被麻醉的女孩,可如果他认为你要吃一拳头,也会立刻揍你。
- 他有懦弱的一面,总是回避伊娃而不是与她协商沟通,又让艾菲打发她,但遇到危急情况时,他表现出勇敢的一面。
- 他富于哲思,对工作和女人却又充满激情。
- 他以忠诚之名发誓要找出杀害合作伙伴的凶手,却又与合作伙伴的妻子发生婚外恋。
- 他超然物外什么也不关心,与周围人都保持着距离,却又忠于本职工作、将杀害同伴的凶手捉拿归案。
- 从警察到罪犯,每个人都在模糊真相、撒谎、蓄意遗漏或隐瞒,他并不能立即识破,却依然坚持将阿切尔之死追查到底。
- 从艾菲到布里姬,他爱各类女人,却常常粗暴地对待她们,甚至有时仅将其作为性爱对象。
- 他是不合群的孤独者,平时只与同事、敌人、亦敌亦友者以及合伙人打交道,但又与布里姬·奥肖内西坠入爱河。
- 他对一切都进行理性分析,却也会感情用事、表现出攻击性。
- 他在乎布里姬,却还是要让她心碎,把她交予警方。

- 他工作有条不紊，私人关系却一片混乱。
- 他坚强、主动，却也谨慎、老练。
- 他擅长思考，却也能在动脑的同时迅速出击、身手敏捷。

6.7 布里姬·奥肖内西：行走的矛盾体

和大部分罪案小说一样，《马耳他之鹰》的反面人物是杀人犯。但达希尔·哈米特创造了美貌迷人、富有心机的布里姬·奥肖内西，一个黑色小说中标志性的致命妙女郎——优雅魅惑、让主人公身陷大麻烦的蛇蝎美人。这个故事的主人公萨姆·斯佩德是她的靶子，正如斯佩德一样，她本人也是行走的矛盾体。

犹豫不决	鲁莽
柔弱	强硬
穿着讲究	一丝不挂
无辜	有罪
诚实	说谎
善良	邪恶
性感	冷漠
外表美丽	内心丑陋
天真	控制欲强
浪漫	无情
爱男人	利用男性
温柔	强势

忠诚	不忠
恋人	视性爱为工具

布里姬·奥肖内西与我们的主人公一样，是一个复杂的人物——因此与主人公一样出彩。她矛盾的特质不仅在自身躯体中挣扎，也会与萨姆·斯佩德的矛盾特征交锋，激起两人之间的冲突。

- 她最初以温德莉小姐的身份出现在斯佩德的办公室中，作者将其描述为犹犹豫豫、害羞温柔的女孩；而以布里姬·奥肖内西的身份，她却大胆地投怀送抱以换取宝贝鸟儿。
- 装作斯佩德口中"女学生模样"时，她柔弱，尽显女性柔情；但冷血、毫不犹豫杀死阿切尔的也正是她。
- 她身着时髦性感的衣装，这方面书中进行了大段描写——从绉纱到缎面裙，以匹配她的不同身份；而为向斯佩德证明自己没偷1000美元钞票，她却在浴室赤身裸体以证清白。
- 温德莉小姐无辜、甜美；布里姬·奥肖内西则直白地告诉斯佩德"我不是无辜的"。
- 她对斯佩德几次说出调情的话，听起来是玩笑，却在不同场合被证实是真话，如上文提及的"我不是无辜的"以及"我的生活并不光彩"；但她一直在说谎，从名字

第六章 案例分析:《马耳他之鹰》

开始——最初是温德莉小姐,然后变成勒布朗小姐,最终才成为布里姬·奥肖内西。
- 最初她以寻找迷途妹妹的好姐姐形象出现;随后我们却发现她才是所有人的大麻烦。
- 她是一个性感火辣的女人,大部分男士都会买她的账——连斯佩德都无法对她令人窒息的性感无动于衷;但我们随后就发现她的魅惑是可以随时开关的——哪怕在近距离瞄准开枪时。
- 她是一位美丽的女士;但正如谚语所说"美在外表而已"——内在却装着暗黑的灵魂。
- 她非常天真,以为自己的魅力可以迷住斯佩德,能让他在谋杀案中放她一马;但她玩弄瑟斯比和阿切尔,也尽力操控着斯佩德。
- 对斯佩德她怀有浪漫之情,我们(差点儿)相信她爱斯佩德,至少尽她所能去爱了;但追逐马耳他之鹰时,她表现出了绝对的冷酷。
- 她爱男人,至少在肉体欢愉方面是如此,她也爱过不少人,但同时这也是她在利用男人——瑟斯比、阿切尔乃至斯佩德满足自己的愿望。
- 她对斯佩德表现出或真或假的无限柔情,却也可以强硬到能够在瑟斯比、古特曼、凯罗尔和威尔默之流中生存,成为他们的竞争对手。
- 她假装对斯佩德忠诚,实则忠于自己的目标;尽管她最终几乎背叛了所有人,却没有背叛斯佩德——斯佩德也明白这一点,但无法保证未来她是否会背叛自己。
- 色诱男人她很有一套,但目的是引诱男人为她做事。

当然,布里姬只是《马耳他之鹰》中的众多反派之一。斯佩德面临的挑战来自所有追逐马耳他之鹰的罪犯、警方以及地方检察官,就连他的情妇和秘书也来添乱。这一切都为主、次要情节、主题以及主题变体提供了丰富的素材。下面,我们列出了斯佩德世界的人物气泡图。

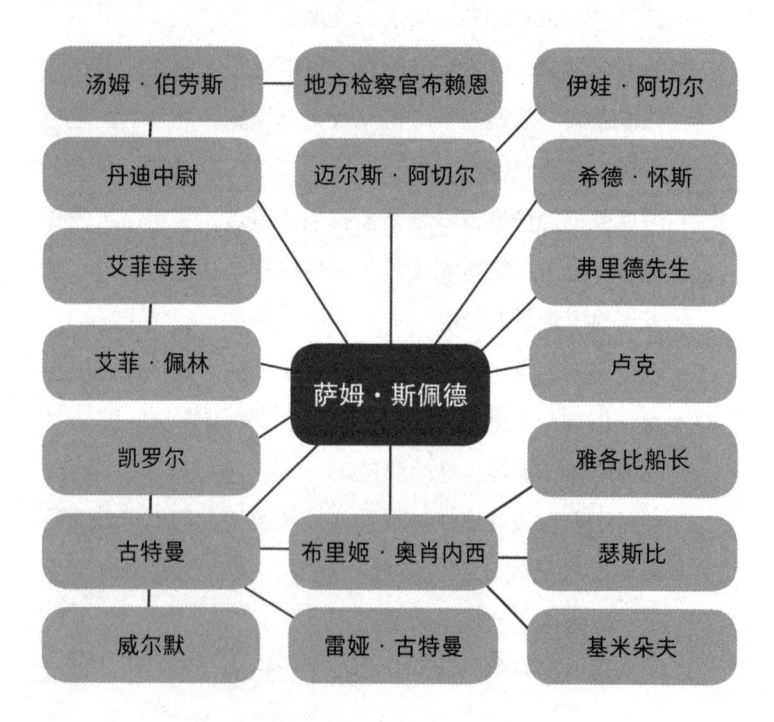

```
汤姆·伯劳斯      地方检察官布赖恩      伊娃·阿切尔
丹迪中尉         迈尔斯·阿切尔        希德·怀斯
艾菲母亲                              弗里德先生
艾菲·佩林        萨姆·斯佩德          卢克
凯罗尔                                雅各比船长
古特曼          布里姬·奥肖内西       瑟斯比
威尔默          雷娅·古特曼          基米朵夫
```

6.8 大场景分解

现在我们来仔细分析一下《马耳他之鹰》的主题、主要情节、次要情节、主题变体、主人公、反面人物以及次要人物。

第一幕

- **诱发事件**：阿切尔被谋杀（谋杀案 1），瑟斯比随即也被谋杀（谋杀案 2）。
- **情节关节点 1**：凯罗尔开价 5000 美元，请斯佩德寻找马耳他之鹰。

第二幕

- **中点**：古特曼下药麻醉斯佩德，斯佩德醒来回到办公室。
- **情节关节点 2**：有人携马耳他之鹰入场（谋杀案 3）。

第三幕

- **高潮**：斯佩德将布里姬交给警方。
- **尾声**：斯佩德回到办公室，重回艾菲和伊娃身边。

不难看出，《马耳他之鹰》的情节节点与众多罪案小说相似，从引入罪案开始，然后努力破案，直至将罪犯捉拿归案。

马耳他之鹰：终极麦高芬

麦高芬（MacGuffin）这个术语因电影导演阿尔弗雷德·希区柯克而流行开来，它是故事中驱动情节的某种物品、目标、事件或人物，诱发人物争夺、控制、隐藏或销毁。举例如下：

- 比尔博的魔戒（J. R. R. 托尔金的《魔戒》）
- 特洛伊的海伦，"那张引诱千帆竞发的面庞"〔荷马（Homer）《伊利亚特》(Iliad)〕
- 法国〔莎士比亚的《亨利五世》(Henry V)〕

当然，在《马耳他之鹰》中，马耳他之鹰就是麦高芬。

关于麦高芬精确定义的争论似乎永无休止，但你在创造自己的圣杯时，有几条宽泛的指导原则可循：(1)这是不易获取的某物或某人；(2)这是适合塞进你的故事题材的某物或某人。

马耳他之鹰雕塑：终极麦高芬

在《马耳他之鹰》中，众人最终发现这件雕塑是铅制赝品。但哈米特却是以真实的尼普森之鹰（Kniphausen Hawk）为基础创作的这个故事。尼普森之鹰是一件镶满珠宝的雕塑，为仪式斟酒容器，其历史可上溯到 1697 年，最初为神圣罗马帝国公爵乔治·威廉·冯·尼普森所作，如今为德文郡公爵和公爵夫人所有。

具有讽刺意味的是，1941 年版汉弗莱·博加特主演的《马耳他之鹰》片中的道具与多萝西的红宝石鞋、玛丽莲·梦露的地铁裙装一起，共同被列为有史以来最重要的电影道具——因此价值连城。有两件《马耳他之鹰》道具已高价出售：一件于1994年以398 500美元卖给了一位私人收藏家，另一件则于2013年以4 085 000美元高价拍卖成交。

麦高芬只是个代号

阿尔弗雷德·希区柯克将编剧安格斯·迈克菲尔（Angus McPhail）尊为"麦高芬概念创始人"，该词源自下面这个荒诞的老笑话。

一个人在火车上，另一位男士上来，坐在他对面。第一位男士注意到第二位拿着一个包裹，形状奇怪。

"这是什么？"第一位问道。

"一个麦高芬，一种在苏格兰高地猎捕狮子的工具。"

"可苏格兰高地没有狮子啊。"第一位说道。

"那好吧，"另一人答道，"那就不是麦高芬。"

我是识字之人中少数认真对待侦探小说的人之一——这样的人本来就不多。我并不是想抬高自己或同行的作品——我看重的是侦探故事这种形式本身。未来某天，会有人让它成为"文学"的……出于私心，我衷心希望如此。

——达希尔·哈米特

取名的艺术

达希尔·哈米特在《马耳他之鹰》中花了一番心思为人物命名。这是狄更斯心爱的手段，你也可以在小说中试试——当然要用得微妙一些。以下列小说中精彩的命名为例，这些名字与主题和主题变体密切相关。

- **萨姆·斯佩德**[①]：这位坚持不懈的侦探一直在努力挖掘真相，直至同伴之死真相大白。
- **古特曼**：这个肥胖的大恶棍贪婪地想得到马耳他之鹰，无所节制，书中亦称其为"那个胖子"。
- **希德·怀斯**[②]：这位敏锐的律师发现斯佩德做事不合适就会打电话提醒他，相当于我们主人公的道德指南针。
- **温德莉**[③] **小姐/勒布朗**[④] **小姐/奥肖内西小姐**：这位狡猾的美女从"美妙的"到"纯白（或蒙在鼓里）"，最终才成为"不确定是哪里的人"。当然，布里姬也是凯尔特三女神的名字，三姐妹名为——诗神布里姬、铁匠布里姬和疗伤者布里姬。
- **丹迪**[⑤] **中尉**：总是在斯佩德面前出丑的笨头笨脑警察。

---

① 斯佩德英文为"Spade"，为"铲子"之意。——译者注
② 怀斯英文为"Wise"，为"睿智"之意。——译者注
③ 温德莉英文为"Wonderly"，英文"wonderful"为"美妙、很棒"之意。——译者注
④ 勒布朗原文"Leblanc"为法文"白色"之意。——译者注
⑤ 丹迪英文为"Dundy"，英文中"dunderhead"意为"笨头笨脑"。——译者注

6.9 斯佩德和英雄之旅

我们发现，萨姆·斯佩德是无数后世私家侦探主人公形象的灵感来源。因此，从英雄之旅的角度出发解构《马耳他之鹰》有助于我们理解并借此机会审视斯佩德如何融入英雄模式。

第一幕

现状：私家侦探萨姆·斯佩德在办公室与美丽的新客户温德莉小姐（即随后的布里姬·奥肖内西）见面。

催化剂：斯佩德的合伙人迈尔斯·阿切尔被谋杀，不久，阿切尔跟踪的弗洛伊德·瑟斯比也被谋杀。

否认：警方认为斯佩德杀了阿切尔或瑟斯比，布里姬向斯佩德寻求保护。

遇到专家导师：斯佩德拜访他的律师希德·怀斯（请留心怀斯这个姓。）

接受与行动：凯罗尔向斯佩德开价 5000 美元，请他找寻马耳他之鹰。

第二幕

历经磨难，敌友共存：斯佩德开始调查。

如临深渊：斯佩德与警方、地方检察官、凯罗尔、古特曼和威尔默发生矛盾，还与布里姬同床共枕。

纵身一跃：威尔默将子弹上膛，质问斯佩德，斯佩德反夺其枪，两人一起去见古特曼。古特曼给斯佩德讲了马耳他之鹰的故事并下药麻醉斯佩德。斯佩德摔倒后威尔默踢他的脑袋。

回报：雅各比船长带着马耳他之鹰出现。

第三幕

通往终点之路：斯佩德将鸟儿藏起来，实行计划。

真正的考验：最后，斯佩德在公寓中和古特曼一手交钱一手交货，结果却发现这尊马耳他之鹰雕塑是赝品。凯罗尔和古特曼启程前往伊斯坦布尔，威尔默悄悄溜走，斯佩德报警抓捕他们。接着他就阿切尔之死对质布里姬，把她也交给了警方。

重归新的日常状态：萨姆·斯佩德重回办公室，门上只剩他一人的名字。他熬过了失去合伙人的打击，也熬过了失去心上人之痛。

萨姆·斯佩德是我们艰难时刻所需要的朋友，他是喜欢嘲笑我们的大哥，是我们凶悍的父亲，是浪子回头保护我们的昔日校园小霸王。他是我们危难之中都想遇到的人，因为他会坚持不懈地拯救我们，必要时也会为我们复仇。我们感受到的是斯佩德的人性，哈米特将这一点阐释得非常成功，让我们产生共鸣的，正是这种人性。

——罗伯特·克赖斯（Robert Crais）

6.10 《马耳他之鹰》：分场景解析

《马耳他之鹰》是一个值得分场景研习的故事，其中可分出多达 60 个场景——正如我们在第五章中提及的 60 个场景那样。

我们先复习一下：大部分长篇故事有 50 到 100 个场景，具体场景数目依据故事长度而定，初稿请争取写出至少 60 个场景。

- 第一幕：15 个场景
- 第二幕：30 个场景
- 第三幕：15 个场景

我们之前提到，并非英雄之旅结构中的每一步都会出现在所有故事中，即便是，也不一定完全遵从相同的顺序。与之类似，阅读下文《马耳他之鹰》的场景分解时，切记每一幕场景并非定数，15—30—15 模式只是估算。拆开达希尔·哈米特的经典之作，我们就能够看出这一点。

6.11 《马耳他之鹰》：场景拆分

第一幕

1. 温德莉小姐去萨姆·斯佩德和迈尔斯·阿切尔在旧金山的私家侦探办公室，雇用他们寻找妹妹，称妹妹同一个名叫弗洛伊德·瑟斯比的男人私奔离开纽约。阿切尔当晚会与温德莉小姐在圣马克旅馆碰面，尾随瑟斯比。

2. 午夜时分，斯佩德接到电话，告知有人死亡，他叫车出门。

诱发事件

3. 斯佩德来到犯罪现场,汤姆·伯劳斯及其手下的警员正在调查斯佩德合伙人阿切尔之死。阿切尔被一把韦伯利-福斯韦里自动式转轮手枪射中心脏。

4. 斯佩德给秘书艾菲打电话,请她告诉阿切尔的妻子,阿切尔遇害。

5. 斯佩德回家小酌,汤姆·伯劳斯和丹迪中尉突然到访,向斯佩德调查瑟斯比的情况。斯佩德离开阿切尔的谋杀现场后,瑟斯比中四枪身亡。

6. 次日清晨,阿切尔的寡妇伊娃在斯佩德的办公室等他。伊娃吻了斯佩德,斯佩德送她出门。

7. 艾菲告诉斯佩德,前夜自己告诉伊娃阿切尔之死时,伊娃刚进家门。

8. 斯佩德重返圣马克旅馆,但温德莉小姐已经退房。

9. 回到办公室后,艾菲告诉斯佩德,温德莉小姐请他去皇冠公寓见面,她在那里以勒布朗小姐的身份入住。

10. 斯佩德去见温德莉(勒布朗)小姐,最终得知她的真名为布里姬·奥肖内西。她称自己在香港遇见瑟斯比,现在瑟斯比死了,她很害怕,因此请斯佩德保护她不被警察调查。

11. 斯佩德拜访希德·怀斯律师。

第二幕

情节关节点 1

12. 乔尔·凯罗尔向斯佩德开价 5000 美元,寻找无价之宝马耳他之鹰。艾菲离开后,凯罗尔拔出枪对准斯佩德,斯佩德将其打昏。等他醒来,斯佩德同意接受任务,归还凯罗尔的枪。凯罗尔又持枪对准斯佩德,以便搜查其办公室。

13. 斯佩德去剧院找凯罗尔时,威尔默尾随,凯罗尔却称不认识威尔默。

14. 斯佩德甩掉跟踪者回到家,发现自己的公寓已被搜查过。

15. 斯佩德告诉布里姬,凯罗尔为那只鸟儿开的价格,她则投怀送抱。

16. 斯佩德带布里姬回到他的公寓,伊娃在外面等他——斯佩德让她回家。斯佩德给布里姬讲了弗利特克拉夫特的故事。凯罗尔来了,与布里姬发生冲突,斯佩德干预。

17. 警察出现在斯佩德家门口,凯罗尔喊救命,警察冲了进来。凯罗尔和布里姬各执一词,斯佩德则称这完全是一场闹剧。凯罗尔和警察离开,布里姬吻了斯佩德。

18. 次日清晨,趁布里姬尚未醒来,斯佩德拿了她的钥匙,去她的公寓搜查。

19. 斯佩德回到自己的公寓,为布里姬做早饭,然后护送她回家。

20. 斯佩德去贝尔维德旅馆见凯罗尔，撞见了他认为在为古特曼效力的威尔默。斯佩德让威尔默给古特曼带信，然后让旅馆侦探把他赶出去。

21. 凯罗尔回到旅馆，告诉斯佩德警察整夜都在盘问他关于谋杀的事情。

22. 斯佩德请艾菲暂时收留布里姬，然后他们乘坐不同的出租车离开办公室。

23. 伊娃出现在办公室，告诉斯佩德她已向警察和阿切尔的兄弟菲尔说谎，称斯佩德可能与阿切尔之死有关。斯佩德让她去找希德·怀斯。

24. 斯佩德去古特曼那儿，古特曼拒绝告诉他那只鸟儿怎么了。斯佩德将杯子砸向墙面，威胁古特曼和威尔默，告诉古特曼改变主意的最后期限是下午 5:30。

25. 斯佩德去见希德·怀斯，了解伊娃的情况。

26. 艾菲告诉斯佩德，布里姬根本没到达她家。

27. 斯佩德找到布里姬的出租司机，司机称是在轮渡大厦让布里姬下车的。

28. 斯佩德再次搜索布里姬的公寓。

29. 全副武装的威尔默来到斯佩德的办公室，欲将其带去见古特曼。斯佩德哄骗威尔默，夺走他的手枪。

30. 古特曼告诉斯佩德马耳他之鹰的故事，然后在斯佩德杯中下药，斯佩德被麻醉晕了过去。

中点

31. 斯佩德头部重伤回到办公室，艾菲在那里等他。艾菲应允向教授亲戚询问马耳他之鹰是否属实。

32. 斯佩德回家稍作休整，然后去皇冠公寓，但布里姬并不在那儿。他去亚历山大旅馆，但古特曼不在那儿。

33. 斯佩德又去了贝尔维德旅馆，与旅馆侦探共进早餐。

34. 旅馆侦探和斯佩德搜索凯罗尔房间，斯佩德发现了一张《号角报》(Call)剪报，内容是一艘船。

35. 斯佩德找到前一天的《号角报》，搜索运输的相关消息，接着打了五个电话。

36. 艾菲告诉斯佩德，她的亲戚确认马耳他之鹰存在，并称码头有一艘名叫"白鸽号"的船起火了。

37. 斯佩德与伯劳斯共进午餐，后者告诉他瑟斯比与暴徒们的联系。

38. 斯佩德去地方检察官那儿，对方设法威胁他开口。

39. 斯佩德给古特曼以及凯罗尔的旅馆打电话，但两人都不在。

40. 斯佩德接了一位剧院所有者的新案件。

41. 艾菲让斯佩德心生内疚，去那艘船找布里姬。

42. 斯佩德回到办公室，艾菲说旅馆侦探打电话说凯罗尔回去了。

43. 斯佩德去旅馆但晚了一步，凯罗尔已经离开。

44. 旅馆侦探和斯佩德搜查了凯罗尔留下的箱子，里面空空如也。

45. 斯佩德回到办公室，告诉艾菲他到船上时布里姬早已离开。

第三幕

情节关节点2

46. 一个手里拿着包裹、流着血的人冲进办公室，然后倒下了。

47. 斯佩德让艾菲锁上门，搜查这个已死之人。他打开包裹——里面正是马耳他之鹰。电话响了，艾菲接听，是布里姬，她称自己深陷危险。斯佩德携包裹离开，让艾菲打电话叫警察。

48. 斯佩德打车去汽车总站，在包裹室里寄存这只鹰，然后将提取证放入已贴邮票的信封塞入邮箱。

49. 斯佩德在古特曼的套间里发现了一个被麻醉的女孩，他将女孩救醒，女孩说自己是古特曼的女儿雷娅，让斯佩德去伯林盖姆救布里姬。

50. 斯佩德给急救中心打电话，请他们营救被麻醉的女孩。

51. 斯佩德打电话叫车，请司机在他用餐的约翰餐厅碰面。

52. 司机在离伯林盖姆那栋房子不远处停车，斯佩德让他把车始终保持发动状态。

53. 这座房子看似空荡荡的。斯佩德让房东下楼来开门，他进去，里面空空如也。

54. 斯佩德去了亚历山德里亚，旅馆前台员工告诉他，古特曼房间里并没有发现被麻醉的女孩。

55. 斯佩德给艾菲打电话，然后去她家。艾菲说警察不停地盘问她关于那个死去的船长背景，但警察根本不知道那只鹰——她也没说什么。

高潮

56. 斯佩德回到自己的公寓，布里姬在那里等着。他们走进公寓，凯罗尔、古特曼和跟班威尔默都在那儿，子弹已上膛。

57. 斯佩德告诉他们，他们需要找个替罪羊，众人一致同意让威尔默当替罪羊。古特曼将 10 000 元美金塞进信封，递给斯佩德。有人趁斯佩德不注意，偷走了 1000 美金。斯佩德将布里姬带进浴室，她脱光衣服证明自己没有拿。斯佩德逼迫古特曼交出那 1000 美金。他们整夜都在等马耳他之鹰。早晨，艾菲把马耳他之鹰带来了。古特曼取了一把刀，刮开表面的釉质——里面却是铅。凯罗尔、布里姬、古特曼都开始大吼大叫，认为上了俄国人的当，凯罗尔和古特曼打算去伊斯坦布尔找寻货真价实的马耳他之鹰。威尔默溜了出去。古特曼抽枪对准斯佩德要求退款,斯佩德留下 1000 美金,归还了剩余的。

58. 凯罗尔和古特曼离开。
59. 斯佩德给警察打电话,告诉他们威尔默杀死了瑟斯比和雅各比,凯罗尔和古特曼为幕后指使者。接着他与布里姬对质,布里姬承认是自己杀了阿切尔。警察来了,斯佩德把布里姬交给了他们。

尾声

60. 次日清晨,斯佩德走进办公室。伊娃出现,艾菲带她进来见斯佩德。

为场景命名

达希尔·哈米特最有意思的手法之一是为章节取名,他将故事分为二十章——各有一个名字。

1. 斯佩德与阿切尔侦探事务所
2. 雾中之死
3. 三个女人
4. 黑鸟
5. 黎凡特人
6. 小矮个跟踪者
7. 空中的 G
8. 一派胡言

第六章 案例分析:《马耳他之鹰》

> 9. 布里姬
> 10. 贝尔维德旅馆的长沙发
> 11. 胖子
> 12. 旋转木马
> 13. 皇帝的礼物
> 14. 白鸟
> 15. 异想天开的家伙们
> 16. 第三桩谋杀案
> 17. 星期六之夜
> 18. 替罪羊
> 19. 俄国人的把戏
> 20. 假如他们绞死你
>
> 章节名称为故事增添了趣味和主题元素,你也可以考虑在自己的故事中使用这种技巧,尤其是名称与独特的卖点相关时。

6.12 打包总结

《马耳他之鹰》中最引人入胜的内容之一,是第七章中萨姆·斯佩德与布里姬·奥肖内西在等凯罗尔时斯佩德给布里姬讲的故事。这个故事涉及书中我们讨论的各种主题:隐私、判断力、背信弃义、部落忠诚、忠于真实的自我、本性难移、撒谎成性、万物有序或世事难料等。这就是弗利特克拉夫特的故事,它是让《马耳他之鹰》在同类故事中脱颖而出的众多要素之一。哈米特是极简主义者,这是他对题材的内在要求,但写

如何写出"抓人"的故事

这个故事，他为作品增添了微妙却完全可以读懂的富有层次的效果。他透过主题制造了这种效果，无论你创作何种题材，都可以尝试这种方法。

案例分析即将结束，让我们来读一读弗利特克拉夫特的故事。

弗利特克拉夫特的故事

有个名叫弗利特克拉夫特的人，有一天他离开自己在塔科马的房产公司去参加午宴，这一去就再也没回来。他也没赴约参加当天下午四点的高尔夫之约，尽管这是他自己赴宴前不到半小时内主动约别人的（**冲动之举**）。妻儿再也没见过他（**不忠诚、背叛、离弃**）。他和太太看似很幸福（**爱情、反复无常、忠诚**），他们有两个儿子，一个五岁，另一个三岁（**父爱、部落忠诚**）。他在塔科马郊区有自己的房产、一辆新帕卡德，还有美国成功人士普遍拥有的一切（**可靠性、安全、常规、随大流**）。

弗利特克拉夫特从父亲那儿继承了七万美元遗产，房地产生意兴隆，他消失时资产价值约二十万美元（**财富、安全、成功**）。一切都安排得井井有条，但众多细节皆表明，这并不是在为消失做准备

第六章 案例分析:《马耳他之鹰》

(**可靠性**)。比如,有一桩可为他带来客观利润的协议,原本就将在他失踪后的第二天敲定(**冲动、离弃**)。没有任何迹象表明,除了随身的五六十美元他还带走了其他财产(**勤俭节约**)。他过去几个月的习惯可谓周全细致,人们也许会怀疑他有何秘密企图或存在婚外恋,但这两样对他而言几乎是不可能的(**忠诚、常规、随大流**)。

"他就那样离开了,"斯佩德说,"就像你张开手,拳头就不见了。"

故事说到这里,电话铃响了。

"您好,"斯佩德对话筒说道,"凯罗尔先生吗?……我是斯佩德,您可以来我这儿吗?邮政街,现在?好,那就这样。"他看着姑娘,抿着嘴唇,然后迅速说:"奥肖内西小姐在这里,她想见见你。"

布里姬·奥肖内西皱起眉,在椅子里躁动不安,但一言不发。

斯佩德挂了电话,告诉她:"他几分钟就到。接着说,那是1922年。1927年,我在西雅图最大的侦探所之一工作。弗利特克拉夫特夫人来了,告诉我们说有人在斯波坎看到一个人,长得像她丈夫(**双重性、离弃、背叛、本性难移**)。我过去了,好吧,的确是弗利特克拉夫特。他在斯波坎住了几年,用的是查尔斯·皮尔斯这个名字——查尔斯就是他本名(**隐私、判断力、背信弃义、说谎者本性不改、蓄意遗漏隐瞒真相、自爱、将自己摆在首位**)。他经营着一家汽车公司,每年净赚两万多美元,有一个妻子、一个年幼的儿子,在斯波坎郊区有一处住宅,这个季节下午四点后常常去打高尔夫(**本性难移、回到老样子、部落忠诚、活在谎言中**)。"

没有人跟斯佩德交代过,找到弗利特克拉夫特后该怎么办。他们在斯佩德位于德文波特的房间里谈话,弗利特克拉夫特毫无愧疚感(**不忠、背叛、背信弃义、毫无悔改之心、冷漠、应享受的权利、自爱、将自己摆在首位**)。他觉得自己已经让第一个家庭衣食无忧了,对他来说,自己的所作所为完全是可以理解的。唯一的麻烦在于,他不知道自己是否能够向斯佩德说清楚他眼中的合理性。他从未把自己的故事告诉过任何人,因此从未尝试过怎样直白地解释这种合理性(**承认、合理化、道德感**),现在他得试试了。

"我是理解了,"斯佩德告诉布里姬·奥肖内西,"但弗利特克拉夫特太太无法理解,她认为那种想法蠢到家了。也许的确蠢。总之,结果还好,她不想陷入任何丑闻,而且在弗利特克拉夫特这么捉弄她以后——她是这么想的——她不想再和他一起了(**背信弃义、不忠、背叛、欺骗、离弃、生活还得继续**)。因此他们悄悄离婚,生活继续。"

"消失那天他经历了这样一件事。去吃午饭时他路过一栋在建的办公楼——框架刚建好。一根横梁还是什么的从八楼或十楼落下,砸在他身边的人行道上(**死亡、命运、世事难料**)。离他太近了,但还好没砸中他。不过,人行道路面被砸坏了,碎片飞起来砸中了他的脸。只是擦破了皮而已,可我见到他时脸上还有疤痕(**恐惧、创伤、损伤**)。讲到这里——他用手指揉擦那道疤痕——满怀深情地。当时他显然吓傻了,他说,但比起恐惧,更多的是震惊(**恐惧、震惊**)。他觉得好像有人揭开了生活的盖子,让他看清其中的一切是如何运作的(**命运、世事难料、生命的意义或缺失意义**)。"

弗利特克拉夫特一直是好公民、好丈夫、好爸爸,没有外界强制力,只因他曾是所在环境中最舒服的人(**常规、安全、心满意足**)。他从小就生长在这样的环境中(**家庭、传统、部落忠诚**)。他认识的人都这样,他熟悉的生活整洁有序而理智(**秩序、常规、随大流**)。现在一根落下的横梁告诉他,生活的本质绝非如此(**混乱、存在主义、虚无主义、命运)。他,这个好公民、好丈夫、好爸爸,可能会因为办公室和餐馆之间一根意外砸下的横梁而瞬间消失。那一刻他明白了人们会因为这种意外而死,除非运气好(**运气、命运、怀疑主义、无政府主义**)。

最让他心生困惑的并非这种不公:刹那的震惊之后,他已经接受了。让他困惑的是,他发现自己应该走出有条不紊的生活,而不是顺着生活走(**常规、追求真理、现实、应享受的权利**)。他说自己从落下的横梁那里还没走出五六米远时就已经明白,如果他不能让自己尝试一下生活新鲜的一面,就永无安宁之日(**混乱、焦虑、应享受的权利、自爱、将自己摆在首位、适应**)。午宴后,他找到了自己的调整方式。如果被毫无预兆的横梁砸中,他的生命便可能就此终结:只要他离开,就可以随心所欲地改变生活(**变化、适应、背信弃义、自爱、将自己摆在首位**)。他爱家人,他说,按理说应该这样,但他知道自己已经留下的一切足以让他们衣食无忧,而他对他们的爱还不至于引发离别之痛(**爱、婚姻、家庭、忠诚、专一、冷漠、背叛、应享受的权利、自爱、将自己摆在首位**)。

"那天下午他去了西雅图,"斯佩德说道,"又从那里乘船去了旧金山(**逃离、寻找真理、忠于真实**

的自己）。几年中他四处漂泊，然后回到西北，在斯波坎结婚定居（**爱情、婚姻、常规**）。他的第二位太太外貌同第一位不太像，但还是有不少相似点（**本性难移、回到老样子**）。你知道，就那种高尔夫和桥牌打得不错、喜欢尝试沙拉新做法的女人（**随大流、常规、家庭生活**）。他对自己的所作所为并不后悔（**承认、毫不悔改、应享受的权利、适应、悔恨**）。对他来说似乎合情合理。我觉得他甚至还没发现自己又回归了从塔科马跳出的那种生活（**本性难移、回到老样子、随大流、常规**）。但这正是故事中我最喜欢的地方。他因为横梁砸下来调整了自己的生活，后来没有横梁砸下来了，他又把生活调整回没有横梁下落的时候（**应享受的权利、适应、本性难移、回到老样子、自爱、将自己摆在首位**）。"

6.13 用案例分析为创作做准备

本章中，我们努力分析了《马耳他之鹰》的结构和主题元素。哈米特巧妙地将主要情节、次要情节、主题以及主题变体织进了故事中，结构十分密致——一个场景接一个场景。这是一块精美的织毯——你自己分场景创作故事时，可参照这一出色的案例。

> 　　写故事，就是想成名、获利、享受满足感，想写自己想写、让自己感觉良好的东西，也希望作品传承百年。你不一定能得到所有这一切，得不到也不见得会放弃写作或自杀，但这些理应成为你的目标，其他都是小事。
>
> 　　　　　　　　　　　　——达希尔·哈米特

第七章
场景的正负电荷

> 真正的悬念来自进退两难的道德困境，以及做出正确选择并落实的勇气。假悬念来自意外，还有毫无意义、接二连三的坏事。
>
> ——约翰·加德纳（John Gardner）

我们已经以《马耳他之鹰》为例，分析了情节的所有元素是怎样天衣无缝地在故事中拼合起来的，接下来我们将分解你的故事中的场景。本章将探索如何让你的场景分镜精彩纷呈，并审视随着故事的发展情感层面该如何变化。

在引人入胜的情节中，每个场景都会动用感情、行动和主题，开足马力——创造驱动故事的感情。如此一来，读者便可踏上激动人心的旅程。故事体验是过山车还是不知所向的枯燥迂回，取决于你的场景安排。我们将分析可插入结构中的波澜曲折的场景，以及怎样通电能让故事开足马力。我们还将学习为场景设置正负电荷的通电艺术，并适当排序，让场景组合效果实现最优。在第四章中，我们讨论了驱动故事场景中行动的大大小小的故事问题，而为场景设置的正负电荷，则可被视为回答那些故事问题的答案。

我也会分享一些妙招,助你尽可能将故事语境中的每个场景都塑造得强大有力:判断每个场景中视角人物的态度,增强感情影响力,充分挖掘行动。

首先,我们要分析动用感情、行动、主题等为场景通电的"正电荷"和"负电荷"。

> 开始写一本书时,我先关注两件事。其一,故事本身必须拥有能够从头到尾引领我和读者的戏剧弧;其二,故事需通过阐明人物世界的大主题编织起来。
>
> ——戴维·马拉尼斯(David Maraniss)

7.1 设定场景的"正电荷"与"负电荷"

将场景设定为正电荷或负电荷有多种途径,让我们依次审视。

感情

每个场景皆需动用感情来充电,无论是正面感情还是负面感情,这取决于你的视角人物在场景末尾处的感受。

首先,决定每个场景的视角人物。如果你从单一视角写故事——第一人称或第三人称——用谁的视角一目了然。若采

第七章 场景的正负电荷

用多个视角,则需要判断每个场景中从哪位人物的视角讲故事最适合。每个场景都要做出决定,这很重要。答案取决于谁是该场景中最受影响的人物,即承受风险最大的人物。做好这个决定,就已成功一半。

一旦明确某场景中哪位视角人物收获最大或损失最惨痛,就很容易判断该场景结尾处这一人物有所失还是有所得——无论是身体、感情还是精神方面。也许你会发现,在一些场景中,视角人物会有失有得(这样场景的"正电荷"和"负电荷"都可以出现了)。

现在,我们重返第四章中讨论过的场景,但这次从感情语境层面出发考虑。

《罗密欧与朱丽叶》,威廉·莎士比亚

场景:阳台场景

摘句:"哦,罗密欧,罗密欧,你为什么要是罗密欧?"

视角:客观视角(第三人称)

对罗密欧和朱丽叶二人来说都是初次示爱的爱情场景。对罗密欧而言是正电荷,对朱丽叶来说也是正电荷。

感情电荷:正电荷+

《浪潮王子》,帕特·康罗伊

场景:晚餐场景

191

摘句:"真是一顿像样的饭,莉拉。简简单单,但真的不错。"

视角:汤姆(第一人称)

这是一个充满悬念的场景,汤姆的妈妈给自己粗俗好斗的丈夫送上伪装的狗粮,孩子们感到难以置信,也感到害怕。该场景既可怕也好笑,但最后她把食物挪开了,近乎发狂的孩子们终于舒了一口气。这是孩子们和母亲的胜利。

感情电荷:正电荷+

《傲慢与偏见》,简·奥斯汀

场景:舞会

摘句:"她长得勉强过得去,但还没漂亮到足以诱惑我……"

视角:伊丽莎白·班内特(第三人称)

这是伊丽莎白·班内特无意听到达西先生背后侮辱她的舞会场景,她和朋友们一笑了之,但无论如何还是感到被冒犯了。

感情电荷:负电荷−

《盖普眼中的世界》,约翰·欧文

场景:医院场景

摘句:她感到自己比翻过的沃土——滋润的土地更易于吸收——盖普射入她身体时,她感到像夏日的水管一样充盈(好像可以灌溉整片草坪一样)。

第七章 场景的正负电荷

视角：珍妮·菲尔兹（第三人称）

该场景中，盖普的妈妈珍妮·菲尔兹用新鲜的方式怀上儿子——既足智多谋又残酷。她迫切地渴望拥有孩子，本场景中她成功让自己怀孕了——来自一位濒死之人的帮助。有趣、引人入胜、令人心碎、激动人心——对珍妮和读者来说皆是如此。

感情电荷：正电荷＋

《饥饿游戏》，苏珊·柯林斯

场景：抽签现场

摘句："我自愿当贡品！"

视角：凯特尼斯·伊夫迪恩（第一人称）

在这个关键的场景中，凯特尼斯·伊夫迪恩坚持替代被抽中参赛的妹妹波利姆。这一行动极易引发激动之情，凯特尼斯和读者皆因波利姆无须参加饥饿游戏而舒一口气，但凯特尼斯必须冒死参赛。

感情电荷：正电荷＋与负电荷－

《权力的游戏》，乔治·R. R. 马丁

场景：葬礼场景

摘句："我是'风暴降生'丹妮莉丝，龙之女，龙之妻，龙之母，你不明白吗？"

视角：丹妮（第三人称）

在这一高潮场景中，丹妮莉丝走进火葬亡夫的木柴堆，作为龙的女王走出来。从必死无疑到重生、确定皇室身份——非常积极的结果。

感情电荷：正电荷＋

《龙文身的女孩》，斯蒂格·拉森

场景：文身场景

引言："我是一头有施虐狂的猪，是个堕落的人，是个强奸犯。"

视角：莉丝贝特（第三人称）

这一场景中，莉丝贝特·莎兰德面对虐待者扭转局势，为他文上以上字样，警告毫无戒备心的潜在受害者。这种冷酷而炽烈的复仇让莉丝贝特惩罚了自己的虐待者。

感情电荷：正电荷＋

《马耳他之鹰》的视角

如果你已读过《马耳他之鹰》，也许会注意到达希尔·哈米特为这部杰作选择了客观的第三人称叙述视角。故事自始至终跟随斯佩德的摄像机视角，斯佩德出现于每个场景，而我们也只能看见他眼中发生的事情，却无法进入他的大脑。

第七章 场景的正负电荷

在整部小说中维持第三人称客观视角非常艰难，极少有作者愿意尝试。哈米特在此用得恰到好处，这种超然的性质有助于展现该故事的存在主义主题。温馨提示：不宜在家尝试。

轻松激发好创意

为乐趣，也为稿酬，请将第六章中《马耳他之鹰》的分场景解析再浏览一遍。根据每个场景对主人公萨姆·斯佩德的影响，标出正电荷或负电荷。

> 我爱写作，我爱这些旋转摇摆的词句，因为它们纠缠着人类的情感。
>
> ——詹姆斯·A. 米切纳（James A. Michener）

作家阅读书目

如果你正苦于寻找故事主线，阅读参考书也许会有所帮助。如下为几部难得的好书，也许能帮助你理清情节构思问题。

- 《101部最佳小说的情节梗概》（*Plot Outlines of 101 Best Novels*），我手中这部经典之作为哈珀和罗出版社（Harper & Row）1962年出版的"日常工具书（Everyday Handbooks）"之一。该书已绝版，但网上有二手的在售。

> - 《36 种戏剧情境》(*The Thirty-Six Dramatic Situations*)，作者为乔治·波尔蒂（Georges Polti）。这是另一部经典之作——所幸仍在印刷。
> - 《童话的魅力：童话的心理意义与价值》(*The Uses of Enchantment: The Meaning and Importance of Fairy Tales*)，作者为布鲁诺·贝特尔海姆（Bruno Bettelheim）。无论你想改编童话，还是单纯只是想深入了解最爱的童话，这都是必备之书。

主题

主题可使场景带上正电荷或负电荷，部分主题可同时激发读者的"正电荷"与"负电荷"；还有的主题则会表现出更明显的正电荷或负电荷，可根据特定场景按需使用。

《罗密欧与朱丽叶》

主题：真爱

正电荷场景：《罗密欧与朱丽叶》中的阳台场景，真爱主题通过这对情侣互诉衷肠得以进一步巩固。

负电荷场景：这对情侣终为真爱殉情。朱丽叶服下让自己装死的药剂，希望能嫁给罗密欧。而后续的沟通失败和误解则导致罗密欧认为朱丽叶已死亡，于是在她墓中服毒自杀。朱丽叶醒后发现恋人尸体，亦殉情。

《浪潮王子》

主题：爱、忠诚、异常的家庭、性别互换

正电荷场景：聪颖美丽的妻子骗过粗俗的丈夫，让吓坏的孩子们偷着乐。

负电荷场景：聪颖美丽的妻子关掉电视，希望粗俗的丈夫可以为十岁生日的孪生兄妹唱生日歌——丈夫却使劲儿将妻子的头撞到电视机上。孩子们来帮助母亲，父亲却冲他们来了。

《傲慢与偏见》

主题：通往爱情的障碍

正电荷场景：伊丽莎白和达西先生互诉衷肠，承认他们需要克服障碍——傲慢与偏见——才能相爱，幸福长久。

负电荷场景：达西疏远伊丽莎白时，真爱之旅并不顺畅。

《盖普眼中的世界》

主题：爱、死亡、性爱以及女权主义

正电荷场景：珍妮·菲尔兹怀上宝贝儿子——利用一位将死之人。

负电荷场景：她视若珍宝的儿子遭到一名激进的女权主义者刺杀，英年早逝。

《饥饿游戏》

主题：权力、忠诚、爱、独立

同时带有正电荷与负电荷的场景：小说主题反映在凯特尼斯自愿做贡品的场景中。政府实行抽签制，举办饥饿游戏（负电荷）；凯特尼斯自愿参加饥饿游戏体现出对妹妹的忠诚与爱，以及她独立的品性（正电荷）；凯特尼斯必须面对饥饿游戏中风险极大的死亡威胁（负电荷）。

《权力的游戏》

主题：权力、暴力、无尽的生死循环

正电荷场景：在第一部书的最后一个场景中，丹妮牺牲自己却获得重生、孵出小龙，在亡夫的葬礼火堆上战胜了死亡，确立了女王的地位。这一畅销系列小说的第一部如此结尾，既富强烈的戏剧性，又突显了主题。

负电荷场景：为竭力拯救濒死的丈夫，丹妮听信女祭司使用黑魔法，她本人流产并被迫亲手结束丈夫半死不活的生命。

《龙文身的女孩》

主题：暴力（尤其针对女性）、腐败

负电荷场景：虐待者是莉丝贝特的法定监护人——本应保护她，却强奸了她。

正电荷场景：莉丝贝特扭转了局势——重击腐败和针对

女性的暴力行为。

目标

在每个场景中，视角人物都应有一个目标：攻下山头，与女孩搭讪，挑战极限。若该场景结束时，视角人物达成目标——或离目标更近一步——该场景便为正电荷场景，正号；若未能实现目标——或离目标更远——场景即为负电荷场景，负号。

在《罗密欧与朱丽叶》的阳台场景中，罗密欧的目标是观察朱丽叶——不但实现了目标，还超出了预期。在《浪潮王子》中，汤姆的妈妈送上狗粮晚餐，目标是向孩子证明，论及生活中的精致事物，丈夫的辨识能力和一条狗差不多——她实现了，凭借的是烹饪小技巧。《傲慢与偏见》中，每个女孩都会在舞会上择偶——达西先生是那群人里最抢手的男士之一，他否定伊丽莎白的魅力，对伊丽莎白的前途是重击。

在《盖普眼中的世界》中，珍妮·菲尔兹决定在无须谈恋爱的情况下生孩子，决意在感情和肢体接触最小化的条件下受孕——她实现了。在《饥饿游戏》的抽签中，凯特尼斯的目标本是不被选中——但波利姆被点名时，凯特尼斯的目标则变成了要冒生命危险拯救小妹。在《权力的游戏》中，丹妮的丈夫死去，她的目标是接替亡夫卡利萨领袖的地位，并孵化三条龙。在净化的火焰中，一箭双雕。在《龙文身的女孩》中，莉丝贝特为她的攻击者文身，目标是将他标记为禽兽，以此复仇。她成功了。

行动

正如我们所见，"连续的行动"即场景——而依据视角人物的角度，场景又可分为正电荷与负电荷场景。罗密欧与朱丽叶互诉衷肠——对两人来说都是正电荷行动，至少在故事中的这一时刻是如此。但该行为最终引发两人本身以及两大家族的悲剧。《浪潮王子》中汤姆的妈妈在晚餐场景中获胜，但这只是漫长苦涩婚姻战中的一次胜利而已，这场战争让孩子们损失惨重。而对伊丽莎白·班内特和达西先生而言，舞会事件只是众多冲突和误解中的第一件，他们若想幸福长久，则需要两人原谅、遗忘并想明白一大堆事情。

在《盖普眼中的世界》中，珍妮·菲尔兹的行动既大胆创新也引发道德争议，但这一做法使她怀上生活与思维都不走寻常路的主人公。《饥饿游戏》的主人公凯特尼斯抽签时用本能之举拯救了妹妹，却也为她在饥饿游戏中的殊死搏斗打下铺垫。在《权力的游戏》中，新寡的丹妮走进火堆，以龙之女王重现于世人面前。这一行动在围观者眼中乃赴死之举，她却坚信自己能挺过去——她的确成功了。

创作实践

从与你的创作的题材相同的电影中，选最爱的一部观看。观影中，以正电荷、负电荷标记每个场景。思考下列问题：该场景中的视角人物有怎样的感情？主题是什么？目标？行动？发生了什么？实现了还是失败了？正电荷还是负电荷？主题是正面还是负面？观影后，分析整部影片中从头到尾的正电荷与负电荷结构，并思考这种模式与你自己故事的正电荷、负电荷模式有何相似之处。注：这个活动用于作家小组非常合适。

> 我的墙上有大大的黑色泡沫板，上面钉满了白色穿孔卡片，写着我的故事创意、场景和笔记。
>
> ——罗伯特·克赖斯
>
> 奇怪的是，以既有故事为基础创作，实际上却可以放手去写。你多多少少知道开头、中间和结尾，想出所有内容就不会有太大压力。
>
> ——戴夫·艾格斯（Dave Eggers）

"借"灵感

如果你在构思情节方面受阻，可以试试莎士比亚的妙招：从同行那儿"借"。莎士比亚的大部分戏剧构思都是从同时代人的作品那里"借"（有人说是"偷"）来的。鉴于版权法，你不能再

> 偷现当代同行或其他受版权保护的作品了——也不应这么做。即便如此，公版书还是可以考虑的。所以你可以像编剧艾米·海克林那样改写简·奥斯汀的《爱玛》——这就是后来的《独领风骚》。你也可以学爱丽丝·霍夫曼的《欲望山庄》（Here on Earth），创作一部现代版《呼啸山庄》。或像伦纳德·伯恩斯坦（Leonard Bernstein）那样，将莎剧《罗密欧与朱丽叶》重塑为音乐剧《西区故事》（West Side Story）。还可像迪士尼那样，这个电影工作室多年来都在翻新公版作品——从《白雪公主》到《异星战场》（John Carter）。
>
> 如果这种途径可以启发沃尔特·迪士尼和威廉·莎士比亚，或许也可以启发你。

> 他从旧小说中拿来全部情节，然后将他的故事变幻为戏剧化的形状，稍稍动用你我不及的创意，就将其变成了讲究音韵美的新故事。
>
> ——拜伦勋爵（Lord Byron）论莎士比亚

7.2 玩转索引卡

切记，若想让读者在整个故事中都投入，必须在情节中混搭正电荷与负电荷场景。

为了实现这种效果，请依次检查自己的场景。拿出自己为小说写的那60张（或更多）场景梗概索引卡，现在，我们来检查一下每个场景的电荷。

第七章　场景的正负电荷

如满足下列条件，某场景即为正电荷/正号场景：

- 主人公得到想要的东西。
- 主人公比场景开始时感觉好得多。
- 主人公采取了积极的行动。
- 该场景中的行动代表主题的正面。
- 情节在有利于我们主人公的方向上推进。

如果这些场景是正电荷场景，请在卡片上画正号。

如果答案相反——主人公没有得到想要的东西，感到比场景开始时更糟糕，行动反映主题的负面或情节走向不利于主人公，请在卡片上画负号。

按上述方法检查所有场景卡片，并做出相应的标记：正号或负号。根据场景组织卡片：第一幕，第二幕，第三幕。分类后，请为每一幕的场景排序。如有可能且适合故事，请交替安排正电荷场景和负电荷场景——这是一个行之有效的节奏小技巧，在第十章中我们将进一步说明。

确定有力的场景顺序后，将场景转写到下文的"主题情节结构"练习纸上。填完表格后，每一个场景的情节便一目了然。请思考：哪些地方奏效？哪些效果不好？是否可对一些场景做出调整，形成更好的戏剧效果？

> **轻松激发好创意**
>
> 选择两部莎士比亚的戏剧，一部喜剧，一部悲剧。阅读并寻找其中的正电荷场景与负电荷场景，观察在不同结局的故事中，正电荷与负电荷场景的组合模式有何不同。拥有快乐结局的剧作，是否包含更多正电荷场景？悲剧是否包含更多负电荷场景？这些不同的模式与你的喜剧或悲剧有何相似之处？

在古典时代，人们认为喜剧高于悲剧，认为它们揭示了更深层的真理，更难实现，结构更经得起考验，启示意义也更彻底。童话的快乐结局、神话以及圣剧并非其对立面，而是被视为人类普遍悲剧的超然存在……悲剧粉碎形式以及我们对形式的依恋，喜剧则狂放不羁、无忧无虑，展现出无可战胜的生活中不竭的欢乐。

——约瑟夫·坎贝尔

第七章　场景的正负电荷

第一幕	
主要情节	
+	
−	
+	
−	
+	
−	
+	
−	
次要情节 A	
+	
−	
次要情节 B	
+	
−	
次要情节 C	
+	
−	
情节关节点 1	
第二幕，第一部分	
主要情节	
+	
−	
+	
−	
+	
−	

+	
−	
次要情节 A	
+	
−	
次要情节 B	
+	
−	
次要情节 C	
+	
−	
中点	
第二幕,第二部分	
主要情节	
+	
−	
+	
−	
+	
−	
+	
−	
次要情节 A	
+	
−	
次要情节 B	
+	
−	

第七章 场景的正负电荷

次要情节 C	
+	
−	
情节关节点 2	
第三幕	
主要情节	
+	
−	
+	
−	
+	
−	
+	
−	
次要情节 A	
+	
−	
次要情节 B	
+	
−	
次要情节 C	
+	
−	
高潮	
尾声	

207

现在，你已将场景分为三幕，并通过优化其中的正负电荷场景配置实现了强烈的戏剧效果。也许你会发现情节中存在漏洞或担心故事结构依然不够引人入胜。下一章中，我们将一幕接一幕地审视你的故事结构，探索在开头、中间和结尾都吸引读者的方式——让他们挑灯夜读每一个字，直到故事终结。

> 从历史着手思考，我会想"重大转折点在哪儿？哪些是讲故事必不可少的重大戏剧场景呢？"
>
> ——肯·福莱特（Ken Follett）

第八章
妙笔一幕接一幕

> 我从开头开始,接着一路走到终点,停笔。
> ——安东尼·伯吉斯(Anthony Burgess)

出版界有一句老话:这本书是否畅销看第一页,下本书是否畅销看最后一页,能否赢得读者要看中间部分的阅读体验。

三幕中的每一幕——开头、中间和结尾——都各有各的挑战、障碍以及棘手之处。

二十多年来,我先后担任过文学经纪人、策划编辑以及写作教师,阅读过的稿件主要存在三大典型问题(我自己写作时同样遭受这些问题的困扰),每幕各有一个。

- 开头浮夸无趣。
- 中间萎靡不振。
- 结尾草草收场。

与作家们共事、帮助他们准备投稿时,这些正是亟待解决的结构性问题。除此之外,还存在其他问题。本章中,我们将深入探讨一些小贴士和小技巧,既让每一幕保持独立性,又能实现整体契合。场景列表在手,你将有机会学以致用,充分利用场景的正负电荷、次要情节、次要人物、主题以及主题变体,确保三幕配合融洽,创造出戏剧性十足的情节主线。你还将学到实用的技能,让读者在每一部分都兴趣盎然——让他们一个场景接一个场景、一页接一页、一行接一行地读下去。

我们将与读者一同启程:先谈开头。

8.1 从开头开始

> 在文学和生活中,我们的终极追求是开头,而非结尾。
> ——萨姆·塔嫩豪斯(Sam Tanenhaus)

下次去书店时,观察人们如何翻阅图书。(没错,请在实体书店和网店都试一试。)不断有研究表明,人们先看封面——如果他们喜欢封面,就会翻过来再看封底(若是精装版,还会查看勒口)。若是满意,就会打开首页阅读。要是欣赏前几行,就会买下这本书。倘若读到的内容毫无吸引力,他们就会把书放回去,拿起另一本。这种购买决定的过程,平均不超过一分钟。

因此,开头非常重要。若无引人入胜的开头,你的读者——无论是经纪人、编辑、书评家还是消费者——都无法翻到第二页。

如今，这一点更是至关紧要。当今媒体嘈杂刺耳，节奏飞快，你需要在前140个字中抓住读者的注意力。如果你运气不错，也许会有约140至250个字的机会来吸引经纪人或编辑的注意，而这仅仅是一句话、一个段落、一页或一个场景的长度。

> **与众多作品竞争**
>
> 每位作家都会抱怨，经纪人和编辑似乎永远都不会回复投稿——心情可以理解。可即便如此，也请别低估经纪人和编辑的工作量，每时每刻都有一堆堆故事送到他们面前。
>
> 作为策划编辑，我每天都会收到几百封邮件。刚做经纪人的前两周，我已收到一千多份投稿。此后来信与日俱增……
>
> 每位经纪人和编辑都面对大量稿件——因此你的文字必须足够优秀，才能脱颖而出。不过，好在优秀的文字的确可以脱颖而出。
>
> 故事的开头部分是经纪人、编辑和读者最先看到的内容，若是效果不佳，就会失去赢取经纪人、编辑或读者的机会——也许永远都没有机会了。因此，开头需追求卓越。

读不下去的十大理由

我们代理机构要求投稿人附上故事梗概以及前十页。我通常跳过梗概，直接读前十页，理由如下：

1. 有些大作家都写不出引人入胜的梗概,我可不想漏掉潜在的大作家。
2. 文字才是最重要的,前十页能告诉我这位作家是否掌握了写作技巧,**是否有值得一听的故事**。

因此,我会大量阅读前十页。更准确地说,我会**尽量**去读那前十页。

十分之九,我都读不下去。

> 构思一本书的最佳时刻,是洗碗的时候。
> ——阿加莎·克里斯蒂

经纪人、编辑和读者轻易就会否定你的故事。签一位作品有待润色,还需认真准备,正在寻找受众的作者,"算了吧"(经纪人这样想道)。又来一个需要定位读者群体、在编辑和制作中一步步引导的项目,还要对销售商、书店等做宣传,"算了吧"(编辑这样想道)。又要交房租了,花25美元买本书,"算了吧"(读者这样想道)。

所以,千万别给我们拒绝故事的理由,下面为我们放下一本书的几大重要原因。

1. **什么都没发生**。你用开头"热身",写出来提醒自己后续创作需要什么。但问题在于,你的读者对此无须了如指掌。你需要从中间开始——从正在发生的某事中间开始。而这些事,需要在第一页发生,引人入胜。

2. **读过无数遍**。如果你的开场在我们看来毫无新鲜感——女主人公去跑步、男主人公在床上醒来、大反派在飞机上——那么请换一种开场方式,或设法让该**场景与众不同**,使之更吸引人。

3. **缺乏强有力的声音**。大部分读者都会被迷人的声音吸引,且会跟着声音走。

4. **枯燥无味**。也许的确有事发生,但不足以维持我们的注意力。开篇行动,请务必选择值得放在第一页的事情。

5. **我们无法与任何人物产生共鸣**。我们想看到行动中的主人公,我们希望爱上你的主人公,追随他去各种地方,做他在做的事情,了解他发现的信息。若是开头无法做到,我们就会停止阅读。

6. **我们难以判断故事类型**。表明在讲述哪类故事,是开篇的紧迫问题。推理小说的粉丝希望瞬间判断自己手中是否拿到了推理小说,其他故事的读者也抱有同样期待。说清这个问题,有许多种途径。如,从谋杀案开始写推理小说,绝对很清晰。若是第一页没有尸体出现,那么请至少营造不祥的预兆,让人觉得谋杀案即将发生。

7. **接下来要发生什么,我们满不在乎**。切记故事问题——请将它们散布在场景之中。

8. **情节令人难以置信，或充斥着陈词滥调**。这又是需要考虑"同中有异"的问题，你需要超越同类的常规惯例，而不仅仅是循规蹈矩。

9. **对话听起来不像"现实中的人"在说话**。糟糕的对话常常让读者捧腹大笑——哪怕内容并不好笑。

10. **文字有笔误、拼写或语法错误**。在此不多做讨论。

第 50 页会发生什么？

许多作家对自己笔下的每一个字都视若珍宝，不舍得删减，尽管有时的确需要删减。如果你怀疑开头节奏过慢，那么八成的确存在这个问题。不妨试试这招：翻到小说（或回忆录）第 50 页。（不少作家的确用了 50 页热身，然后才真正开始讲故事。）请思考：第 50 页发生了什么？这是故事真正的起点吗？

愿意继续读下去的十大理由

既然有放弃阅读的理由，那么也有读下去的理由。如果你在创作开头，请牢记如下十条。

1. **有事发生**。请务必安排吸引人的事情——可通过融入故事问题、诱发事件、催化剂、情节关节点 1 等实现这一点。

2. **故事叙述声音强大有力**。《麦田里的守望者》中的霍尔顿·考菲尔德，《BJ 单身日记》中的布丽吉特·琼斯以及《壁花少年》中的查理，都是很棒的例子。

3. **讲故事的技艺高超**。掌握如何讲故事，和故事本身同等重要。

4. **人物激发了读者的感情**。推理作家里德·法雷尔·科尔曼三次获得夏姆斯奖，两次获埃德加奖提名，并塑造了"莫·普拉格"系列推理故事，他称自己总是尽量在开篇激起强烈的情感。你希望自己的开篇激发怎样的情感？若想制造这种感情，需要发生什么？

5. **我们对作家产生了信心**。带着权威和自信创作，你就能够赢取信任。行动越有力，树立权威和流露自信就越容易。

6. **我们想知道后事如何**。秘诀在于故事问题，请事先做好规划，不断抛出问题。

7. **故事或作家自有独特之处**。此处诉诸独特卖点，请在开篇以及后续部分展现出来。

8. **故事类型非常明确**。读者希望读到自己心仪的类型，如果你在写言情小说，开头就应该有言情小说的感觉，否则读者会困惑不已，而困惑的读者会弃你而去。

9. **此类故事有市场**。比起读者，经纪人和编辑更在乎这个问题，强大的独特卖点至关紧要。

10. **语言干净利落**。语言越是干净利落，越容易与读者沟通，出版界越认为作者是专业人士。

> **作家阅读书单**
>
> 　　这是论写作的书籍中最引人入胜、具有启示意义的论文集之一，为已故大作家埃尔默·伦纳德所作，可谓作家案头必备：《埃尔默·伦纳德十大写作原则》(*Elmore Leonard's 10 Rules of Writing*)。

> 　　故事应有情节、人物、开头、中间和结尾。引发同理心，带来净化。这就是我学会的最棒原则。
>
> 　　　　　　　　　　　　——安妮·赖斯（Anne Rice）

开头禁忌

　　埃尔默·伦纳德被称为"底特律的狄更斯"，著有多部有史以来最引人入胜的畅销小说——著作除45部小说外，还有不少西部或罪案类短篇故事，如《互相关照》（"Road Dogs"）、《在霍妮的房间里》（"Up in Honey's Room"）、《魅力人物》（"The Hot Kid"）、《帕拉迪塞先生》（"Mr. Paradise"）以及《蒂肖明戈蓝调》（"Tishomingo Blues"）等。他的许多书都拍成了电影，如《矮子当道》（*Get Shorty*）、《战略高手》（*Out of Sight*）以及《危险关系》（*Rum Punch*）〔即后来昆汀·塔伦蒂诺

第八章 妙笔一幕接一幕

(Quentin Tarantino)导演的影片《杰姬·布朗》(*Jackie Brown*)〕以及《触碰》(*Touch*)(我个人最爱的伦纳德小说),作品以电影般的故事叙述、绝妙的对话以及省略"读者喜欢跳过的部分"而著称。埃尔默·伦纳德遵循许多写作原则,其中两条与我们讨论的**别**在开头做什么密切相关。

埃尔默·伦纳德原则1:别用天气开场。

没有读者希望先听一段天气预报再走进你的故事。更别提"阳光洒在主干道上"这种开篇我们听过多少遍了。一般来说,以天气开场并不高明。

但倘若你坚持要用天气开场,请选择让故事出彩的天气。让天气:

- **很糟糕,非常糟糕**。电闪雷鸣、大雨倾盆、冰雹、浓雾、飓风、龙卷风、台风、雨季、山洪暴发、疾风、热浪、干旱、沙尘暴、山火、风暴、暴风雪、雷暴、雪崩、滑坡、海啸、火山爆发、地震——任意一种极端天气或自然灾害都可以。
- **驱动情节**。天气越糟糕,情节的可能性就越多。糟糕的天气是许多精彩故事的诱发事件:如弗兰克·鲍姆《绿野仙踪》中将多萝西从堪萨斯带走的龙卷风,约翰·戴维·怀斯《瑞士家庭鲁滨孙》(*The Swiss Family*

Robinson》中将船吹偏路线的海上风暴，约翰·斯坦贝克《愤怒的葡萄》中促使乔德家西迁加州的干旱。

- **对主人公有影响——不良影响**。如果糟糕的天气对你的主人公而言是件坏事，便可以此开场。龙卷风让多萝西的小屋砸死东方坏女巫——从此与西方坏女巫结下梁子。在《瑞士家庭鲁滨孙》中，海上风暴迫使这家人在远离现代文明的岛上生活。而那场将俄克拉何马州变成风沙侵蚀区的干旱，则是乔德家悲惨迁往加州的诱因。

- **设定基调**。我们说的不是"这是一个漆黑的暴风雨之夜"。你知道，以天气开场要承担风险，很容易陷入陈词滥调。但若处理得巧妙，可用天气设定基调。在莎士比亚的《暴风雨》(The Tempest) 中，普洛斯彼罗召唤的暴风雨为后续的魔法事件设定了基调。

- **体现主题**。除基调外，天气还可体现主题。如里克·穆迪（Rick Moody）犀利的经典之作《冰风暴》(The Ice Storm)，天气暗示了1973年康涅狄格州富裕郊区家庭宁静表面之下隐藏的性爱、毒品、自杀风暴。天气亦可成为故事织入意象系统的一部分，如爱丽丝·霍夫曼在《冰雪皇后》中做的那样，天衣无缝，优美至极。

规则就是用来被打破的，第一部分

埃尔默·伦纳德打破了自己的规则——破坏得很漂亮。看看他最受欢迎的小说之一《矮子当道》开头吧：

> 十二年前，奇力刚到迈阿密海滩时，那会儿寒冬时有时无：他和汤米·卡罗在南科林斯的韦苏维奥餐厅吃午饭，他的皮夹克被扒下来了。这还是搬到迈阿密之前，去年圣诞节他太太送给他的呢。

这段开头中，埃尔默·伦纳德提及天气——还有许多其他的事情。我们对奇力略有了解，这个酷酷的人物可能南下来到迈阿密，却依然在意大利餐馆和匪徒瞎混，抱怨自己丢了一件皮夹克。我们觉得愿意和奇力一起上路——的确会读下去。

轻松激发好创意

观看一部天气扮演重要角色的电影，请留意导演、摄影、美术指导、演员、舞台设计如何突显气候现象带来的基调和主题，如下可供选择。

- 《体热》(*Body Heat*)，劳伦斯·卡斯丹（Lawrence Kasdan）执导〔翻拍自《双重赔偿》(*Double Indemnity*)，而《双重赔偿》则根据詹姆斯·M. 凯恩（James M. Cain）的同名小说改编〕
- 《失眠症》(*Insomnia*)，由克里斯托弗·诺兰（Christopher

> Nolan）执导
> - 《惊鸟》(*Dolores Claiborne*)，由泰勒·海克福德（Taylor Hackford）执导（根据斯蒂芬·金小说改编）
> - 《冰雪谜案》(*Smilla's Sense of Snow*)，由比利·奥古斯特（Bille August）执导〔根据丹麦作家彼得·奥格（Peter Høeg）小说改编〕
> - 《恶魔》(*Les Diaboliques*)，由亨利-乔治·克鲁佐（Henri-Georges Clouzot）执导〔根据皮埃尔·布瓦洛（Pierre Boileau）和托马斯·纳尔瑟加克（Thomas Narcejac）小说《她已不再》(*Celle qui n'était plus*，英文版 *She Who Was No More*)改编〕

> 人们忘了该怎样讲故事，故事没有中间和结尾了。总是开头，一直都在开场。
>
> ——史蒂芬·斯皮尔伯格

我们看看埃尔默·伦纳德的另一条规矩——这一条，打破有风险。

埃尔默·伦纳德原则2：别用序曲开场

我们阅读的许多小说都写了序曲。我明白，你最爱的书也可能是以序曲开场，没准你要一一列举给我听了。

无论如何，请先允许我道出序曲和序言的小秘密吧：大部分读者会跳过去。为什么？因为他们明白，序曲常常只是作者自己的任性留言而已——读者往往是正确的。（编辑允许作者使用序曲，是因为他们心里清楚读者会跳过去。）若读到序曲，读者通常直接跳过，因为他们明白故事直到第一章才会真正开始——在序曲*之后*。（请别低估读者，他们和你一样聪明，或许比你更聪明。）

即便如此，若你觉得不得不用序曲开场，请自便。但倘若真诚地希望读者会认真阅读这部分文字，就需要用点儿小心机。读者一看到"序曲"这个词，就会打哈欠。或更糟糕，直接逃跑。所以无论你怎样写，请换个名字，可尝试如下选项。

用时间或地点替代"序曲"这种词，如：

- 柏林，1939
- 五年前
- 公元 3012 年

所选形式可展示时间、地点或其他你需要传递的信息，如：

- 剪报
- 日记选段
- 庭审记录

使用一种不同的形式将其与正文区别开来，通过斜体、空格或其他视觉手段向读者展示这部分故事很特别——如需使用斜体，请长话短说。阅读斜体让眼睛很难受，许多读者不知不觉就选择退出了。

规则就是用来被打破的，第二部分

这次打破规则的，又是埃尔默·伦纳德自己，但他做得非常优雅——使用了我们方才提及的手段。如下为伦纳德的小说《不得安宁》(*The Hunted*)的开场。

次日，这则新闻故事出现在周日版《底特律自由报》上，头版：

四名游客
在以色列酒店大火中丧生

特拉维夫市，3月20日（美联社）——周六，黎明前的一场大火吞没了一座八层度假酒店，4名游客死亡，46人受伤，其中包括从高层窗户跳下逃生的客人。死者中无美国公民，但据报道伤者中有两名，其中包括一名从四层窗户跳下的俄亥俄州女性。

通过剪报的形式，伦纳德为故事做好背景铺垫，透露出读者所需的信息，也避开了可怕的"序曲"一词。

现在，我们将探索一些更为冒险的开场方式，尽可能帮助你避开陈词滥调和无聊的手法。

第八章 妙笔一幕接一幕

别从梦境开始

许多故事试图采用新颖的方式以梦境开场,但成功者甚少。我个人对此有强烈的感受,即便你能够设法让梦境成为公开作品,我可能也不会耐心读到发现它精妙之处的那一页。一旦发现你从梦境开始,我就会停下——你便失去了我这个读者。我参加了许多"品评首页"的活动,与经纪人、编辑和其他出版界人士交流时,我发现有此想法的绝不止我一人。保险起见,我还是建议你:别以梦境开场。话又说回来,你真心希望读者在主人公平卧熟睡时遇见他吗?有谁会希望主人公躺着?最好让主人公清醒时见读者,充满生机活力!

即便如此,我们还是举出以梦境开场的两个成功案例。

> 昨夜,我梦见自己重返曼德利庄园。
> ——《蝴蝶梦》,达芙妮·杜·穆里埃

这就是经典开篇——模仿它只会让你显得缺乏创意。

> 他忘了些什么,醒来时他很清楚。忘了夜里梦见的什么,按理说他应该会记得。
> ——《无面杀手》(*Faceless Killers*),亨宁·曼凯尔(Henning Mankell)

瑞典作家曼凯尔塑造了受欢迎的"科特·沃兰德（Kurt Wallander）"系列推理小说，此处他以一个算不上梦境的梦开场，设定了氛围，暗示深夜中的黑暗事件。这是极佳的气氛描写——也是曼凯尔成为全球畅销书作者的原因之一。

如果你可以写出曼凯尔这般流畅的梦境开篇，不妨一试。

别以某一个人物开始

需要警惕的另一个问题，是以某一个人物开篇。以某一个人物开场，往往是该人物在独自思考。同样地，这算不上一种积极主动的开篇方式，也算不上引荐主人公的有力途径。如需要以某一人物开始，最好让该人物做一些引人注目的事情，如：

- 抢银行
- 纵火
- 跟踪恋人
- 发现尸体
- 安装炸弹
- 辞职
- 揭露秘密
- 离开配偶

> **多少人物能够撑起一个场景？**
>
> 完成分场景框架后，你需要浏览一遍，思考每个场景应有多少人物。许多作家创作了众多场景，但不少场景中人物只有一两个，可以理解。从情理上来说，每个场景只顾及一两人的确更容易，但终将导致文字乏味无趣。请在场景中恰当安排人数，变换调整。
>
> - 请别让人物孤身一人，除非他们在独自做很有意思的事情。
> - 请多安排一些两人、三人、四人或多人场景。
> - 切记，故事的大场景多半需要众多人物出场：战争、聚会、婚礼、葬礼、毕业会等。

别从电话开始

这又是一种我们见过无数次的开场，也是我个人的小忌讳之一，因为这常常是偷懒的表现。显然，你可以想出比这更吸引人的开头。

面对现实吧：半夜来电，这是陈词滥调。来短信、推特、邮件、即时通信、语音邮件、网络电话也不新鲜。如果你坚持使用上述某些方式开篇，请设法使其与众不同。试试吧，让我和你的读者们都大吃一惊！

引人瞩目的首句

之前，我们在主题层面讨论过首句。不过，写好首句还有

如何写出"抓人"的故事

另一个原因：它不仅能够为好的故事开篇奠定基础，还能为开篇的实际行文奠定良好基础。精彩的首句有助于引你走向正确的方向并将情节引入正轨。

我们来看看达到这些效果的首句。

> 在这样一个深夜抛弃婴儿，真是要命。
> ——《在那阴冷的仲冬》（In the Bleak Midwinter），朱莉娅·斯潘塞-弗莱明（Julia Spencer-Fleming）

这部小说几乎拿下了同类所有奖项——因为故事后续内容都保持了首句的紧张感和诱惑力。

> 有一笔可观财产的单身汉一定需要妻子，这是众所周知的真理。
> ——《傲慢与偏见》，简·奥斯汀

这个点明主题的首句历经时间考验，乃至两百年后的今天，读者依然为其智慧、真理性和预示作用而折服。

> 2004 年 1 月 23 日
> 阿比·雷诺德在结冰的高速上停下卡车，认为

第八章　妙笔一幕接一幕

自己在路边看到了什么,她被这一幕惊呆了。

——《小平原的圣女》(*The Virgin of Small Plains*),
南希·皮卡德(Nancy Pickard)

这是最有效的关于糟糕天气的描写,为这部赢得阿加莎奖(Agatha Award)、麦卡维提奖(Macavity Award)、埃德加奖以及安东尼奖(Anthony Award)的作品设定了完美基调。

洛丽塔,我的生命之光,情欲之火。

——《洛丽塔》(*Lolita*),弗拉基米尔·
纳博科夫(Vladimir Nabokov)

如此令人不安的故事,如此让人难以忘怀的开场,让我们为后文的痴迷状态做好心理准备。更别提洛丽塔这个人物本身多惟妙惟肖了,这个名字甚至成了早熟少女的同义词。

我开车去格兰岱尔,为几位新卡车司机上啤酒公司的保险,突然想起好莱坞区有位客户应该续保了,我决定直接去一趟。就这样,我来到了这座死亡之屋,你们一定在报上读到过。

——《双重赔偿》,詹姆斯·M. 凯恩

詹姆斯·M.凯恩寥寥数语就为我们刻画了这位有点冒险的主人公，营造出略显肮脏的背景，并暗示了可怕的事情即将发生。

> 我坐在出租车里，正想着晚上穿这套衣服是否过于夸张。向车窗外望去，看见妈妈正在大垃圾桶里翻翻捡捡。
>
> ——《玻璃城堡》(*The Glass Castle*)，
> 珍妮特·沃尔斯（Jeannette Walls）

沃尔斯畅销的回忆录的开篇让我们做好心理准备，在这个异常的家庭中，一切都表里不一。

> 那个失踪的女孩——之前有段时间报道铺天盖地，我眼前总是闪现出失踪女孩普普通通的学生模样，你知道的，就是那个照片背景绚烂、亭亭玉立、笑容很不自然的女孩，然后镜头会迅速切换到焦急万分的父母，他们站在草坪前面，被麦克风包围，妈妈泪眼婆娑、一言不发，父亲嘴唇颤抖读着声明——而这个女孩，这个"失踪"的女孩，刚从埃德娜·斯凯拉身边走过。
>
> ——《承诺》(*Promise Me*)，哈兰·科本

我相信任何人读了科本的经典开头后都愿意读下去，将我

第八章 妙笔一幕接一幕

们带入了从未见过的情形——那个失踪的女孩——能够吸引我们**并**让我们惊讶不已。

> 也许你认为在这世上找不到什么新鲜事儿了,再也找不到没人见过的生物,那种自然悄悄赋予神奇惊人特质的独一无二生物。我可以明确地告诉你,这些东西存在,水下有大如象、长着几百条腿的生物;天上有在天堂里点燃的石头,穿过明亮的空气落到地球上。
> ——《奇迹博物馆》,爱丽丝·霍夫曼

爱丽丝·霍夫曼的开篇充分织入了主题、气氛以及童话式的天方夜谭。这种诱惑力能够将读者引入约翰·加德纳所谓的"虚构之梦"。

> 大学校长的办公室看起来就像生意兴隆的维多利亚青楼前厅。深色胡桃木大方格镶板,装点着绛紫色窗帘。地毯也是绛紫色的,家具则覆盖着带有黄铜饰钉的黑色皮革。办公室比教室华丽得多。到这儿来,兴许我应该打领带。
> ——《顾德夫手卷》(*The Godwulf Manuscript*),
> 罗伯特·B. 帕克

罗伯特·B. 帕克的主人公话语中充满自嘲的意味,这段话开启了最成功的斯潘塞（Spenser）小说的第一部。帕克冥想式的语言干净利落又精辟，读者瞬间就会爱上斯潘塞。

> 要是你真想听故事，估计你想知道的第一件事就是我在哪儿出生，肮脏的童年是怎么过的，父母做什么，有我前他们过得怎样，还有其他那些《大卫·科波菲尔》里面能看到的破事，不过说实话，我不想说那些。第一，说那些东西我嫌烦，再就是，要讲了关于父母的私事，他俩准要气得吐血。
>
> ——《麦田里的守望者》，J. D. 塞林格

这就是霍尔顿·考菲尔德，《麦田里的守望者》青少年主人公——一个代表了几代年轻人青春期焦虑和反叛的人物。

创作实践

如果你在开篇中挣扎，请从书架上抽出同类中你最喜欢的十部小说（21世纪问世的），并阅读开篇，看看这些作家是如何成功并做出推理的。

第一幕备忘清单

本章我们在开篇问题上费了不少笔墨——倘若开篇无法抓住读者的注意力，后续发展便无从谈起。如下内容可作为用

于检查开篇是否行之有效的备忘清单。

- 到底发生了什么？
- 读者为什么会关心人物或与人物产生怎样的共鸣？
- 你希望读者有何感受？你是怎样激发这种感情的？
- 你是否充分利用了小说要素——背景、情节、人物、主题等等？
- 你是否选择了合适的视角和声音？
- 你的诱发事件足够强大吗？催化剂呢？情节关节点 1 呢？
- 对话听起来真实吗？
- 故事中的问题足以吸引读者继续读下去吗？
- 故事类型是否清晰？
- 这一开篇与同类有何不同？
- 是否文笔流畅、字斟句酌？

8.2 处理中间

> 如果中间部分很糟糕，这本小说就很糟糕。结尾糟糕，我倒还可以原谅。
>
> ——莱夫·格罗斯曼（Lev Grossman）
>
> （写小说）好比夜间行车，你所能见的仅在头灯照亮的范围之内，但你可以这样一路开下去。
>
> ——E. L. 多克托罗

与生活一样，文学作品的中间部分也会给我们惹麻烦，总是不如我们期待的那么有序、强大、动人，而是有点杂乱、肮脏、混沌。尽管我们也许已经想好了开头和结尾，但还是会对中间部分犹疑不决。第二幕，不像第一幕和第三幕看得那么清楚。正如英雄之旅中的主人公一般，我们在第二幕中必须历经磨难。

　　但这不见得是坏事，无须慌张。用一些策略、小技巧和小建议，就可以帮助你探索这片辽阔的荒漠，轻松穿越第二幕。

　　不过，我们先来看看常常困扰中间部分的失误、弱点以及漏洞。温馨提示：此处列出的是最容易出现的小毛病。

第二幕效果不佳的三大问题

- 发生的事情不够多。
- 发生的事情不够多。
- 发生的事情不够多。

　　所幸，之前构思的主、次要情节、主题以及主题变体现在可以在这一部分大显身手了——能够拯救中间部分的往往是次要情节。次要情节越丰富，可织入第二幕的故事线就越多。如果你发现故事的中间部分比较薄弱，请充实已构思好的次要情节部分，尽可能加入更多内容。你可以设置六七个次要情节,也可以安排更多,以故事类型而定。一条实用通用原则:构思故事时,请努力想出至少二到四个次要情节。

第二幕:去爱,去学,麦高芬,一片混乱,谋杀

正如我们之前所提及的,推进第二幕情节发展往往需要充实或增加次要情节,形成场景顺序,使用小策略。若想增强第二幕,下列次要情节、场景顺序以及小策略尤为实用,我们依次分析。

爱情故事中的次要情节

在许多类型中,故事的次要情节之一与爱情相关。如,在推理小说中,主人公的爱情生活往往是贯穿故事的强大的次要情节线,让读者在更严肃暴力的主要情节中暂舒一口气。以1985年美国惊悚片《证人》为例,该片由彼得·韦尔(Peter Weir)执导,编剧为威廉·凯利(William Kelly)、帕梅拉·华莱士(Pamela Wallace)以及厄尔·W. 华莱士(Earl W. Wallace)。该片第二幕的亮点之一是费城警探约翰·布克〔由哈里森·福特(Harrison Ford)扮演〕与一位年轻阿米什寡妇蕾切尔·拉普〔由凯莉·麦吉利斯(Kelly McGillis)扮演〕之间的动人爱情故事。他们的关系带动了第二幕——最终将这部平凡的罪案故事提升为奥斯卡奖提名的经典之作,原创剧本荣获美国编剧工会奖(Writers Guild of America Award)

最佳原创剧本、美国推理作家协会1986年埃德加奖最佳电影剧本奖。

其他因爱情次要情节更加新鲜，并推动了故事的推理小说还有朱莉娅·斯潘塞-弗莱明的"克莱尔·弗格森/拉斯·凡·阿尔斯泰因（Clare Fergusson/Russ Van Alstyne）"推理系列、汉克·菲力皮·瑞安的"简·赖兰（Jane Ryland）"系列以及罗伯特·B.帕克的"杰西·斯通（Jesse Stone）"系列。

如果你写的是爱情故事，你也许会认为这一招不适用。但实际上在爱情故事中，成为第二幕重大次要情节的往往也是次要人物的次要爱情故事。想想《傲慢与偏见》中涉及伊丽莎白·班内特好友夏洛特与柯林斯先生成婚的次要情节，以及其他姊妹的感情进展。

在《当哈里遇见萨莉》中，萨莉最好的朋友马里与哈里最好的朋友杰茜的爱情次要情节，反映了哈里和萨莉的关系，两人的婚礼也为我们男女主人公的重大冲突提供了背景。

爱情故事的另一策略，即构建故事中情侣们的历史感情问题作为次要情节。我们又要提及简·奥斯汀，看看这些次要情节多么难能可贵。在《理智与情感》中，玛丽安娜·达什伍德与布兰登上校的主要爱情故事受到之前她与威洛比调情的阻碍，她姐姐埃莉诺·达什伍德与爱德华的关系也差点被后者与露西的秘密婚约拆散。

无论你写哪类故事，以爱情作为次要线索都能为你的第二幕添砖加瓦。如何将爱情故事植入你的小说？可选用哪些次要人物来反映主要人物？如何利用这些次要情节活跃故事的中间部分？

学习场景

在许多故事中，主人公必须汲取特定知识或掌握特定技能，并证明自己可以成功运用，才能最终面对第三幕中等待他们的高潮部分的挑战。（电影中常常使用蒙太奇表现。）这种准备和考验可驱动第二幕中的行动，这类情节可以有多种形式。

- 在《星球大战》中，卢克·天行者学会了使用光剑。
- 在《美食，祈祷，恋爱》中，伊丽莎白·吉尔伯特在印度学习冥想、与自己和解。
- 在《洛奇》中，洛奇需要在体格、精神和心灵方面做了充分的准备，才能面对最后一搏。
- 《浑身是劲》（Footloose）中，伦教威拉德跳舞。
- 在《欲望都市》（Sex and the City）中，女孩们欣赏凯莉的衣柜。
- 在《公主日记》中，来自格林尼治村的笨拙少女米娅·希尔莫波利斯学习如何变身公主。

思考你的主人公必须学什么以及学习结果在故事中将经历

怎样的检验，用头脑风暴，想办法将人物掌握技能、学习知识以及接受考验的过程戏剧化。

> 当我判断是否要读一本书时，绝不会打开第一章，因为这部分已经修补过八十八遍了。我会直接翻到中间，阅读某一章中间，随意翻一页，是否值得阅读一目了然。
>
> ——卡尔·希尔森（Carl Hiaasen）

麦高芬战术

从《马耳他之鹰》的分析中，我们不难看出麦高芬在情节中的关键作用。麦高芬同样可以帮助你渡过第二幕的难关。多萝西抵达翡翠城后，《绿野仙踪》电影本可就此结束，但魔法师却开出帮助多萝西回到堪萨斯的条件，即把邪恶西方女巫的扫帚带来。那把扫帚就是驱动剩下故事的麦高芬。（注：在L.弗兰克·鲍姆的原著中，魔法师说他们必须杀死女巫，而不是拿来扫帚。）

在罪案小说中，麦高芬一般是宝藏、秘密、邪恶的愿望——能够引发凶杀案的东西。在科幻小说中，麦高芬常常是武器、神秘物件、技术——值得为之牺牲的东西。在言情小说中，麦高芬种类多样，既有《绿宝石》(*Romancing the Stone*)中的宝石，也有像简·奥斯汀《爱玛》中爱玛总是想做红娘的冲动。

第八章 妙笔一幕接一幕

> **轻松激发好创意**
>
> 一些作家（还有电影人）以偏爱麦高芬而著称。开始你的麦高芬寻宝之旅吧，下列创作者都热衷于麦高芬，请阅读或观看他们的作品。
>
> - 丹·布朗（Dan Brown），多部畅销书作者，作品有《地狱》(Inferno)、《达·芬奇密码》(The Da Vinci Code)、《天使与魔鬼》(Angles & Demons) 以及《失落的秘符》(The Lost Symbol) 等。
> - J. K. 罗琳，"哈利·波特"系列畅销书作者。
> - 伊恩·M. 班克斯（Iain M. Banks），"文明（The Culture）"系列畅销书作者。
> - 阿尔弗雷德·希区柯克，执导了《群鸟》(The Birds)、《美人计》(Notorious) 以及《三十九级台阶》(The 39 Steps) 等经典影片。

你的故事有麦高芬吗？它是否充分发挥了作用？如果还没用到，可考虑设计一个织入情节。如何通过这个麦高芬让第二幕更激动人心、引人入胜？

混乱和谋杀等次要情节

> 不确定该写什么的时候，让一名持枪男子从门口走进来。
>
> ——雷蒙德·钱德勒

有时，创作第二幕的最佳途径，即抛开谨慎，放手一搏。做一些让人始料不及的事情吧，把局面扰乱。引入持枪者、委屈的前妻或遭遇迫害的手足，把某人关进监狱、使其受审判或登上一艘开往其他大洲的船。性爱和暴力、婚礼和葬礼、爆炸和爆炸性消息，都在可考虑范围。

如果你笔下写的是推理小说，再来一起谋杀案能够让侦探和恶棍都活跃起来。如果你在创作言情小说，旧情复燃会让快乐的情侣发生冲突。写家庭故事，则可用节假日聚会为大麻烦做铺垫。

列出第二幕中你希望做的事情，让主人公在身体、情绪和精神方方面面都失去平衡。你对她越是苛刻，故事就越精彩。切记：你的主人公坚强地熬过去，会让你的故事更强大。

> 情节构思于我非常重要：我受不了什么都没发生的书。倘若写一本小说，里面一起谋杀都没有，我简直无法想象。
>
> ——内德·博曼（Ned Beauman）

第二幕备忘清单

中间是许多作家停滞不前之处，故事放慢脚步，读者失去耐心。我们已经讨论了可以让中间部分驱动情节、保持读者兴趣的途径，怎样让你的第二幕开足马力，请对照下列问题进行检查：

- 到底发生了什么？
- 现有的次要情节是否丰富？是否可以增加新的内容？
- 可否考虑加入强大的爱情戏作为次要情节？
- 为了后续进展顺利，你的主人公学了什么？你将如何让这些准备和考验过程戏剧化？
- 是否可以在第二幕中插入麦高芬？
- 性爱和暴力呢？此时是否需要出现不合时宜的死亡或一夜情？
- 第二幕中，有哪位不速之客能够让你的主人公的情况雪上加霜？
- 你能否利用某个重大事件驱动中间部分的情节——战役、婚礼、葬礼？
- 第二幕中可安排怎样的意外转折？
- 第二幕中可曝光哪个人物的秘密？
- 是否充分利用了小说各要素：背景、情节、人物、主题等？
- 故事问题是否足够强大、能否让读者保持阅读兴趣？
- 是否文笔流畅、字斟句酌？

8.3 向终点冲刺

在作家眼中，没有什么比冲向终点更激动人心了。写了几万字后，终点近在眼前，作家像马儿狂奔回家寻找食物和温暖的马厩一般，迫不及待。你笔下生风，一页页飞快地写完——兴许你已经开始计划写完故事后犒劳自己的种种方法，毕竟已经闭关写作那么久了。

也正因如此，太多作家写的第三幕总是显得急躁、粗糙，令人大失所望。切记我们本章开篇时提及的那句出版界老话："这本书是否畅销看第一页，下本书是否畅销看最后一页。"现在，我们来看看怎样让结尾和开头一样精彩。

如果结尾不够激动人心，开头和中间再好也无济于事。没错，之前关于开头我的确也说过类似的话，但这是实话实说。在经纪人、编辑和读者眼中，比花时间读一段拙劣开头更糟的事情，就是花更长时间读完整本书却发现结果很糟。这时人们就会嫌恶地把书砸向房间另一头——如果是尚未出版的电子文档，就会被嫌恶地删除。

不过，对经纪人、编辑和读者来说，若是放弃其他娱乐形式，花几小时阅读一个好故事，最终收获令人满意、惊喜甚至陷入深思的结局，这真是再美好不过。你是否记得第一次阅读 F. 斯科特·菲茨杰拉德《了不起的盖茨比》结尾时的情景？或爱丽丝·沃克《紫色》(The Color Purple) 的结尾？还有约翰·欧文《盖普眼中的世界》的结尾？

我们都有自己喜爱的故事，那些故事的结局都很棒，否则我们不至于如此喜爱它们。有些结尾让我们感到愉快（如简·奥斯汀的《爱玛》），有些结尾令我们不安〔如朱迪·皮考

第八章　妙笔一幕接一幕

特（Jodi Picoult）的《姐姐的守护者》（*My Sister's Keeper*）〕，有些结尾令我们陷入深思〔如石黑一雄的《莫失莫忘》（*Never Let Me Go*）〕。

你故事的结尾同样也可以愉悦人心、引发不安或引人深思，有些常见问题是可以避免的。此外，第三幕中还可使用一些技巧和手段，感动读者，让他们期待你的下一部作品。

经纪人的工作让我有幸听到了各种编辑的反馈，了解了他们眼中的有效和无效。作为编辑和教师，我尽力帮助作家，让他们书稿的最后几页充分发挥作用。我自己写作时，也总是对结尾精雕细琢，争取让结尾行之有效。如下技巧、注意事项和小诀窍都是我从编辑、经纪人、教师、作者以及读者那里汲取的。

> 我希望结尾令人满意。我希望结尾连贯，有结尾的感觉，这一点我更接近古典主义作家，不太像现代主义作家。我不喜欢让故事渐行渐止。我的意思是说，生活本已混乱。
> ——杰弗里·尤金尼德斯（Jeffrey Eugenides）

按规矩办事

规则 1：别匆匆收场

多年前，我创作自己的第一部（练手）小说时，初稿到了《纽约时报》畅销作家帕梅拉·耶克尔（Pamela Jekel）的手里。

审读我的初稿后,她提出了许多建议,这是我写作生涯中得到的最棒的建议。她指出我没能让故事的关键时刻戏剧化,而努力进行戏剧化的那些时刻依然不够到位。她提醒我,也许我在回避大场景,怕写起来很紧张。她还告诉我,我需要在场景中"充分发挥戏剧性",大部分场景至少应该有初稿的两倍长。

总之,我匆匆收场了。我做过记者,被要求精简行文并在写作中将自己客观分离出来。但这种精简和距离感于小说创作无益,我需要训练自己放缓脚步慢慢来,充分发挥戏剧感。

同样的问题也困扰着其他作家——可能也困扰着你。即便你的文字在第一幕和第二幕中体现出强烈的戏剧性,但冲向终点时可能仍会加快步伐——不经意间让第三幕大打折扣。

让戏剧性翻倍

选择第三幕的重大场景之一,它有多长?挑战自我,使其长度增倍。(提示:可通过增强戏剧性达到这一目标。)看看扩展后是怎样一番图景:更好?更糟?将前后对比版本带到作家小组,听听大家的意见。

规则2:由主人公驱动行动

编辑们还会迅速提及另一常见失误:结尾处主人公没有行动。这道理看似浅显,但许多作家的确会违背这一规则。

- 侦探未能找出凶手,而是由其他人破案,或案件侦破前凶手自首了。
- 身陷险境的女人最终被人解救而非自救。即便你的女主人公需要帮忙,但在脱险中自己也应该做些什么。
- 进入高潮时,主人公不在场。《毕业生》中达斯汀·霍夫曼都出现在了婚礼中。
- 出现"解围之神(deus ex machina)"。"解围之神"拉丁文意为"天降神兵",用以描述像神祇一般意外介入故事、解决难题的人物,如威廉·戈尔丁《蝇王》结尾处找到拉尔夫的英国海军军官。

第三幕,主人公理应拿下所有漂亮的行动和精彩的台词——通常还少不了收获爱情。如果你为故事所改编的电影选角,第三幕应成为知名影星读后愿意签约的原因之一。这是充分展现表演技巧的好机会,也是故事进入高潮、尾声,主人公汲取经验教训面对命运转折的时刻,因此也承载了主题,如《饥饿游戏》中的凯特尼斯·伊夫迪恩、《傲慢与偏见》中伊丽莎白·班内特以及马里奥·普佐《教父》中的迈克尔·柯里昂。

第三幕应有能"让演员进军奥斯卡奖"的戏份,如杰克·尼克尔森在《尽善尽美》(*As Good as It Gets*)中饰演的遁世的梅尔文·尤德尔,他努力成为"更好的人",以求配得上海伦·

亨特饰演的可爱姑娘卡罗尔·康奈利。娜塔莉·波特曼在《黑天鹅》(*Black Swan*)中饰演雄心勃勃的芭蕾舞女演员妮娜·塞耶斯也是一例，这种心气驱动她的肢体、大脑和精神，让她挑战极限，成为最完美的天鹅皇后。

确保主人公的出演者有机会赢取奥斯卡，也可用体育行话类比，让主人公在你的情节中有机会成为"最具价值运动员"。

> 探索新书中的"不可能"式结尾，让我欣喜若狂。
> ——恰克·帕拉尼克（Chuck Palahniuk）

规则3：让主人公棋逢对手

热切描述主人公的胜利（或失败）时，你也许会忽略这个问题：给主人公安排棋逢对手的反派。最令人满意的结局是主人公和大反派棋逢对手。在《沉默的羔羊》中，克拉丽丝·斯塔林解救了凯瑟琳，其绑架者水牛比尔被杀，而汉尼拔·莱克特却出逃杀人——又开始食人。

规则4：完成扫尾工作

第二幕中，各类次要情节皆可助你顺利走完一程。但现在进入扫尾阶段，之前那些情节都需要收尾。匆忙向终点冲刺时，你也许会忽略一些重要的线索。

零散混乱的残局总会让经纪人、编辑和读者几近狂乱。收到精彩的故事后,出版商不知有多少次皆因悬而未决的残留问题而退稿。请整理各条线索并进行扫尾,否则可能就会失去读者,并被贴上马虎作家的标签。

> 不收残局者必自毙。
> ——泽尔达·菲茨杰拉德(Zelda Fitzgerald)

规则5:如有可能,设置情节大反转

第三幕中,没什么比情节大反转更令人记忆深刻了。写出令读者始料不及的巧妙反转并不容易,但如果你可以实现,那就试试吧。

写出巧妙反转的最佳途径,即记住有两个故事:一个是你已经告诉读者的,另一个是尚未告诉读者的。如在谋杀推理故事中,读者眼中有一个破案故事的版本,但你是作者,已经知道了罪案经过——有些情况你并没告诉读者。你可以利用信息差误导读者,让他们分心,难以察觉前方峰回路转,但需在路上留下足够多的线索,否则大反转的结局就会显得突兀。这有赖于微妙的手法,最佳的情节大反转结局既在情理之中,又在意料之外。

罪案小说和科幻小说等类型,情节大反转是否巧妙也许会成为是否能够出版的理由。即便如此，无论写哪一类故事，巧设的大反转都可以有效地提高故事的质量，如欧·亨利动人的爱情故事《麦琪的礼物》("The Gift of the Magi")——这位作家以新颖的情节大反转而著称。其他包含惊人结尾的故事还有：

- 《罗杰疑案》(*The Murder of Roger Ackroyd*)，阿加莎·克里斯蒂
- 《搏击俱乐部》(*Fight Club*)，恰克·帕拉尼克
- 《安德的游戏》(*Ender's Game*)，奥森·斯科特·卡德
- 《威塞克斯之梦》(*A Dream of Wessex*)，克里斯托弗·普利斯特
- 《少年派的奇幻漂流》(*Life of Pi*)，扬·马特尔
- 《消失的爱人》，吉莉安·弗琳
- 《时间旅行者的妻子》，奥德丽·尼芬格

轻松激发好创意

　　如下电影皆以结尾处的情节大反转而著称，与作家小组成员办一次电影之夜活动，观看其中一部，留意这部影片是如何为大反转铺垫的。其中大反转为何既在情理之中，又在意料之外？观影时做笔记，观影后讨论情节扭转的妙处。

- 《非常嫌疑犯》(*The Usual Suspects*)〔编剧克里斯托弗·麦奎里（Christopher McQuarrie），获奥斯卡最佳原创剧本〕
- 《魔术师》(*The Illusionist*)〔尼尔·博格根据斯蒂芬·米尔豪瑟（Steven Millhauser）的短篇故事《魔术师艾森海姆》(*Eisenheim the Illusionist*) 改编〕
- 《触不到的恋人》(*The Lake House*)〔戴维·奥本（David Auburn）剧本，根据韩国电影《触不到的恋人》(*Siworae*) 改编〕
- 《安德的游戏》〔加文·胡德（Gavin Hood）根据奥森·斯科特·卡德同名小说改编〕
- 《第六感》(*The Sixth Sense*)〔M. 奈特·沙马兰（M. Night Shyamalan）奥斯卡奖提名原创剧本〕
- 《黑天鹅》〔马克·海曼（Mark Heyman）、安德雷斯·海因斯（Andres Heinz）和约翰·J. 麦克劳克林（John J. McLaughlin）的原创剧本〕
- 《哭泣的游戏》(*The Crying Game*)〔尼尔·乔丹（Neil Jordan）获奥斯卡奖原创剧本奖〕
- 《异世浮生》(*Jacob's Ladder*)〔布鲁斯·乔尔·鲁宾（Bruce Joel Rubin）原创剧本〕

规则 6：别省去结尾

创作系列故事时，也许你很想省去第一部的结尾，等第二部再继续。这是偷懒，无法为你赢取经纪人、编辑或读者的称赞。系列故事中的每本书都需要独立，第一部尤为如此——

因为如果第一部效果不好,就不会有第二部了。

想想第一部《星球大战》〔即如今系列中的《星球大战4:新希望》〕,该片以卢克·天行者及其同伴摧毁死星后荣归故里的欢迎仪式结尾,对这一段故事来说,这是令人满意的结局。我们当然明白,尽管这次战役获胜,之后依然会战火不断(《帝国反击战》),但乔治·卢卡斯在这一成功的系列中并未哄骗观众,我们都沉醉在了欢乐的结局中。(当然,《帝国反击战》的结尾的确有点仓促,但那时系列电影已经获得了巨大的成功,第三部电影万众期待,因此无人在意,但我们不见得都会那么走运。)

我曾经手几次包含多部作品的系列故事,签约出售前这一问题皆有待解决。经验表明,如果你在创作系列故事,应该让其中每一部独立,为读者带来完整、令人满意的阅读体验。实际上,大部分系列的协议都是根据第一本的完整书稿协商的,或看看后续几本的框架再决定的。从这些框架中,不仅能够看出每部书的独立情节,还能看到整个系列的宏观戏剧弧。

> 我最好还是让情节漂亮一些,我希望第一页就能抓住读者,在中间来个大转折,将整体构建为过山车之旅。
>
> ——马克·哈登(Mark Haddon)

第八章 妙笔一幕接一幕

规则 7：留下精彩的末句

我们在之前讨论过，精彩的末句能让读者在故事结束后回味无穷。完美的末句就像甜美的小曲或扣人心弦的流行歌词一样，在猝不及防的时刻闯入读者的脑海。

重中之重，末句是你点明故事主题的最后一次机会。我们已讨论过部分精彩末句，第一章中你也亲自尝试了。

不过，我们还是先来看一些经典末句，那些始终萦绕你心间的末句。

> 尽管有这些小缺陷，还是有一小群真正的朋友们见证了这场婚礼，他们的祝愿、希望、信心和预言都在这完美幸福的结合中得到了验证。
>
> ——《爱玛》，简·奥斯汀

> 我奔跑着，风吹在面庞，嘴咧得和潘杰谢尔河谷一样宽，微笑着，奔跑。
>
> ——《追风筝的人》(*The Kite Runner*)，卡勒德·胡赛尼（Khaled Hosseini）

> 既是真朋友又是好作家的朋友可不多见，但夏洛特就是。
>
> ——《夏洛特的网》(*Charlotte's Web*)，E. B. 怀特（E. B. White）

外面的动物们看看猪又望望人,看看人又望望猪,接着看看猪又望望人。但此时,已经很难分辨。

——《动物农场》(*Animal Farm*),乔治·奥威尔

她广泛地影响了身边的人们;这世界日益增添的良善,毕竟主要取决于没有历史意义的行为,对你我而言,生活没那么糟糕,可能得归功于众多沉睡在无名之墓中,走过高尚一生的人们。

——《米德尔马契》(*Middlemarch*),乔治·艾略特(George Eliot)

我离开后,我丈夫还在那里多待了一段时间,处理我们的事情。刚开始我也打算回去,但依他的心愿我改变主意了。他也来到了英格兰,我们决定在此共度余生,为曾经的斑斑劣迹真诚悔过。

——《摩尔·弗兰德斯》(*Moll Flanders*),丹尼尔·笛福(Daniel Defoe)

片刻后我走出去,离开医院,在雨中走回酒店。

——《永别了武器》(*A Farewell to Arms*),欧内斯特·海明威

第八章 妙笔一幕接一幕

每当漫长的冬夜来临,狼群跟随猎物潜入低处山谷,也许能看见他领头奔跑,穿过惨淡的月光,或在闪耀的北极光之下,高高跃过同类,放声嚎叫,歌唱年轻的世界,唱响狼群之歌。

——《野性的呼唤》(*The Call of the Wild*),杰克·伦敦(Jack London)

但无论走到哪里,无论发生什么,在森林顶端那片魔法之地,总有一个小男孩和他的小熊在玩耍。

——《小熊维尼和老灰驴的家》(*The House at Pooh Corner*),A. A. 米尔恩(A. A. Milne)

黎明会来,千百年来一直会来,从未改变。但那个解放的黎明,摆脱束缚带来的恐惧和令人恐惧的束缚的黎明,何时到来仍是个谜。

——《哭泣的大地》(*Cry, the Beloved Country*),艾伦·佩顿(Alan Paton)

也许偶尔想起的正是那份爱,既无痛苦,亦无烦忧。

——《船讯》(*The Shipping News*),安妮·普鲁

> 我对好小说的判断标准,即害怕开始阅读最后一章。
> ——托马斯·赫尔姆(Thomas Helm)

创作实践

最近一本让你念念不忘、希望永不结束的书是?思考自己为何喜爱这种阅读体验以及故事令人产生满足感的原因,记下所思所感。

现在将这本书找出来,重读最后三章,分析这些章节为何能够让人产生非凡的阅读体验,重点关注下列内容:

- 行动
- 事件
- 最后一章
- 最后一页
- 最后一句

思考为什么你认为这些要素行之有效,以及如何利用该作者的技巧让自己的故事完美收官、满足读者的心愿。

第三幕备忘清单

结尾是向读者展示故事的力量之处,是情节、主题、次要情节以及主题变体共同汇聚到冲突和意义高潮之中的时刻。但第三幕正是许多作家望而却步、有所保留之处,如此便失去了

第八章 妙笔一幕接一幕

让精彩结尾为读者形成强大最后印象的机会。

我们讨论了许多让故事结尾出彩、回归主题的方式，如下为优化结尾最需要考虑的问题：

- 到底发生了什么？
- 行动是否足够重要？
- 收尾是否匆忙？第三幕长度应为故事的四分之一左右。
  （第一幕：四分之一，15个场景；第二幕，一半，30个场景；第三幕：四分之一，15个场景。）
- 你是否给主人公安排了可以冲击奥斯卡的精彩表演？
- 你的反派人物是否明白即将发生什么？
- 次要情节是否毫无遗漏？你是否已经为所有情节线扫尾？
- 结尾处是否方方面面都有了交代？
- 你是否努力设置了大反转的结局，让读者惊讶？
- 你的末句是否精雕细琢、反映主题？
- 你是否让主人公在第三幕中扮演重要角色、驱动精彩情节的发展？
- 你的男主人公是否通过了终极大考验？汲取了哪些经验教训？与主题有何关联？
- 你的女主人公可能经历的最糟情况是什么？你是否让这件事发生了？你是怎样救她的？
- 第三幕的重大时刻是否实现了戏剧化？

- 故事问题是否强大到足以让读者如饥似渴地继续往下看？你是否回答了书中的大故事问题？
- 这个故事是某系列的第一部吗？它是否具有独立性？你是否已在第一个故事的结尾为下一个故事巧妙地埋下了伏笔？
- 第三幕是否文笔流畅、字斟句酌？

8.4 开头、中间、结尾……再来一遍

我们已细细审视了故事的每一幕，并分析了各部分中哪些做法行之有效，哪些途径不太适合。你已分解了故事场景，并让故事线保持一致，设法让主要情节和主题、次要情节和主题变体协同作用，创造连贯的整体。下一章中，我们将聚焦于小说各要素，也就是在充实结构时有助于你解决各场景实际写作问题的工具。如果你手中的初稿已完成，便可使用这些工具打磨作品，修补妨碍你找到出版机会的常见问题。

总之，在第三部分中，我们要把故事串起来。

> 若是翻到最后一页，感到有点像失去了一个朋友，这就是一本好书。
>
> ——保罗·斯威尼（Paul Sweeney）

第三部分

串起故事

若想创作一部强大有力的作品,必须选择强大有力的主题。没有哪一本经得住时间考验的伟大作品是围绕鸡毛蒜皮的主题展开的,尽管无数人有过失败的尝试。

——赫尔曼·梅尔维尔(Herman Melville)

第九章
织就故事

> 讲故事归根结底是一种创意行为,作者通过人物、情节和背景,让原本隐身的真相显现出来。有时,讲故事的人会摆出许多点,让读者自己连成线。
>
> ——道格拉斯·库普兰(Douglas Coupland)

创造精彩的情节好比织毯子,所有的线——声音、行动、视角、基调、风格、背景、冲突、对话等——皆须天衣无缝地织成图案,形成整体。将这些小说元素美妙地融合在一起,你就可以推进故事、明确类型、突出声音、描述背景、揭示人物、设定基调,并助你做好最重要的事情——反映主题。

这种细致入微的编织过程,始于主题,终于主题。本章中,我们将探索如何使用主题织就故事,让故事紧凑,且能从不同的层面打动读者。接下来我们将逐一审视织毯中的每一根线。

9.1 主题的声音

如果作者的声音独特,强大有力,就可以让你的书出类拔萃——让读者爱上你。还记得第一次读 J. D. 塞林格的《麦田里的守望者》吗?没准你立刻就爱上了塞林格的声音。(也可能你不太喜欢,我当初就不太喜欢。少女时代初次阅读《麦田里的守望者》,我觉得糟糕透顶。但养大两个男孩、二十年后重读此书,我觉得它非常精彩。塞林格好像为世人打开了青春期男孩的大脑一般,帮助我这个困惑不已的母亲理清头绪。)

这本书恰好能说明我的观点。

倘若故事讲得恰到好处,作者的声音便会与主题相和——主题则通过作者的声音发出回声。想想塞林格的作品,其主题为青春期,真实以及成年人的虚假和伪善,这些都融入了他独一无二的声音中,无论是霍尔顿·考菲尔德还是弗兰尼、卓艾。

头脑中的声音

如果你无法区分作者的声音和笔下视角人物的不同声音,别担心,不止你一个人如此,许多作家都为此感到困惑。

可以这样考虑:无论你用哪个人物的视角写作,你的声音始终都是你的声音。以约翰·欧文为例,他声音的独特之处在于用喜剧呈现本为悲剧的生活,其笔下的人物丰富多样,既有《盖普眼中的世界》中圣徒般的珍妮·菲尔兹,也有《苹果酒屋的规则》(The Cider House Rules)中卑鄙的罗斯先生。但无论写哪个人物、哪个故事,他的声音依旧是他自己的。

查尔斯·狄更斯、简·奥斯汀等众多作家亦如此。

回忆一下你最爱的作者以及他们在写作生涯中始终如一的声音。

第九章 织就故事

> **轻松激发好创意**
>
> 　　下列书单的故事皆可清晰地看出主题声音，从中选一个。可以是已经读过且非常喜爱的，也可以是从未尝试过的。无论如何，读一遍；阅读中留意声音和主题是如何互相对应的。
>
> - 《消失的爱人》，吉莉安·弗琳
> - 《BJ单身日记》，海伦·菲尔丁
> - 《女孩加油站的最后团聚》(The All-Girl Filling Station's Last Reunion)，范妮·弗拉格 (Fannie Flagg)
> - 《说得美》(Me Talk Pretty One Day)，戴维·塞达里斯
> - 《耐用品》(Durable Goods)，伊丽莎白·伯格 (Elizabeth Berg)
> - 《偷书贼》(The Book Thief)，马格斯·朱萨克 (Markus Zusak)
> - 《一只鸟接着一只鸟》(Bird by Bird)，安妮·拉莫特 (Anne Lamott)
> - 《夜访吸血鬼》(Interview with the Vampire)，安妮·赖斯
> - 《实用魔法》(Practical Magic)，爱丽丝·霍夫曼
> - 《第二十二条军规》，约瑟夫·海勒
> - 《五号屠场》，库尔特·冯内古特
> - 莎士比亚的任何一部作品

　　你的声音是否能够很好地反映主题？该如何判断？从事经纪人工作，我总是遇到尚未卖出作品的天才作家，因为他们还没有找到自己的声音，有些仍在与自己真实的声音做斗争。找

到自己的声音好比择偶，有时你喜欢某人，但很清楚对方不合适你——合适的人会让你有"家"的感觉，而你喜欢的人，可能出于种种原因无法催生这种"家"的感觉。

找到自己的声音就像回到家中一样，这就是你的指南针。我有位客户，已出版多部非虚构类作品以及关于活出真实自我奥秘的精彩书籍，小说却总是不够真实。她去过许多地方，总是喜欢把故事背景设在最爱的异国他乡的文化背景中，那些都是她熟悉却无法称之为家的地方，尽管她也希望能够产生归属感。这些小说从技术层面来看非常到位，但声音却不是作者自己的。她试图寻找其他文化、习俗以及作家的声音，可由于声音不是自己的，主题也成不了自己的。她继续出版反映自身价值观和传统的非虚构类大作，继续写着不那么卖座的小说。与此同时，她买下一小片农场，开始创作博客，描述那片土地上的生活。我，还有成千上万读者，都爱上了她的博客，并向她表达喜爱之情。我是她的经纪人，我告诉她这就是她的灵感的源泉——她可以从中找到作品的声音。（当然，这种声音自然一直都在，她在非虚构作品中都用过，只是由于对"他者"盲目热衷，她在讲述自己的故事时反而迷惘。）我鼓励她以农场为背景创作小说，用自己真实的声音（博客作者的声音）来讲述。她采纳了——立刻签下三本书的协议！而这，全得益于找到自己的声音。这个案例说明：明确自己的身份和自己真心在乎的事物，声音和主题的美妙联姻就能水到渠成，可参见如下作家的作品。

- 菲利普·罗斯（Philip Roth）
- 珍妮特·伊万诺维奇（Janet Evanovich）
- 马克·吐温（Mark Twain）
- 伍迪·艾伦
- 多萝西·帕克（Dorothy Parker）
- 玛雅·安吉罗（Maya Angelou）
- 雷·布拉德伯里（Ray Bradbury）
- 伊丽莎白·伯格

数不胜数！

9.2 主题基调

> 我尤爱马克·吐温和杰罗姆·K.杰罗姆（Jerome K. Jerome），他们拥有独特的创作者的声音，既人性化，又流露出对人性的理解，但也不时为人性的小弱点做批注。我觉得我相信这套方法，这也是我想做的。
>
> ——特里·普拉契特（Terry Pratchett）

基调能够体现情绪、环境和故事气氛，因此正确的基调对于传达故事主题至关紧要。以斯蒂芬·金为例,他对基调的巧妙运用能够让读者瞬间预测到恐怖。他的主题旨在让我们感到害怕——基调则可以告诉我们后续会发生恐怖的事情。

P. G. 伍德豪斯也是一例,他漫不经心的有趣调调被喻为音乐喜剧——只是没有配乐而已。(不足为奇,他同样也是深受欢迎的剧作家和词作者,创作了 15 部戏剧,并为约 30 部音乐喜剧撰写歌词。)安妮·赖斯设定了侧重于感官享受的黑暗基调,为强调感官享受的黑暗吸血鬼小说奠基,故事多讲述爱与性、死亡,还有不朽、存在主义以及人之为人的意义。

基调"音准完美"的作家还有:

- 伏尔泰(Voltaire)
- 乔纳森·斯威夫特(Jonathan Swift)
- 戴维·塞达里斯
- 埃德加·爱伦·坡
- 威廉·福克纳
- 阿娜伊丝·宁(Anais Nin)
- 艾米莉·勃朗特
- 亨利·詹姆斯
- 雪莉·杰克逊(Shirley Jackson)
- 伊迪斯·华顿(Edith Wharton)
- 约翰·斯坦贝克

你小说的基调如何？是否充分反映了故事的主题？你是如何实现这种基调的？假设你在写关于警察日常办案的小说，基调便可简洁冷清，如亨宁·曼凯尔的沃兰德系列小说那样——其主题围绕排外情绪和瑞典"超级文明"社会的黑暗弱点，充满悲观色彩。若是在创作哥特言情小说，便可将哥特式基调定为目标——如凯特·莫顿（Kate Morton）的《里弗顿庄园》（*The House at Riverton*）。创作成长小说，应有反映青春期焦虑不安和成长痛苦的自白、脆弱的基调，如斯蒂芬·奇博斯基（Stephen Chbosky）的《壁花少年》。

请你研习同类作品的基调、解构基调与主题的关联性，并思考你如何实现同样的效果。

区分声音和基调

基调与声音不同，尽管二者紧密相关且常常被混淆。区别在于前者是你的个性，后者为你的特定情绪。无论基调是愉快、悲伤还是愤怒，你始终是你（声音）。

> 我从来不会从基调出发构思自己的小说。但愿故事开始后，基调会自动浮出水面。
>
> ——爱丽丝·霍夫曼

9.3　主题与风格

风格与基调是两码事。正如上文可见,基调反映文字的环境、气氛以及情绪。风格则更多是关于如何处理遣词造句、节奏停顿等。它讲究的是选词及其背后的原因。选对服饰搭配可以反映真实的你,选对合适的风格也可以巩固主题。

一些作者因风格而有名,他们独树一帜的风格影响了后世一代又一代作家。詹姆斯·乔伊斯(James Joyce)和科马克·麦卡锡(Cormac McCarthy)在风格方面尤为典型。

詹姆斯·乔伊斯是一位玩文字游戏的天才,他的不羁热情犹如孩子在摆弄自己的玩具,是小说创作中所谓的"意识流"风格的探索先驱。这种无拘无束、尽情流淌的语言反映了他的主题,包括人生阶段、找寻身份、信仰的实质以及"爱的苦涩奥秘"。如果你还没读过《尤利西斯》和《芬尼根守灵夜》(*Finnegan's Wake*),请去读吧——别试图去理解,至少初次阅读别侧重于理解,只需浸润在他非凡的语言中——**感受**就好。

科马克·麦卡锡的代表作有《老无所依》《路》(*The Road*)以及"边境三部曲(Border triology)"等,他称詹姆斯·乔伊斯对他的作品有重大影响〔也表示受到了威廉·福克纳和麦金利·康托尔(MacKinlay Kantor)的影响〕。这位普利策奖获得者以荒凉而诗意的风格著称,喜爱长句,不喜欢停顿——就

第九章 织就故事

像乔伊斯那样。实际上，麦卡锡有自己的一套停顿规则：不用引号，不用分号，极少使用冒号。麦卡锡的风格反映了死亡、暴力以及在善恶之间挣扎的黑暗虚无主题。

> 我信任句号、大写，偶尔信任逗号，仅此而已。
> ——科马克·麦卡锡

乔伊斯和麦卡锡的文字大不相同，尽管两人在风格技巧方面存在一些共性。他们的风格和主题各不相同，文笔同样精彩，但乔伊斯美妙的语言将生活描述为美丽忧伤却值得体验的一片混乱，而麦卡锡美妙的语言则将生活描述为暴力和死亡中的虚无存在。

我们不可能都变成詹姆斯·乔伊斯或科马克·麦卡锡——也不应该期待自己变成他们，各类创作中都有因风格而著称的伟大作家。

- 安妮·普鲁
- 欧内斯特·海明威
- 弗吉尼亚·伍尔夫
- 帕特·康罗伊
- 库尔特·冯内古特
- 爱丽丝·霍夫曼

研习同类中最爱的作家，留意他们风格各要素是如何联系主题的，特别之处、画面、节奏、词语选择、句型结构等。然后读一页自己的作品，进行对比。你是否充分利用了风格的要素？

> 风格即选词恰当，其他的都不重要。
> ——儒勒·列那尔（Jules Renard）

作家阅读书目

如下著作讨论风格和写作，这些实用建议来自从事创作的作家们。

- 《风格的要素》（*The Elements of Style*），小威廉·斯特伦克（William Strunk Jr.）、E. B. 怀特和罗杰·安杰尔（Roger Angell）
- 《如何写出风格》（*How to Write with Style*），库尔特·冯内古特
- 《刀具三用：论戏剧的性质和用途》（*Three Uses of the Knife: On the Nature and Purpose of Drama*），大卫·马梅（David Mamet）
- 《欧内斯特·海明威论写作》（*Ernest Hemingway on Writing*），拉里·W. 菲利普斯（Larry W. Philips）编辑

- 《如何写好一句话》(How to Write a Sentence)，斯坦利·菲什（Stanley Fish）
- 《如何写作》(How to Write)，格特鲁德·斯泰因（Gertrude Stein）
- 《论写作》(On Writing) 和《初识写作》(One Writer's Beginnings)，尤多拉·韦尔蒂（Eudora Welty）

9.4 背景：综观全局

> 首要原则：写你熟悉的背景。
> ——杰弗里·迪弗（Jeffery Deaver）

精彩的背景对故事的主题和行动至关紧要，精挑细选的充实背景能够成为重要组成部分——故事赖以生存，离开它就无法继续下去。选择引人入胜的背景能够为你提供绝佳的机会，带读者走进他们从未去过或不太了解的地方。这样的背景能够让读者保持阅读兴趣，下面我们用一些受欢迎的故事举例。

- 《猎杀红色十月》(The Hunt for Red October)。汤姆·克兰西（Tom Clancy）精彩的高科技惊悚之作引入了我们大部分人可能都不太了解的迷人背景：核潜艇。整部故事讲述的是一艘不知打算前往何方的超级潜艇——让故事旅程更加激动人心!

- 《虚荣的篝火》(*The Bonfire of the Vanities*)。汤姆·沃尔夫(Tom Wolfe)揭露了主导20世纪80年代不夜城纽约上层社会的贪婪、种族主义和纵欲。

- 《神秘河》(*Mystic River*)。丹尼斯·勒翰(Dennis Lehane)了解波士顿,他在这部心理惊悚小说中探索了城市里的爱、信念、家庭与部落忠诚,他对这座城的积极和消极层面都了如指掌。

- 《绿野仙踪》。对L.弗兰克·鲍姆的女主人公多萝西来说,故事全在背景,她必须设法走出神奇而危险的奥兹国,找到回家的路。

- 《1984》。乔治·奥威尔为我们展现了预言中的恐怖的未来图景——"老大哥"始终在监视、毫无隐私概念的反乌托邦背景社会——这是一部所有科幻作者都试图超越的作品。

- 《在德黑兰读〈洛丽塔〉》(*Reading Lolita in Tehran*)。阿扎尔·纳菲西(Azar Nafisi)的回忆录向我们展示了伊朗生活的另一面——女性生活的另一面,与文学、个性自由、女权主义以及艺术力量的主题相呼应。

- 《印度之行》。E. M. 福斯特这个令人着迷的故事讲述了20世纪之初一位英国女孩的印度之行,此行挑战了她对印度、祖国以及自己的了解。除探索谜案之外，这部小说还探讨了一个国家及其殖民统治者的社会和政治等层面。

- 《冷暖人间》(Peyton Place)。格蕾丝·麦泰利斯（Grace Metalious）的经典肥皂剧，讲述完美表面之下藏有不可告人秘密的小镇，超越了其他所有同类。
- 《飞越疯人院》。肯·克西将令人心碎的故事设置在俄勒冈州的一所精神病院，讲述了剥夺病人自由的体制和人性的退化。
- 《第一女子侦探社》(The No.1 Ladies' Detective Agency)。亚历山大·麦考尔·史密斯（Alexander McCall Smith）笔下坚强廉洁的普雷舍丝·拉莫茨威在博茨瓦纳用智慧、正直和勤奋破案，阅读这套畅销系列小说之前，我们对这个地方都不太熟悉。
- 《惊鸟》。斯蒂芬·金将许多故事背景设在他的故乡缅因州是有道理的，这里夏日短暂，冬季漫长，阳光不足。在这个故事中，他探索了人性的黑暗面以及母亲为了保护孩子会做出多大努力，背景设在日食期间的缅因州小镇。
- 《圣殿春秋》。肯·福莱特的畅销历史小说，讲述了12世纪英格兰金斯布里奇一座哥特式教堂的修筑过程，在无政府状态中探索爱、信仰、抱负、权力和复仇的主题。

确定小说背景时,请选择一处特别的地方,你非常了解这里,足以为读者展现这里不为人知的一面。想想作者们为洛杉矶刻画的不同层面:詹姆斯·艾罗瑞(James Ellroy)《洛城机密》(*L. A. Confidential*)中晴朗大街背后的阴暗,沃尔特·莫斯利(Walter Mosley)在《遛狗》(*Walkin' the Dog*)中展现的灰暗中南部日常生活,或米切尔·胡内文(Michelle Huneven)在《詹姆斯兰德》(*Jamesland*)中探索洛杉矶中部富裕区洛斯费利兹的美食和娱乐。

为我们展现故事背景不为人知的一面,确保所需背景与主题息息相关,使之成为故事中的关键要素。

> 写作时我受背景驱动,有人也许受人物或障碍驱动,但我不一样,背景第一。
>
> ——吉姆·林奇(Jim Lynch)

背景:分场景设置

你不仅需要选择我们从未见过的大环境(或设在我们见过的地方,但让人眼前一亮),还需将**每个场景**都设置为我们不太熟悉的地方。警惕我们早已耳熟能详的场景,举例如下。

第九章 织就故事

- 别墅
- 公寓
- 办公室
- 餐馆
- 车
- 机场
- 学校
- 大商场
- 供奉神祇的场所

如果你坚持要将场景设置在熟悉的地方，请让它与众不同，且与主题相关。

> 我前三本书的背景（或说地方）总是这几个——新泽西、多米尼加共和国，部分设在纽约——因此从某个角度来看，我的作品的确先看地方。
>
> ——朱诺·迪亚兹（Junot Díaz）

终极背景：构建新世界

合适的背景会让作品得到全方位的提升。在科幻或奇幻类型中，选择场景往往意味着创造一个处于其他时间、星系或维度中的新世界。构建新世界，与支撑这个世界的主题一样有效。

毫无疑问，J. R. R. 托尔金是当之无愧的构建世界之王，其《魔戒》中的中土世界细致入微，让后世科幻或奇幻类的作者们望尘莫及。除善恶、友谊、忠诚、战争、死亡和永生的主题之外，这个精巧的世界还融合了神话、宗教和历史主题。

若将托尔金封为构建世界之王，J. K. 罗琳应当封后。在"哈利·波特"系列中，罗琳将我们带进了充满麻瓜、巫师还有霍格沃茨魔法学校的神奇世界。该系列的每一本书，皆构建于这个魔法世界之上，不断加入新的神奇动物、规则、神话、历史等。每写一本新书，她的世界及其中的人物就会更加成熟，背景主题也更加成熟。

如果你的故事背景是一个需要构建的世界，请思考那个世界的各层面是如何与你的主题及主题变体关联起来的。

> 我感兴趣的是地方，还有某个地方的社会和经济状况——人们怎样生活、怎样谋生以及当地文化如何——但故事总是源自地方。
>
> ——安妮·普鲁

9.5 幽默与主题

> 作家必须描述糟糕恐怖之物,当然,一种办法自然是打趣地去写。
>
> ——约翰·欧文

无论你在创作喜剧、悲剧、轻松的爱情故事、黑色惊悚、成长小说还是回忆录,皆可用幽默点明主题以及主题变体。

一些故事本身就有趣或讽刺,此类故事与主题的联系非常明显。

- 一名生活在19世纪的美国人重返6世纪的英格兰〔《康州美国佬大闹亚瑟王朝》(*A Connecticut Yankee in King Arthur's Court*),马克·吐温〕
- 说话飞快的律师必须连说24小时大实话〔《大话王》(*Liar Liar*),保罗·瓜伊(Paul Guay)和斯蒂芬·梅热(Stephen Mazur)〕
- 一位不时髦的年轻女人成了苛刻的高端时尚杂志总编的私人助理(《穿普拉达的女魔头》,劳伦·魏斯贝格尔)
- 拥有强大生存能力的底特律警察去比弗利山调查凶杀案〔《比佛利山超级警探》(*Beverly Hills Cop*),小丹尼尔·皮特里(Daniel Petrie Jr.)〕

- 在纽约城打拼的不得志作家受雇装扮成梅西百货的圣诞精灵〔《冰上假日》(Holidays on Ice)，戴维·塞达里斯〕
- 总是被截止日期催促的联邦快递经理被困小岛，一无所有，仅剩大把大把的时间以供消耗〔《荒岛余生》(Cast Away)，小威廉·布罗伊尔斯(William Broyles Jr.)〕

有些故事可能本无内在的喜剧前提，但在一些作家笔下会带讽刺色彩，让人捧腹不已。想想简·奥斯汀、安·泰勒还有贝弗利·克利里(Beverly Cleary)。

哪怕围绕严肃的主题创作，亦可加入幽默元素，这有助于反映生活可怕的荒唐真相。想想约翰·欧文、克里斯托弗·莫尔(Christopher Moore)和库尔特·冯内古特。

自行创作时，请考虑可否通过下列经典方式加入幽默元素。

1. 有趣的前提〔《长大》(Big)中的加里·罗斯和安妮·斯皮尔伯格〕
2. 主人公有点傻乎乎的挚友〔"哈利·波特"系列中的罗恩·韦斯莱〕
3. 身份误判（威廉·莎士比亚《仲夏夜之梦》）
4. 误解〔简·奥斯汀《劝导》(Persuasion)〕
5. 喜剧 = 悲剧 + 时间〔诺拉·埃夫隆(Nora Ephron)《心火》(Heartburn)，或伍迪·艾伦的任一作品〕

若想让读者保持注意力，来点幽默是最佳的方式。放手尝试，博读者一笑吧。

> 要想写一部非常有意思的书，作者要遭许多罪。
> ——欧内斯特·海明威

9.6 主题视角

选择恰当的视角能够强化主题，更重要的是，让故事"同中有异"、成为畅销书的往往是视角。我们来看看这些故事的视角带来的主题启示意义。

- **《可爱的骨头》**（*The Lovely Bones*）。艾丽斯·西伯德（Alice Sebold）《可爱的骨头》讲述了一个普通的谋杀故事，但使之与众不同的正是视角。这个故事从遇害小姑娘本人的视角出发，带出小说的主题：损失、记忆、愧疚感和责任。

- **《我在雨中等你》**。加斯·斯坦的这部经典小说绝非普通的讲狗狗的故事，我承认这本书我推迟了很久才开始阅读，因为我受不了读一本从濒死狗狗的视角写的书，但它之所以成为我最爱的故事之一也正是如此。最终，告诉我们人之为人意义的，是一只小狗。

- **《布里奇夫妇》**〔(*Mr. Bridge and Mrs. Bridge*)，即电影《末

路英雄半世情》的原著小说]。埃文·S.康奈尔（Evan S. Connell）分别以男女主人公的视角出发，创作了两部小说，两人对同一段婚姻做出了完全不同的真实诠释。这种双重视角提醒我们，作者旨在表明每段婚姻都有三面：他的，她的，真相。

- **《消失的爱人》**。吉莉安·弗琳让男女主人公交替讲述，在这部重磅畅销书中描述了一段极其扭曲的婚姻，如此为我们呈现他的、她的以及真实的阴暗面。
- **《房间》**（*Room*）。一位被囚禁在小棚屋中的女性及其孩子的故事，以孩子的视角讲述，爱玛·多诺霍（Emma Donoghue）对爱、性侵以及"世界之残酷"的辛辣刻画让读者久久不能忘怀。
- **《魔法坏女巫》**。格雷戈里·马奎尔从《绿野仙踪》西方坏女巫的视角讲故事，挑战读者对美、善恶以及真相本身的思考并在此过程中创造了新的子类型。

> 你可以从男性的视角讲述《使女的故事》，称人们误以为女性遭遇压迫，但权力往往以金字塔的形式组织。我可以从金字塔中某处选取一名男性叙述者，这应该会挺有意思。
>
> ——玛格丽特·阿特伍德

你可以选取某一个独特的视角讲故事，像《可爱的骨头》《我在雨中等你》那样。你可以从多重视角讲故事，将主题及其变化体现或反映出来——许多科幻或奇幻故事即如此，乔治·R. R. 马丁就在《权力的游戏》中充分利用了这一手段。爱情故事则可交替男女主人公的视角，而罪案小说故事往往在恶棍、受害者以及主人公的视角之间转换。

9.7 人物与主题

在第三章中，我们讨论过主人公、反面人物以及次要人物可以反映主题的不同层面。创作故事时，请用这些人物生动地阐释你的主题。

> 你需要让人物有诉求，他们渴望爱，渴望认同，渴望幸福。
> ——坎达丝·布什内尔（Candace Bushnell）

方法得当，你就可以创作出颇具新意、魅力十足的人物，赢得读者喜爱，让读者期待这些人物再次出现，这样你就可以创作人物相关系列了，下列深受读者喜爱的故事就是如此。

- 斯蒂格·拉森的《龙文身的女孩》
- 伊恩·弗莱明的"詹姆斯·邦德"系列

- 亚瑟·柯南·道尔的"夏洛克·福尔摩斯"系列
- 李查德（Lee Child）"杰克·李奇（Jack Reacher）"系列
- 珍妮特·伊万诺维奇的"斯蒂芬妮·普拉姆（Stephanie Plum）"系列

此类系列人物是勇气、足智多谋和聪明才智的化身——我们都希望自己拥有这些品质。

9.8 行动中的主题

> 千万别混淆动作和行动。
> ——欧内斯特·海明威

如果你能写出一流的行动场景，作品就会大卖。读者喜爱行动的人物，占领畅销书单的作品或基于这些作品改编的高概念影片[①]通常都有积极主动的主人公。用高概念出发思考，即以行动为出发点——这不无道理。如下为故事中成功实现行动的例子。

- "杰森·波恩（Jason Bourne）"系列小说，罗伯特·陆

[①] 高概念（high concept）影片指具有视觉形象的吸引力、充分的市场商机、简单扼要剧情的电影。

第九章 织就故事

德伦（Robert Ludlum）
- 《少数派报告》(*The Minority Report*)，菲利普·K.迪克（Philip K. Dick）
- "杰克·瑞安（Jack Ryan）"系列小说，汤姆·克兰西
- 《饥饿游戏》三部曲，苏珊·柯林斯
- 《公主新娘》，威廉·戈德曼（William Goldman）
- 《教父》，马里奥·普佐
- "杰克·李奇"系列小说，李查德

这些故事让我们看到了行动中的主人公，我们会情不自禁地爱上他们，并期待他们继续行动。无论编织哪一类故事，这一点定要牢记在心。

何谓高概念？

"高概念"是好莱坞业界"大点子"的代名词——用寥寥数语就能够轻易传达的构思。

- 《生死时速》(*Speed*)：公交上智斗顽固分子。
- 《大白鲨》(*Jaws*)：巨鲨让小镇布满恐惧阴影。
- 《泰坦尼克号》(*Titanic*)：一对时运不济的恋人在沉船上相爱。
- 《圣诞精灵》(*Elf*)：被圣诞老人收养的人类"精灵"离开北极，去纽约寻找生父。

> - 《辛德勒名单》：一个真实的故事，二战中，一名花花公子在自家工厂雇佣1100位犹太人，以拯救他们的生命。
> - 《宿醉》(*The Hangover*)：三个朋友必须找到在拉斯维加斯单身派对上失踪的准新郎。
> - 《空中蛇灾》(*Snakes on a Plane*)：故事内容显而易见。

> 我认为一切艺术皆源自冲突，写作中，我总是寻找事件的戏剧性内核，寻找人们按某个方向前进的特定时刻。
> ——乔伊斯·卡罗尔·欧茨

9.9 冲突的主题实质

故事无须夸张，不是所有人都要创作刺激的动作片。但你的确需要将冲突融入其中，正如我们所见，冲突是戏剧的驱动力，在故事线中织入冲突有助于让读者保持注意力。

但最精彩的冲突与主题息息相关，那才能够真正打动读者，下列这些冲突便扣人心弦。

- 在肯·克西的《飞越疯人院》中，麦克墨菲反抗护士拉契特小姐。
- 在简·奥斯汀的《爱玛》中，奈特利先生斥责爱玛伤害可怜的贝茨小姐感情。
- 在朱迪斯·格斯特（Judith Guest）的《普通人》中，伯

第九章　织就故事

杰医生迫使康拉德·贾勒特透露航行事故的真相。
- 在阿伦·索尔金的《好人寥寥》(*A Few Good Men*)中，卡菲中尉对质杰塞普上校。

> 是什么让场景妙趣横生？看到有人从走廊过来，这没什么。要是看见谁从窗户进来——立刻就有意思了。
> ——比利·怀尔德（Billy Wilder）

冲突的类型

可以将传统文学中的冲突分为四类，见下。但当代理论家又加入了三种类型的冲突，我也将其收录其中。无论你怎样为冲突分类，意识到它的存在有助于构思。

成功的故事至少会用两种冲突，内心冲突（你笔下主人公与他本人的冲突）总是其中之一。其余类型的冲突皆可称为外部冲突（主人公和自己之外人或事的冲突）。

现在，我们来看一下七种冲突类型。

1. **人与人的冲突**。这是经典的主人公对抗大反派的情景，如马克·吐温《汤姆·索亚历险记》(*The Adventures of Tom Sawyer*)中汤姆·索亚对抗印第安人乔，或吉莉安·弗琳《消失的爱人》中那对争执的夫妻。家庭拌嘴也可以成为冲突的源泉——从灰姑娘丑陋的继姐嘲笑她身份卑微，到沃伦·阿德勒（Warren Adler）《罗斯夫妇的战争》(*The War of the Roses*)（1989年大获成功的电影即根据这部震撼人心的小说改编）中闹离婚厮杀的夫妻。

2. **人与社会的冲突**。你的主人公与一个专制体系（通常为一个）做斗争，如肯·克西的《飞越疯人院》以及苏珊·柯林斯的《饥饿游戏》。

3. **人与自然的冲突**。与自然发生冲突的主人公，如J.C.尚多尔（J. C. Chandor）《一切尽失》(*All Is Lost*)中罗伯特·雷德福特（Robert Redford）饰演的海上孤独漂泊者，赫尔曼·梅尔维尔《白鲸》(*Moby-Dick*)中追逐莫比·迪克的亚哈。

4. **人与自身的冲突**。亦称内心冲突，人与自身的冲突在海伦·菲尔丁的《BJ单身日记》中有所体现，其中女主人公最大的障碍就是面对神经过敏的自己。但在许多故事中，主人公可能会因内心冲突发现自己才是自己最大的敌人——如莎士比亚《哈姆雷特》中的哈姆雷特。

5. **人与命运或神祇的冲突**。在古典神话中，主人公常常任命运或神祇摆布，如荷马《奥德赛》中的奥德修斯。但即便是当代故事，命运也常常在主人公的生活中扮演重要的角色，如维卡斯·史瓦卢普（Vikas Swarup）的小说《Q＆A》，随后拍成了奥斯卡获奖影片《贫民窟的百万富翁》(*Slumdog Millionaire*)。

6. **人与超自然的冲突**。此类冲突催生出各种经典类型，涵盖各种超自然现象，从吸血鬼、魔鬼、幽灵到外星飞船。经典的人与超自然的冲突如布莱姆·斯托克《德古拉》中范·海辛与德古拉伯爵的冲突。

7. **人与技术的冲突**。这种"人机对抗"类型反映了我们所处的时代——如詹姆斯·卡梅隆（James Cameron）和盖尔·安·赫德（Gale Ann Hurd）的《终结者》(*The Terminator*)中莎拉·康纳和凯尔·雷斯对抗机器人，斯派克·琼斯（Spike Jonze）电影《她》(*Her*)中西奥多和他的操作系统。

在故事中，请考虑各种冲突，大大小小，内部外部。它们是否能够与你的主题和主题变体产生共鸣？织入你的故事线。

> 每个人家里都有冲突和黑暗。面对外人，我们假装那些东西不存在，但关上门，屋里往往奔流着强烈的情绪。
> ——萨尔曼·拉什迪

9.10 对话：用主题说话

要想讲好故事，写出精彩的对话至关紧要。如果你能写好对话，那么就有潜力成为畅销作家。（毕竟，埃尔默·伦纳德的写作生涯得益于创作精彩对话的能力。）从版面上看，读者都喜欢看对话。若想让人物你来我往的对话更精彩，可研习下列对话大师之作。

- 埃尔默·伦纳德
- 朱迪·布鲁姆（Judy Blume）
- 雷蒙德·钱德勒
- 阿伦·索尔金
- 莎士比亚
- 大卫·马梅

让对话实现双重或三重功能

对话的智慧要求做到一箭双雕：（1）揭示人物；（2）推动情节发展。但最有效的对话还能与主题产生直接的联系，实现第三重功能。

下面我们看看这些令人记忆深刻的对话名句，请留意它们与故事主题的关联性。

多萝西："哪儿都没有家好。"（《绿野仙踪》，L.弗兰克·鲍姆）

安迪·迪弗雷纳："你知道墨西哥人怎么说太平

洋吗？他们说太平洋没有记忆。瑞德，我就想在那儿度过余生。在一个没有回忆的温暖处所。"〔《丽塔·海沃思和肖申克的救赎》(Rita Hayworth and Shawshank Redemption)，斯蒂芬·金〕

布雷克内尔夫人："沃辛先生，痛失父母中的一位听起来的确不幸；但失去双亲就像是粗心大意了。"〔《不可儿戏》(The Importance of Being Earnest)，奥斯卡·王尔德〕①

布莱克："把。那杯咖啡。放。下。成交的人才能喝咖啡。"〔《拜金一族》(Glengarry Glen Ross)，大卫·马梅〕

夏戈："如果你路过一片紫色的花海却没有注意，我觉得上帝会生气的。"(《紫色》，爱丽丝·沃克)

文森："在一群混蛋的花园里播下不信任的种子，就会有好事发生。"〔《浮华》(Glitz)，埃尔默·伦纳德〕

夏洛克："如果你们戳我们，我们不会流血吗？如果你们挠我们的痒，我们不会笑吗？如果你们给我们下毒，我们不会死吗？如果你们待我们不公，我们不该报复吗？"〔《威尼斯商人》(The Merchant of Venice)，威廉·莎士比亚〕

---

① 英文中"丧失"和"丢掉"是同一个词，此处一语双关。——译者注

简·爱："我不是天使，至死也成不了：我就是我。罗切斯特先生，您不能期待或强求我高尚——没用的，您对我多客气，我就对您多客气：我倒是不指望您对我多好。"〔《简·爱》，夏洛特·勃朗特〕

　　努力将主题贯穿在对话中，让你的人物亲口说出他们自己应该说出的话。不过请注意，对话要富于意趣，切忌说教。

　　对话乃至叙述部分，我都非常注意节奏。里面一定有节奏……采访者跟我说，你喜欢爵士，对吧？因为我们可以从你的文字中听出来。我觉得这是在夸我。

　　　　　　　　　　　　　　——埃尔默·伦纳德

《马耳他之鹰》中的对话

　　对话也是达希尔·哈米特擅长的内容之一。他的对话不仅幽默或令人神伤，还蕴含了丰富的主题，以下精彩台词选自这部精彩的小说。

　　斯佩德：每个人都有所隐瞒。
　　斯佩德：我对女人一无所知。

丹迪中尉：你遇到了那么多事，我不怪你——但这无法阻止我将你绳之以法。

斯佩德：我们倒不是特别相信你编故事……我们信任你那两百美元。

布里姬：我一定不是无辜的。

布里姬：我可以用我的身体收买你吗？

希德·怀斯：你为什么不找个诚实的律师——找个你可以信任的？

斯佩德：我的客户有权保留大量秘密。

斯佩德：好啦，我们的替罪羊找到了。

古特曼：你带他走吧。

斯佩德：我不在乎谁爱谁，我可不为你当傻子。

斯佩德：合作伙伴被杀，理应做些什么。

哈米特对话最佳启示：大胆去写。让你的人物说大实话——哪怕是在说谎。

在我眼中对话比较容易，有时我的人物是在替我说话，我需要让他们慢下来，不然就像单纯是在做听写。

——理查德·拉索

发表重大演讲的艺术

　　记得《马耳他之鹰》中萨姆·斯佩德向布里姬·奥肖内西说的弗利特克拉夫特故事吗？我们已经领略过这个故事的独白效果了，它揭示了哈米特这部经典之作的主题。大部分故事都有主人公揭示自我以及故事主题的时刻，如下为精彩案例。

- 在约翰·帕特里克·尚利（John Patrick Shanley）的《月色撩人》中，罗尼·卡马雷里发表了一番关于爱情本质的言论："洛瑞塔，我爱你，那种爱和你印象中的不一样，我也不知道，但爱不会让一切美好，而是摧毁一切……"
- 在罗伯特·哈林（Robert Harling）《钢木兰》（Steel Magnolias）中，麦琳埋葬女儿谢尔比时在墓边崩溃地说："我没事，我没事，我没事……"
- 哈珀·李《杀死一只知更鸟》中的阿提库斯·芬奇在法庭上的激昂演说："……现在，我相信先生们，你们会毫无感情地回顾自己听到的证据，决定让这个人回家。看在上帝的分儿上，恪尽职守吧。看在上帝的分儿上，相信汤姆·罗宾逊吧。"
- 在南希·迈耶斯《爱是妥协》（Something's Gotta Give）中哈里抛弃埃丽卡·巴利后，埃丽卡在街上质问他："我不想管什么风度了，这该死的生活让我受够了风度举止……"

如上重大言论都回归主题，点明了主人公正在经历的转变：陷入爱河、丧亲之痛、与不公做斗争或无法接受分手。

请为主人公安排与主题相符的重大演说——让他或她在故事的重要时刻发表这些言论，以实现影响力最大化。

独白之冠

莎士比亚是演说之王——下文摘自《哈姆雷特》，是哈姆雷特的一段独白，经典中的经典。

生存，还是死亡——这是一个问题：
默默忍受命运粗暴的乱石箭矢，
还是奋起反抗波浪汹涌的困境，
到底哪样更为高尚？去死，去睡——
不再烦忧——长眠即可终结。
那心痛，结束不计其数、与生俱来的重击，
这一切皆因凡夫肉身所致。
这理应是人类
虔诚所望。
去死，去睡——
去睡——却怕夜长梦多：唉，正是矛盾所在，
长眠唯恐生梦，
摆脱沉重生命，
才得安息。漫漫人生，

> 灾难即源于此。
> 谁愿忍受时间折磨嘲讽、
> 压迫者之暴虐、傲慢者之污蔑、
> 爱人之轻视、律法之不公、
> 官僚之怠惰、
> 辛勤遭冷落,
> 虽说一把小刀就能静寂安宁?
> 谁愿身负重担,
> 在令人厌倦的生活之下苟延残喘,
> 只因对死后充满恐惧,
> 惧怕那未知领地,
> 惧怕那
> 无人归来的终点。
> 是否因为被这恐惧迷惑心智,
> 我们才甘愿承受生的重担拒绝飞向未知他乡?
> 人皆懦弱,
> 因此决心本色,
> 皆被苍白的思考掩盖,
> 宏伟大业,
> 半途而废,
> 终归懈怠。且缓行,
> 美丽的奥费利娅!——小仙女,祈祷时,
> 也请代我悔过罪孽。

你同样可以使用对话为主人公创造独白。

第九章 织就故事

轻松激发好创意

观看以对话著称的喜剧或影片,最好选择与自己创作类型相同的,在此推荐几部。

- 《拜金一族》,大卫·马梅
- 《当哈利遇见莎莉》,诺拉·埃夫隆
- 《冰血暴》(Fargo),科恩兄弟(Coen Brothers)
- 《安妮·霍尔》,伍迪·艾伦
- 《低俗小说》(Pulp Fiction),昆汀·塔伦蒂诺
- 《公主新娘》,威廉·戈德曼
- 《月色撩人》,约翰·帕特里克·尚利
- 《甜心先生》(Jerry Maguire),卡梅隆·克罗(Cameron Crowe)
- 《莎翁情史》(Shakespeare in Love),汤姆·斯托帕德(Tom Stoppard)
- 《热铁皮屋顶上的猫》(Cat on a Hot Tin Roof),田纳西·威廉斯(Tennessee Williams)
- 《八月:奥色治郡》(August: Osage County),崔西·莱茨(Tracy Letts)
- 《天使在美国》,托尼·库什纳

观影过程中,请记下你最喜欢的台词。这些精彩的台词是如何与电影主题关联起来的?主人公是否有独白?如果有,独白是如何与主题产生关联的?你是否从中学到了可用于对话创作的经验?

> 我的人物不说话不行，不然就会被淘汰：他们在早期场景中需要试镜。如果说不好，那就少做点事情，或直接被删掉。
>
> ——埃尔默·伦纳德

背景故事：谨慎使用

也许你已经注意到，在虚构故事的要素中，我并没有提及背景故事，因为它会让故事节奏变慢。但你最好别减慢故事的节奏，你需要尽可能减少背景故事。如下为减少背景故事的小贴士。

1. 大部分背景故事都是你写故事需要知晓的——但读者阅读时并不需要这些。请以这种眼光反观背景故事，切记：书中发生的仅为冰山一角。
2. 许多作家的开篇都因背景故事而大打折扣，背景故事使之失去戏剧性。无论你的确需要哪类背景故事，都应娴熟巧妙地融入行动中。直接跳入行动——在其中织入背景故事。
3. 如果删除背景故事对重要部分的结构会造成不可避免的伤害，请思考故事的起点是否合适。如果开头无法删除背景故事，可考虑增强背景故事的戏剧感，打磨呈现方式，这完全取决于如何组织故事。

背景故事常常成为许多优秀情节的弱点，加重情节的负担，使其最终不堪重负，最终沉没。请事先想好到底需要多少背景故事，并思考如何融入其中不至于减缓故事节奏。

> **轻松激发好创意**
>
> 从你创作的同类故事中选取最爱的影片观看,并记录下你最享受的场景,那些让你对该片情有独钟的场景。观影后,按行动、对话、人物、原创性、背景和感情影响力分析场景。**注**:这一活动用于作家小组也非常不错。

9.11 织就故事

我们已经探讨了构建戏剧性故事的各个叙述要素,你可以用它们编织成精彩的故事了。故事织毯的工艺诀窍在于捕捉并让读者保持兴趣。

无法整体编织故事是作家们的常见问题之一——也是许多作者投稿被拒的常见原因之一。请勿将各要素分开来写——别先堆砌一段几乎全是描述的文字,接着插入一段几乎全是叙述、背景故事或环境描写的内容,再堆砌一堆对话或行动。

要想写出成功的故事,每个场景都需要实现人物、对话、行动、叙述、内心独白以及场景的平衡,且需要将所有要素天衣无缝地编织在一起。

终极问题在于平衡,通过案例展示最为合适。下面我们读一读《调教弗雷迪》的早期场景,我用括号标出了不同要素,为大家展示织就故事线。

狗崽乐园正好位于宝林顿城市边界线上一座维多利亚式老房子里，（**背景**）干干净净，气氛欢快，看起来并不像脏乱的幼犬繁殖中心，反而更像一家秩序井然的日托中心。（**声音**）

"我们想要一只小狗崽。"麦凯伊告诉前台一脸阳光、白发苍苍的犬类饲养员。（**对话**）

"看出来啦，"她带着爱尔兰口音笑道，"你来对地方啦，小伙子。"她指着左手边："来看看这些小可爱吧？"（**行动、对话**）

麦凯伊朝一阵难以抗拒的欢快狗崽叫声的方向蹦蹦跳跳地奔过去。（**行动**）

"谢谢。"我一边谢过那位女士，一边急匆匆跟上儿子的脚步。

我在一间宽敞明亮、由阳光房改造的屋子里找到了他。墙上的护栏后面全是可爱的小狗崽，小小的、毛茸茸的，在大叫，可爱到难以言表——八周的约克夏、西施犬还有拉萨阿普索犬传来一阵尖叫。（**背景、风格**）还有玩具贵宾、吉娃娃和京巴——哪怕今后长大，还是可以塞进一只凯特·丝蓓小包。要是帕丽斯·希尔顿开狗场，我想，应该就是这样的。（**基调、声音**）

麦凯伊从一只小狗崽冲向另一只小狗崽，激动得

第九章 织就故事

心花怒放。"妈妈,看这只!看这只!"(**行动、对话**)

它们非常可爱,但我明白,这些要扎缎带系蝴蝶结打扮的小毛球对我儿子来说都过于女性化了。哦,12岁的他应该爱得不行,但在公共场合带这么像小姑娘的狗狗遛,14岁时的他肯定就会在男生荷尔蒙刺激下感到尴尬无比——他一定不愿意把小狗塞进包里。如果我们带着这么一只时髦的小狗回家,小东西肯定归我养了,而不是麦凯伊养。我已经有了完美的好狗狗莎士比亚。(**主题、冲突、基调、风格、声音**)

"它们真可爱。"我含糊地说道。我从一道护栏移到另一道护栏,拼命找寻一只更适合男孩的小狗,一只不那么适合粉红小芭蕾裙的狗狗。(**对话、行动**)

实际上,我已经很久没有买过小狗了。我们的宠物都是收养的,捐一小笔钱,如有需要,再花钱做个绝育手术。(**背景故事**)但这些时髦的小狗是纯种美女们——货真价实。这里一只小狗崽均价为500美元,还有的高达1000美元。我估算了拮据的存款,最近这套房子成交刚花4000美元,还要买洗衣机和烘干机、窗帘、挂杆、洗碗机……还有刚搬进新家时所需的其他各种什物。更别提骄傲地成为户主后,每月的生活费要在按揭贷款、税务以及产权保险上翻倍了。新工作涨薪有所帮助，但我第一次感到自己真的很需要那笔依法理应得到、实际上却很少收到的子女抚养费。我应该告诉我前夫，他现在得更及时地支付抚养费了，但能否收到真说不准，我可没钱从加州雇一位律师来督促他。还要花钱，不够用。我闭上眼睛想——怎样才能开启单亲妈妈的完美市郊生活。（**背景故事、基调、风格、声音、冲突、主题**）

"妈妈?"（**对话**）

我睁开眼睛，麦凯伊站在我面前，手里抱着一只扭来扭去的毛茸茸白色小家伙，两只黑溜溜的眼睛，粉红的小舌头，热情地舔着麦凯伊的面颊。（**行动**）

"它好可爱吧?"（**对话**）

"是啊。"我慢慢说道，从眼角瞥见这只小比熊的挂价是 1000 美元。洗衣机和烘干机泡汤了。我转向儿子："它**现在**是很可爱，但它会长大的，变成那种观赏玩具狗。等你 14 岁……16 岁……18 岁的时候，你真想要这种女孩子气的小狗吗?"我屏住呼吸。（**对话、冲突**）

麦凯伊考虑了一下，把小狗交给我。（**行动**）"妈妈，你说得没错。我们可以养大狗，男孩养的狗，黑色拉布拉多或大金毛那种。"他四处张望，

第九章 织就故事

"这里好像没有。这是小狗的天下。"(**对话、冲突**)

"不过,小兄弟。"我将小比熊小心地放回它的护栏后面,"我们已经有大狗了,还有一只猫,我俩住的地方可不大。"(**行动、对话、冲突**)

"可是妈妈……"(**对话、冲突**)

"我们之前说的是养一只小狗,这里肯定有。"我推着麦凯伊继续往后走,"我们继续找。"(**行动、对话、冲突**)

我发现了两只腊肠犬:"这俩挺可爱的,虽然算不上太可爱。"(**对话、冲突**)

"妈妈,我不喜欢腊肠。"(**对话、冲突**)

"好吧。"我笑起来,"这只小哈巴狗呢?哈巴狗挺不错。"(**对话、冲突**)

麦凯伊向我靠过来:"我觉得它们很丑。"他窃窃私语道,生怕得罪那只下巴肉嘟嘟的小狗。(**对话、冲突**)

"我明白了。"我们快走到一排护栏尽头了——选择越来越少。如果合适的小狗再不出现,我可能就要在小小的客厅里被一只流着口水、200多磅的笨重圣伯纳德犬绊倒了。上帝啊,求你了,我想道。(**冲突、基调、风格、声音**)

然后,它就这么出现了,上帝回应了我对狗崽的

祈祷。一只可爱的比格犬,耳朵柔软光滑,安静地睡在那一堆吵吵闹闹、毛茸茸的狗崽同伴中间。(**行动**)

"看啊,"我告诉麦凯伊,"一只史努比!"(**对话**)

"嘘,妈妈,它在睡觉。"麦凯伊靠近护栏,细细观察。听到儿子轻轻的说话声,小比格犬睁开棕色的大眼睛,看得麦凯伊心都融化了,他已经无可救药。(**对话、冲突**)

"看到没?你把它吵醒了。"(**对话、冲突**)

"没事。"我说,听到麦凯伊从未有过、充满父爱的笑声,"和它介绍一下你自己?"(**对话**)

麦凯伊伸手进去,把睡眼惺忪的小狗抱出来拥进怀里。"它好软,妈妈,你摸它耳朵。"(**行动、对话**)

我挠挠小狗崽顺滑、赤褐色的耳朵。它的确可爱,看起来很温驯。温驯挺好的。我们需要不会打扰长辈莎士比亚和伊西斯的狗狗,友善的莎士比亚应该会原谅年幼无知,但挑剔的伊西斯绝对不会。那只睿智的猫咪忍不了任何愚蠢行为——管教小狗——她一定乐意。如果是一只草率的小猎犬,一定很快就会领教到猫爪功的。(**行动、主题、风格**)

"要不要把它带到游戏室里面看看?"白发苍苍的狗崽饲养员女士似乎看出了苗头儿,明白了可能

第九章 织就故事

会成交。（**对话、行动**）

麦凯伊咧嘴笑了："太棒了。"（**对话、行动**）

"门在最后一道护栏边上。"（**对话、背景**）

我看到儿子把小狗像大号婴儿一样揽在臂弯，小心地抱进游戏室。（**行动、主题**）

"它比其他狗崽都大。"我说道，想起刚才那些在我们身边叫唤的小毛球都要小一点。（**对话、冲突**）

"它这个品种大，年龄也大。"（**对话**）

"年龄也大？"我扬起了眉毛。（**对话、冲突**）

"它六个月，大部分狗崽都是六到八周。"（**对话**）

我皱起了眉头。"它有什么问题吗？"我偷偷看了一下护栏上的标价：500 美元。我不会花 500 美元买一只有问题的小狗。（**对话、行动、冲突、主题**）

"六个月说明疫苗都打过了，而且训练有素。"她冲我笑道。（**对话、行动**）"训练有素。"我重复道。世界真美好。（**对话、行动**）

"我们来看看他俩处得怎么样？"她带我走进游戏室，麦凯伊正趴在地上，他新结交的最好朋友满脸舔他，儿子咯咯笑着。（**对话、行动、主题**）

"呃，"我说道，"小狗身上有虫。"（**对话**）

"哦，妈妈！"麦凯伊冲我翻白眼，小狗继续舔他。（**对话、行动**）

"我觉得它喜欢你。"(**对话**)

"是啊,"麦凯伊笑道,"我也喜欢它,妈妈,就它了。"(**对话、行动**)

"你确定吗?我们不怎么了解比格犬。"(**对话、冲突**)

"我们不需要了解什么,它是条好狗狗。"(**对话、主题**)

"我们可以先回家查查比格犬,然后再回来……"我的声音越来越小。

"妈妈!"(**对话、冲突**)

"如果六个月卖不出去,我们就要把狗崽送还繁殖中心。"饲养员女士说道,"下周一就要送回去了。"(**对话、冲突**)

"我们要它,"麦凯伊告诉她,然后他坚定地看着我,"妈妈,我们就要它了。"(**行动、对话、主题**)

"多少钱?"我问道,心里很清楚,为了这只可爱的小毛球,洗碗机要豁出去了。(**对话、行动、冲突**)

"按理说500美元,"她说道,"但这是它最后一周了,便宜一点。"(**对话、行动**)

我喜欢打折:"多少?"(**对话、行动**)

"五折。"(**对话、行动**)

只要250美元,那么便宜。洗碗机在我脑海里

舞动:"成交!"(**对话、行动**)

饲养员女士面露微笑。(**行动**)

麦凯伊大声欢呼。(**行动、主题**)

小狗受到惊吓,开始尖叫。(**行动、主题**)

嚎叫的日子就这么开始了。(**行动、冲突、主题、基调、风格、声音**)

在写作中发挥长处

我们已经讨论了声音、人物、行动、对话以及其他元素的力量,并讨论了这些要素如何与故事相关联。你需要了解自己擅长哪些方面,并充分发挥优势。如果你的声音非常强大,读者听到它讲故事就会自动跟随你。如果你的人物值得一看,读者就会跟随他或她出生入死,并爱上他或她。倘若故事中的行动紧凑诱人,读者就会保持兴趣,对接下来将要发生的事情充满好奇。如果对话丰富现实,他们便会坚持聆听下一段对话。

不过此处需要温馨提示,发挥长处能够让读者继续读下去,但还需注意,别让自身的强项损害其他要素。如,许多声音强大的作者会栽在这个问题上:一不小心就直接告诉读者发生了什么,忽视了应该展示给他们看。

无论你的强项是什么,皆需专心创作出充实的场景,融合各类要素创造平衡的故事织毯。

> ### 创作实践
>
> 从故事中选一个场景，像《调教弗雷迪》选段那样标出小说各要素。完成后，请分析各类要素是否平衡。你笔下是一块天衣无缝的故事织毯，还是一块块需要打碎融合起来的零碎补丁？

由本章分析可见，最精彩的故事如同织毯一般，将声音、基调、风格、对话、行动、背景等织线优雅地织在一起。至此，我们已经学习了如何将各类故事元素一起织入精彩闪亮的故事线。

在下一章中，我们将探讨怎样为闪亮的故事织毯增添吸引读者的特质。你将学习有关处理节奏的手法和技巧——这是情节中无比重要的层面，让你的故事真正变身为读者想一口气读完的书。

命运本身就是一块精彩的织毯，每根织线由不可言说的纤纤细手指引，织到另一根线上，再由成千上万根纺线固定、织就。

——赖纳·马利亚·里尔克（Rainer Maria Rilke）

第十章
节奏：让读者想一口气读完的秘密

> 读者想一口气读完，应该是某页的内容特别棒、让人不忍离开，但一想到下页可能和这页一样精彩，就必须翻下去。
>
> ——约翰·伯恩赛德（John Burnside）

写出让读者想一口气读完的书，有赖于高超的技巧。我们之前已经讨论了如何利用关键故事问题抓住读者的注意力。许多书稿的最大问题都在于缺乏叙述推动力，一个场景与下一个场景之间并无直接的逻辑关联，作者无法将两个场景连接起来，读者也无法将故事线连接起来。解决此问题的秘诀在于，呈现推进行动的故事问题。我们需要知道主人公的动机，他或她在每个场景中想得到什么，这样才能明白接下来应该发生什么。否则，故事读起来就像一个个随意串联起来的场景，难以扣人心弦。

但故事问题并非控制节奏的唯一秘诀，本章中我们将讨论许多书稿都存在的节奏问题，并学习解决该问题的方法。我们还将探索可用于改善故事节奏的多种途径——从设置倒计时和过渡、到逆转、语言，等等。

　　如果你认为这些方法不太适合你和你的故事类型，请继续找寻。有时，连纯小说家或对小说要素有精湛把握的作家，可能也会写出无法抓住读者注意力的故事。制造文学张力对讲故事来说必不可少，无论创作哪一类作品。

> 　　我也不知道这是好事还是坏事，写作时我会模仿电影的叙述推力。创作时，我发现小说可以实现电影做不到的事情，反之亦然。
>
> ——凯文·威尔逊（Kevin Wilson）

　　节奏不在状态，可能有多种因素作祟。

- 故事进展太慢。
- 事情发生得不够快。
- 只说不做。
- 实际上，仅用现有页数一半就能说清内容。
- 部分场景内容太少。
- 背景故事或信息泛滥，减缓叙述节奏。
- 读者对接下来要发生什么不感兴趣。
- 视角人物动机不明。
- 缺乏冲突。

第十章 节奏：让读者想一口气读完的秘密

- 缺乏紧迫感。

如果你的场景拖泥带水，请思考是否有上述因素的拖累。

作家的书架

从《圣经》到丹·布朗的新作《地狱》，从文学产生之初至今，让读者想一口气读下去的作品层出不穷。下面列举了部分从古至今让无数读者秉烛夜读的作品。

- 《圣经》
- 《奥德赛》，荷马
- 《神曲》（The Divine Comedy），但丁
- 《哈姆雷特》，威廉·莎士比亚
- 《摩尔·弗兰德斯》，丹尼尔·笛福
- 《傲慢与偏见》，简·奥斯汀
- 《泄密之心》（The Tell-Tale Heart），埃德加·爱伦·坡
- 《小妇人》（Little Woman），露易莎·梅·奥尔科特（Louisa May Alcott）
- 《福尔摩斯探案集》，柯南·道尔
- 《无人生还》，阿加莎·克里斯蒂
- 《马耳他之鹰》，达希尔·哈米特
- 《双重赔偿》，詹姆斯·M. 凯恩
- 《华氏451》，雷·布拉德伯里
- 《冷血》（In Cold Blood），杜鲁门·卡波特（Truman Capote）
- 《杀死一只知更鸟》，哈珀·李

> - 《波特诺伊的怨诉》(*Portnoy's Compaint*)，菲利普·罗斯
> - 《针眼》(*Eye of the Needle*)，肯·福莱特
> - 《教父》，马里奥·普佐
> - 《糖衣陷阱》，约翰·格里森姆
> - 《爱国者游戏》(*Patriot Games*)，汤姆·克兰西
> - 《船讯》，安妮·普鲁
> - 《饥饿游戏》，苏珊·柯林斯
> - 《消失的爱人》，吉莉安·弗琳
> - 《地狱》，丹·布朗
>
> 重读自己最爱的故事，并记录故事的节奏处理方式。你可以从这些经典中学到哪些妙招和小贴士？

10.1 十大节奏处理工具

一旦意识到哪些问题可能会让故事拖泥带水，你就可以有针对性地调整节奏。用于实现这一点的工具有许多，我们依次分析。

一、合理选择视角

视角可成为制造悬疑的有效途径，是节奏的关键。使用视角让读者读下去，有两种主要途径。

- **独特的视角**。正如我们之前所分析的那样，独特的视角

第十章 节奏：让读者想一口气读完的秘密

会为读者打开别样的窗户，看到本来无法看见的世界。在《可爱的骨头》中，读者可体验到与众不同的视角，从已亡故的受害者的视角看世界。读者会迫不及待地读下去，想知道过世的女主人公接下来要透露什么。《我在雨中等你》则让读者跳出人类的视角——从狗狗恩佐的精彩视角——看世界。在这个故事中，恩佐观察人类生存状态的视角同样引人入胜，我们也很乐意通过犬类的眼睛看世界。

- **多重视角**。使用多重视角始终都是制造悬念、加快故事节奏的妙招，尤其是在推理和惊悚小说中。这种技巧能让你明白大反派在做什么——安装炸弹、绑架婴儿、杀害同事等——与此同时，主人公仍会继续蒙在鼓里。这些信息可以制造读者对主人公的期待，为他们感到焦虑。在《沉默的羔羊》中，托马斯·哈里斯在美国联邦调查局特工克拉丽丝·斯塔林、连环杀手詹姆·嘉姆（即野牛比尔）以及被绑架的凯瑟琳·马丁之间转换视角——这是典型的推理或惊悚故事视角模式，涉及主人公、受害人、大反派。

其实任何一类故事都可以使用多重视角。在《权力的游戏》中，乔治·R. R. 马丁始终以多重视角让读者保持兴趣，跟随他笔下人物众多、错综复杂的史诗故事一路前行。在人物较多的故事中,多重视角不仅能够帮助读者从不同人物的角度出发看问题,还能帮助读者理清关系、区分人物,如安·布拉谢尔《牛仔裤的夏天》和凯伦·乔伊·福勒《奥斯汀书会》。变换讲故事的方式和叙述者,以此转换视角,可成为你巧妙灵活的节奏处理工具。

二、给主人公施压

> 逼他们上树,用石头砸。
>
> ——马克·吐温

正如我们之前所讨论的那样,你的主人公需要成为积极主动的人物,其特质、个人癖好以及做出的决定是否明智,应该能够驱动情节。但你仍需向主人公施压,如下为渐入佳境时让故事升温的几种途径。

在爱情或两性关系方面施压

借爱情或两性关系施压构建悬念,并不局限于爱情故事之中。无论主要情节还是次要情节,两性关系或爱情皆可作为加强戏剧性故事问题的内置元素。

- 她喜欢他吗?他喜欢她吗?

第十章 节奏：让读者想一口气读完的秘密

- 他配得上她吗？她配得上他吗？
- 他们会同床共枕吗？这会导致哪些结果？
- 什么可以让他们分开？
- 什么可以让他们重归于好？
- 她是否藏有足以毁灭两人关系的秘密？他呢？
- 他们是否可以自由自在地相爱？或存在对局面产生影响的第三方（或更多因素）？
- 人物 X 是否会挡在两人之间？
- 两人会遭遇哪些肢体、情感或精神危险？
- 他是否来得及救她一命？反过来呢？
- 她是否需要为他牺牲自己？反过来呢？
- 他们的关系能够维持到故事结束吗？
- 他们最后会结婚然后幸福地生活在一起吗？

头脑风暴，思考上述问题可能存在的答案——这些故事问题可以在爱情或两性关系方面为人物加压。

> 在小说中，误入歧途或有灾难性后果的爱情关系，往往比让人物满足快乐更有趣。
> ——伊丽莎白·本尼迪克特（Elizabeth Benedict）

在情绪方面施压

如果读者爱上你的人物，就会产生同理心，对人物的快乐、痛苦和恐惧感同身受。让人物在情绪方面失衡，可加快故事的步伐。让他们大哭大笑、失魂落魄——最好在短时间内完成。让他们面对最恐惧的事情，让他们追求遥不可及的大梦想。逼迫他们做出艰难抉择，在两种邪恶程度不同的事情中二选一，面对必输的局面。

将患幽闭恐惧症的主人公关进柜子，让心软的女主人公冒着被捕的危险帮助受伤的孩子，逼迫军旅英雄决定是否要让整个团队冒险拯救一个人，让单身女主人公与不合适的男孩发生关系、接着后悔不已，让主人公最喜欢的叔叔临终前揭露一桩可怕的家庭秘密，让婚姻不幸福的女主人公遭遇旧情人。

在这些难以应付的情绪中，激起轻松、快乐的时刻——爱情、性爱、笑料——与主人公生活的黑暗面形成鲜明对比。

让人物一生都坐在情绪的过山车上——读者一定会喜欢，他们会欣然随你开启旅程。

让主人公追逐麦高芬

正如我们在其他故事中所见的，麦高芬可为主人公加压。记得 L. 弗兰克·鲍姆《绿野仙踪》中多萝西的扫帚，还有达

第十章　节奏：让读者想一口气读完的秘密

希尔·哈米特《马耳他之鹰》中的萨姆·斯佩德和马耳他之鹰吗？这些麦高芬出现在故事中，为多萝西和萨姆施压，从而加快节奏。

如果你的故事中没有麦高芬，可以加一个，让你的故事节奏更精彩。

让主人公陷入困惑

在许多故事中，主人公需要破解奥秘且是出于迫不得已，如丹·布朗的《达·芬奇密码》，其中罗伯特·兰登试图破解谋杀案——在此过程中发现古老的秘密；而在盖伊·伯特（Guy Burt）的《布莱切利四人组》(*The Bletchley Cirlcle*) 中，女主人公们努力破解看似有共同套路的谋杀案。

谜题是推理和惊悚片中常见的要素，但无论创作哪类作品，它们都可以帮助你驱动情节，加快步伐。在许多家庭故事中，谜题可以围绕家庭秘密展开，如谭恩美的《喜福会》，移民后女儿了解了母亲在传统社会的可怕真相；又如在惠特妮·奥托（Whitney Otto）《恋爱编织梦》(*How to Make an American Quilt*) 中，祖母等女性长辈为即将迈入婚姻殿堂的姑娘织婚被，为她讲述爱情与责任的故事，使她惊讶不已并从中汲取面对真爱的勇气。

你的主人公是否有谜题需要破解？如果没有，加一个。如果已经设置谜题，是否需要加大难度？是否可在这个谜题得到解决后设置更多的麻烦和谜题?

夺走主人公所需之物

另一种给主人公施压的办法,是在旅途中抽走进入下一步所需要的东西。比如他的枪掉了,或者她的手机丢了,也可以是一对情侣逃跑所用的车没油了。此类损失可为人物制造需要克服的障碍——让他们有事可做。

如果这种损失让人物在身体、感情或精神上受伤,影响力就更为明显。

- **身体伤害**:在罗德里克·索普(Roderick Thorp)的惊悚故事《世事无常》(*Nothing Lasts Forever*)〔电影《虎胆龙威》(*Die Hard*)即据此改编〕中,约翰·麦克莱恩(John McClane)因为没有鞋划伤了脚。
- **感情伤害**:在马丁·西克史密斯(Martin Sixsmith)的《菲洛梅娜》(*The Lost Child of Philomena Lee*)中,菲洛梅娜搜寻儿子多年,最终却需面对他已死去的事实。
- **精神伤害**:在乔治·卢卡斯的《星球大战》中,卢克失去了精神导师欧比-旺·克诺比。

请思考,在身体、感情乃至精神层面,你可以从主人公那里抽走什么。

置主人公于险地

主人公越是危险，读者的旅程越是惊心动魄。"杀不死我们的，会让我们更强大"——弗雷德里克·尼采的这条准则很适合放进剧中，让危险更加密集。

能威胁主人公的不仅仅是伤害身体的危险，情感和精神健康都可以受到威胁。让读者明白，主人公可能不仅面对死亡威胁，还面临失去家人、朋友、爱人、心智乃至灵魂的危险。

三、让冲突升级并让冲突的种类多样化

冲突是戏剧感的源泉，也是让故事节奏合理的工具。你在故事中是否充分利用了冲突？还可以进一步挖掘吗？

我们之前已经讨论了七种冲突——人与人、人与自然、人与自身、人与社会、人与技术、人与命运/上帝、人与超自然。哪些是你已经融入情节的？哪些还没用上？请考虑如何将其他类型的冲突融入故事。

让恶棍更狠毒、更聪明、更有钱有势、更凶残

对手越是强劲，你的主人公就越要努力。主人公越努力，节奏就越精彩。所以让大恶棍占尽优势吧，让主人公艰难获胜。让恶棍在方方面面都更强大，让主人公事事不顺。

也许你在想"脸谱化的大恶棍我才不要"，切记，更狠毒、

更聪明、更有钱有势、更凶残,并不意味着脸谱化。令人难以忘怀的大恶棍可以强大却让人信服,你是否还记得我们第三章中对反面人物的讨论?需要在恶棍身上融入既可怖又真实可信的特质。

> 我的人物刻画理论基本上是:在主人公身上撒点土,在恶棍身上洒点阳光,再给恶棍身上补上美好的一笔。
> ——贾斯汀·克罗宁(Justin Cronin)

添加性情中人

最让读者担心的往往是做事出乎意料的人物,担心的读者就会投入故事之中。所以,请在故事中加入性情中人吧。在一些故事中,性情中人是主人公,如肯·克西《飞越疯人院》中的兰德尔·麦克墨菲。在兄弟喜剧中,性情中人一般是兄弟们中的某一个,如沙恩·布莱克(Shane Black)兄弟喜剧《致命武器》(*Lethal Weapon*)中的马丁·里格斯。在姊妹故事中,性情中人一般是姊妹中的一个,如爱丽丝·霍夫曼《实用魔法》中厌倦了小镇生活、身陷虐待关系的吉莉恩·欧文斯。

性情中人也可以是主人公,如罗尔德·达尔(Roald Dahl)《查理和巧克力工厂》中的主人公威利·旺卡,连导师也可以设为性情中人,如罗伯特·泽梅基斯和鲍勃·盖尔(Bob Gale)《回到未来》(Back to the Future)中的艾米特·布朗博士。

谁是你故事中的性情中人?如果还没有,塑造一位吧——让这位性情中人在读者最难以预料之处或故事中最需要动力的地方出人意料——这是首要选择。

> 我的工作就是让读者兴致盎然地坐在椅子上,所以对我来说,社会问题需要有意义、置故事于险境,但落脚点并非社会问题——讲述的始终是普通人置于险境做出英雄壮举的个人故事。
>
> ——安德鲁·格罗斯(Andrew Gross)
>
> 别人怎么在酒吧给你讲故事,我就尽量怎么讲,用同样的方式计时、控制节奏。
>
> ——恰克·帕拉尼克

四、使用逆转

> 逆转即可制造惊喜,这是让观众保持兴趣的方法之一。
>
> ——托尼·吉尔罗伊(Tony Gilroy)

我们在第七章中讨论正负电荷场景时讲了一部分,可将逆转视为使正电荷场景与负电荷场景发生转化。即在前一场景中为正电荷的行动，在紧接其后的场景中却变成了负电荷。《夺宝奇兵》就充满了各种逆转。也许你还记得在电影中因迪去小酒馆取寻找约柜① 所需的太阳手杖顶部饰物，恰恰在他满心怨恨的前女友玛丽昂手上。玛丽昂因此嘲笑他（负电荷），但随后接受了预付金（正电荷）。因迪离开，纳粹出现，设法将其从玛丽昂跟前夺走（负电荷）。因迪回来把她救下（正电荷），小酒馆却被烧毁了（负电荷），但玛丽昂还是设法找回太阳手杖饰物送给因迪（正电荷）。

逆转还有一种变体，采用另一种模式。该模式为进两步，退一步，而非"行动—逆转行动—行动—逆转行动"模式。即：两个正电荷场景，后接一个负电荷场景。（亦可进一步，退两步。）

分析你的分场景情节结构，留心结构中正电荷与负电荷结构的模式，判断其中的逆转。你的逆转是否前后紧密相连？看起来是否交替发生？按这种模式安排，以求最佳效果。也可以依照我上段所述办法调整模式。

五、倒计时——从现在开始

构建悬念、加快故事步伐的最佳途径之一，即加入时间元

---

① 约柜，又称"法柜"，古代以色列民族的圣物，放置上帝与以色列人所立契约的柜子。——编注

素。这一时间元素,被称为倒计时,即为主人公完成目标设置倒计时……若特定时间内无法完成,将有可怕的事件发生。

可怕之事不见得是引爆炸弹或将地球炸成碎片(或二者同时发生),也可以是主人公失去遇见命中注定真爱的唯一机会,如布鲁斯·A. 埃文斯(Bruce A. Evans)和雷纳尔多·吉迪恩(Raynold Gideon)电影《天上人间》(Made in Heaven)中那样。而在迈克尔·阿恩特(Michael Arndt)的奥斯卡获奖电影《阳光小美女》(Little Miss Sunshine)中,决心参加"阳光小美女"选美大赛的小姑娘是否能参赛,取决于她那不正常的家庭能否团结一心、准时把她送抵赛场。

许多电影电视都设置倒计时,这是人类开始讲故事以来始终在用的文学手段。

- 诺亚需在洪水吞没世界之前造好方舟(《圣经》)。
- 游轮被大浪打翻后,一小群乘客必须在无法获救之前逃出〔保罗·加利科(Paul Gallico)小说《海神波塞冬号》(The Poseidon Adventure),1972 年同名灾难电影即据此改编〕。
- 一名美国联邦调查局特工需寻求狱中精神变态者的帮助,并根据他提供的信息追踪一名连环杀手,她需要赶在最近一名被绑架者遇害前将杀手捉拿归案(托马斯·哈里斯《沉默的羔羊》)。

- 美丽的姑娘必须在午夜之前遇见白马王子并与之相爱（夏尔·佩罗《灰姑娘》）。
- 剧作家穿越时空回到1912年遇见灵魂伴侣〔理查德·马西森（Richard Matheson）《时光倒流》（*Bid Time Return*），1980年影片《似曾相识》（*Somewhere in Time*）〕。

时间旅行的故事常常以倒计时为特色，惊悚片、推理片、科幻和奇幻故事也是。但正如我们所见，差不多任何一种情节都能设置倒计时，且总是能让故事受益无穷。如果你的故事线中还没有倒计时，可考虑安插一个，让节奏快起来。

六、增加一两个次要情节

至此，你的故事线应该已经有不少次要情节了。但如果还不够，可考虑增加次要情节，或丰富已经存在的次要情节。

还有一个妙招，你可以在次要情节与主要情节之间来回切换或者在次要情节之间来回切换。用这种策略维持读者的兴趣非常有效，他们会一页页翻下去，因为切换到主要情节或另一次要情节时，某些问题会悬而未决。温馨提示：须谨慎运用此招，否则阅读体验会过于跳跃。想想我们在《傲慢与偏见》中讨论的次要情节，尤其是围绕伊丽莎白姊妹们爱情生活的，全都天衣无缝地穿插在伊丽莎白和达西先生的主要情节之中。

> 极简主义似乎最接近于复杂的电影故事叙述,电影着实将当代观众调教成了有史以来最聪明、最复杂的观众。我们不再需要关于前后场景关系的解释了,自己就能想出来。
>
> ——恰克·帕拉尼克

七、注意过渡

如果节奏过慢,请检查过渡部分的内容。许多作家在进出场景上花费太多笔墨。如今,听故事的读者经验丰富。电影和电视让读者熟悉场景之间的迅速切换,你可以充分利用这一优势。

因此,迅速从一个场景转换到另一个场景无须担心——精简过渡内容即可。写作和参加聚会有相似之处:若想体验最美妙的时光,迟入早归。如此一来,读者便可跳过场景中不必要的开头或结尾。让你的场景一个接一个蹦出来——节奏就会随之加快。

> 如果某个场景超过 3 页长,最好有充足的理由。
>
> ——艾伦·鲍尔(Alan Ball)

八、检查阅读水平

有时,让故事沉闷、让读者放慢脚步的是语言。阅读速度过慢，读者就会彻底放弃阅读。若想让语言引起读者的兴趣、明白晓畅，最佳途径之一就是为作品进行阅读水平检测。

2004版以及之前的Microsoft Word，可选择"工具"列表下的"拼写和语法"，在"选项"中点击"显示可读性统计信息"方框评估阅读水平。在2007版以及之后的版本中，可在"审阅"标签下"拼写和语法"的选项中点击"显示可读性统计信息"方框。运行"拼写和语法"工具时，弗莱施-金凯德（Flesch-Kincaid）阅读水平便会出现在可读性统计信息中。

弗莱施-金凯德阅读水平表现的是理解某一作品所需的阅读能力级别。美国普通报纸是按六年级阅读水平写的，因此，如果你的作品语言高于该级别，也许就应该好好思考一下了，你的语言也许比自己预想得更加稠密。是否使用了太多的被动语态？句子是否过长？语言是否充斥着拉丁语源词语、缺乏盎格鲁-撒克逊词源的词语？（详见第九条。）

无论问题在哪儿，都需要分析语言为何过密，并设法修正。争取让文本的阅读水平处于六到八年级之间。

> 重塑我们的观念，是艺术的一大功能。过于熟悉，便难以察觉。如果作家变魔术般地打乱熟悉的场景，我们就会从中看到意义。
>
> ——阿娜伊丝·宁

九、考虑语言

故事渐入佳境,语言也会更快、更有力、更直接、更实在,这是行动的语言。

节奏越快,句子越短,请多使用盎格鲁-撒克逊词源的词语,更短、更有力。

来自盎格鲁-撒克逊词源	来自拉丁词源
走(go)	离开(depart)
放走(free)	解放(emancipate)
见(meet)	相遇(encounter)
说谎(lie)	闪烁其词(prevaricate)
保佑(bless)	奉为神圣(consecrate)
工作(job)	岗位(position)
想(wish)	渴望(desire)

便于对比,我们来看看如下两个短例,或许有些极端。

马克西米利安与杀手的见面时间恰好安排在午餐时段,此时他太太不在两人居住的宅邸,因为她对夫妻共进午餐感到极度不满。

马可斯答应午饭时见杀手,那时他老婆不在家,因为她讨厌看马可斯吃饭。

这下你该明白了。作品的节奏应该与故事的节奏相匹配。创作诉诸感官的爱情场景？依靠拉丁词源。行动场景呢？盎格鲁-撒克逊词源。

> **深思熟虑**
>
> 如下练习可清晰体现出语言对节奏的影响。选一个较短的场景，使用来自盎格鲁-撒克逊词源的词语，写成短小有力的陈述句。
>
> 然后，再用来自拉丁词源的词语，以更长、更复杂的句子改写该场景。
>
> 这对场景的韵律、情绪、节奏和易读性产生了怎样的影响？哪一种更自然？两个场景分别可以让你获得怎样的效果？

十、若不确定，直接删除

有时，加快故事节奏的最佳途径即直接删除场景。依次浏览故事线中的每一个场景，思考它是否真的必不可少。与其他场景相比，这个场景是否有独特之处？是否具有戏剧性？读者可从中了解什么？该场景可实现怎样的目的？

浏览时，切记编辑原则：若不确定，直接删除。

> **节奏处理绝招**
>
> 你是否还在为缓慢的节奏而苦恼？试试这些小绝招吧，让故事动力十足。

第十章　节奏：让读者想一口气读完的秘密

- **一章一场景**

越来越多作家开始采用一章一场景的做法，使章节更短，让读者感到故事的确在向前推进。

这是很管用的小花招，你也可以采用这种策略。但无论是否采用，切记每章的长度对故事节奏的确存在影响——因此每章都应注意。

- **放下华丽的背景故事，抛弃小小的闪回片段**

背景故事总会让叙述更加拖沓，因为实际上这是在把时钟往回拨——也让读者回到过去。这种时间的过渡会打断叙述流，正如之前讨论的那样，你需要尽可能减少背景故事。闪回同样有碍于节奏——极度影响。用闪回镜头，不仅让故事节奏变慢，也让进度倒退。这要求读者不断调整，每尝试一次，你都冒着失去读者的危险。因此，使用闪回时请思考是否真正需要——或考虑是否还有传达过去信息的更佳途径。

> 通常，人们读到章末，就会合上书睡觉去。我写作时，故意让章节末尾吸引读者继续翻页。如果有人说我的故事让他们熬夜读下去，我就知道自己成功了。
> ——西德尼·谢尔顿（Sidney Sheldon）

- **在章节末尾抛出故事问题**

还有一种让读者想一口气读完的简单小绝招：在每章末尾安排一个故事问题。许多读者会向自己保证看完这章就去睡觉。（也许你也是这样，我们都做过这种保证。）

> 但倘若在每章末尾都安排故事问题，读者就很难将故事放到一边了，无论读到多晚。将一章一场景与章末故事问题这两个小技巧结合起来，读者就会彻夜翻书。
>
> 你可以将这一策略融入惊悚故事或探险故事——如《夺宝奇兵》。但无论创作哪种类型，你都可以用这一招。正如我们所见，故事问题对情节和节奏至关重要。每个章节、每个场景、每页乃至每段末尾以故事问题结束，有益无弊。

创作实践

哪本书曾让你秉烛夜读？哪些故事让你爱不释手一口气读到最后？

再读一遍，这次请以作家的眼光来分析。作者用了哪些绝招和技巧让你不断翻页？你是否发现了上述几种方式？再读一遍，故事为何能经得住考验？你可以从中学到什么运用于自己的故事？

现在，回顾你看过的电影，哪些曾让你目不转睛地盯着屏幕？〔《猎杀本·拉登》(Zero Dark Thirty)、《地心引力》(Gravity)、《钢琴课》(The Piano)〕哪些曾让你的感情经历大起大落？〔《美丽人生》(Life Is Beautiful)、《往日情怀》、《飓风营救》(Taken)〕哪些曾让你反反复复观看？〔《迷人的四月》(Enchanted April)、《夺宝奇兵》、《亲亲老爸》(Dan in Real Life)〕。

你我喜爱的影片不一定相同。总之，请选择你所创作的同类故事的电影重新观看。像前面章节的练习中分析书本那样，分析该片的节奏，思考其中使用了哪些技巧以及你可以怎样用于自己的故事。

第十章 节奏：让读者想一口气读完的秘密

> **注**：如果你在自己创作的类型中一部喜爱的影片都找不到，也许真得考虑换一种类型来写！

> 思维停滞时，我会把自己的书想成电影来写。有了新点子后，我做的第一件事就是用电影的节奏和情绪来构思。
> ——玛吉·施蒂夫法特（Maggie Stiefvater）

本章中，我们探索了许多可用于调整故事节奏的工具、小技巧和小绝招。节奏是情节的韵律节拍，你的故事随之舞动。过慢，读者就会感到无聊，失去兴趣，乃至沮丧无比。若是节奏设置恰当，他们就会秉烛夜读。

下一章中，我们将探索可用作情节主题框架的各类组织原则，增强故事的深度和维度。

> 有时，拍摄一天后回到家，我会想："要是删了，那个场景会好得多。"
> ——拉里·戴维（Larry David）

第十一章
情节与组织原则

> 我们引入了一个很棒的词——大老远从新奥尔良拿来的,很值。它灵活、富于表现力、使用便捷——"免费赠品(lagniappe)"。
>
> ——马克·吐温

有时,使用组织原则会让情节构建受益匪浅,这是你可以用来讲故事的另一工具。组织原则与情节是两码事,它不是故事中**发生**的事情,而是你用来讲述故事的**框架**。这个框架可以承担许多功能,其中之一便是为故事设置独特卖点。因此,组织原则有助于让故事在同类中脱颖而出。

组织框架还可以帮助你丰富意义层面,让你的脑海中预先呈现出系统的图像,增强背景设置,加深故事主题——毋庸置疑,读者也会爱上你的故事。

在读者眼中,组织原则就是一种"免费赠品"。也许你还没去过新奥尔良,这是我最爱的城市之一。在那里,"lagniappe"是当地商店赠给顾客"额外多一点"商品的传统。如,在一打曲奇里附赠第 13 块,在鸡尾酒里加龙舌兰,或在中餐外卖里附送幸运饼干。用框架指导情节，就是为读者发送小小的**免费赠品**。

讲述逃离原有生活的畅销书《美食，祈祷，恋爱》在书名中就将框架广而告之。《美食，祈祷，恋爱》的框架与其情节、背景以及主题显然密不可分。不过，并非所有故事的组织原则皆是如此，只是在这本书中联系较为明显。本章中，你将学习如何利用组织框架的原则增强情节和独特卖点——送给读者免费小赠品！

11.1　三类组织框架的原则

在高中或大学的文学课中你可能已经学过，组织原则有三类：主题、时序、方法论。我们将逐一审视这些原则，再灵活地运用到虚构故事中去。

一、主题组织原则

围绕特定主题或问题组织故事，这是故事最常见的组织原则之一，也是最简单、最有趣的原则之一。我们将探讨一些成功运用主题组织原则的精彩故事。

《蜜蜂的秘密生活》(The Secret Life of Bees)，苏·蒙克·基德(Sue Monk Kidd)

这部成长畅销书将背景设在1964年南卡罗来纳，讲述了14岁女孩莉莉·欧文斯的故事。莉莉四岁时母亲过世的模糊记忆依然纠缠不清,她有一位非裔美籍"替身妈妈"罗莎琳。罗莎琳陷入了当地种族冲突,莉莉随她动身前往南卡罗来纳的蒂伯龙——这里藏着她已故母亲的秘密。独立勤勉的博特赖特姐妹一家接纳了她们,这三位勇敢无畏的女性还指导莉莉走近神秘的养蜂酿蜜以及黑色圣母像艺术。每章都以关于养蜂的不同文摘开场,如引用了《人与昆虫》(Man and Insects)、《蜂之舞》(The Dancing Bees)等。第一章开头我们见到了失去母亲的莉莉,并了解了她与暴虐的父亲生活在一起。第一章以这段文摘开头。

> 蜂后是社群的联合力量,如果她离开蜂房,工蜂立刻就会感到她不在家。几小时乃至更短时间内,工蜂立刻就会显现出蜂后不在家的混乱状态。
>
> ——《人与昆虫》

小说的每章皆以一段关于蜜蜂的文摘开头。打开第一页,即可看出故事的主题是姊妹情谊、女性的神圣以及爱让人转变的力量,这一切都会反映在这一框架中。苏·蒙克·基德用主题组织原则将蜜蜂织入她的故事情节、人物、背景和主题,连书名《蜜蜂的秘密生活》也大声说出了主题:蜜蜂是她小说的中心喻体。

许多故事充分使用了类似的组织原则。安妮·普鲁的《船

第十一章 情节与组织原则

讯》每章开篇皆引自《阿什利绳结之书》(The Ashley Book of Knots)和《水手词典》(The Mariner's Dicitonary),反映爱、家庭、根源、父辈罪孽以及地貌塑造人性的力量。

主题组织原则绝不局限于纯文学虚构作品,其他类型的作品也可以使用。沃恩·哈代克(Vaughn Hardacker)的惊悚处女作《狙击手》(Sniper)每章皆以《美国海军陆战队侦察兵/狙击手训练手册》(US Marine Corps Scout/Sniper Training Manual)、《孙子兵法》(The Art of War)以及顶级狙击手的建议开篇,这一组织原则丰富了情节。故事以一名行为异常的狙击手以及凭借自己海军狙击手经验追踪此人的波士顿警察为中心。

请思考你故事的主题以及可用于反映主题的比喻,可选取怎样的组织原则反映这些主题?如何让这些比喻帮助你充分利用组织原则?

二、时序组织原则

> 时间段和空间感一样,可在虚构作品中用作组织原则。你可以像福克纳那样根据地理组织故事,也可将作品安置在特定时期中,形成框架。
>
> ——E. L. 多克托罗

时间线是合情合理的组织原则——其变体似乎和时间本身一样无穷无尽。在凯伦·乔伊·福勒的《奥斯汀书会》中，五个女人和一个男人在六个月中见面讨论简·奥斯汀的作品——每个月讨论一本书。除了序曲和尾声，这本厚厚的小说以月份为序组织，讲述从三月到八月发生的事情。主、次要情节围绕六个人物重合的生活轨迹展开，简·奥斯汀小说的不同主题亦成为该书的主题。

约翰·欧文的《盖普眼中的世界》以盖普的人生弧来组织——从初有知觉到最终死亡。这一组织原则反映了小说的主题，探索生死以及其间经历的时时日日。朱诺·迪亚兹的《奥斯卡·瓦奥短暂而奇妙的一生》(*The Brief Wondrous Life of Oscar Wao*) 同样使用了主人公的人生弧作为组织原则，先向读者介绍童年时代的奥斯卡·瓦奥，然后跟随他进入青春期和成年。F. 斯科特·菲茨杰拉德的《返老还童》(*The Curious Case of Benjamin Button*) 即为同名电影蓝本，也是用了新颖曲折的人生弧作为框架。

许多小说使用特定时间段作为组织原则。如，有一部分青少年小说将时间设在夏季：贝特·格林的《我与德国士兵的夏天》、安·布拉谢尔的《牛仔裤的夏天》以及乔迪·琳恩·安德森（Jodi Lynn Anderson）的《蜜桃》(*Peaches*)。

历史故事常常会发生在特定的年份，如戴维·麦卡洛（David McCullough）的《1776》。还有的则以一段战争的冲突期为

第十一章　情节与组织原则

背景，如查尔斯·弗雷泽（Charles Frazier）的南北战争小说《冷山》；或发生在某个行动中，如皮埃尔·布勒的《桂河大桥》。

> 悲剧应尽可能限制在太阳运转一圈的时间之内。
> ——亚里士多德

在《诗学》中，亚里士多德建议作家将故事设置"在太阳运转一圈的时间之内"，指故事中的行动应发生在一天之内。

许多故事的确如此，如弗吉尼亚·伍尔夫的《达洛维夫人》、伊恩·麦克尤恩（Ian McEwan）的《周六》（*Saturday*）以及克里斯托弗·伊舍伍德（Christopher Isherwood）的《单身男子》（*A Single Man*），而热门电视剧《24小时》（*24*）更是将该组织原则用出了新意。

有时，时间框架还能为分析故事带来独特视角。在斯科特·纽斯塔德（Scott Neustadter）和迈克尔·H.韦伯（Michael H. Weber）的爱情喜剧《和莎莫的500天》（*500 Days of Summer*）中，故事讲述了一对情侣500天的关系变化，根据这种计时方式，编剧得以通过非线性叙述讲故事，且不会让读者迷惑或弃书而逃。其他以非线性叙述著称、包含此类框架的故事还有：

- 乔纳森·诺兰（Jonathan Nolan）的短篇故事《死亡记忆》(*Memento Mori*)，其兄长克里斯托弗·诺兰将其拍成了 2000 年黑色电影《记忆碎片》(*Memento*)。故事探索了失忆症、记忆的本质以及我们眼中真实的不确定性。

- 大卫·米切尔（David Mitchell）的《云图》(*Cloud Atlas*)，这部充满想象力的小说将六个穿越时空、互相联系的故事编织在一起，宏大的结构承载了如下基本主题：(1) 人之为人，意义何在；(2) 我们可以有多么野蛮；(3) 鉴于 (1) 和 (2)，历史会重蹈覆辙。注：从多个层面来说，这部小说的结构都精巧至极，六个故事类型各不相同。值得一读。

- 在克雷格·约翰逊（Craig Johnson）创作的沃尔特·朗迈尔（Walt Longmire）小说《黑马》(*The Dark Horse*) 中，县治安官叙述者讲述了两条时间线的故事，一条从 10 月 27 日开始，另一条从 10 月 17 日开始。叙述者在时间中来回穿梭，直到 10 月 31 日才将谜题的每根线交织起来（11 月 7 日设有短暂尾声）。对第一人称叙述的故事来说，这是引人入胜的有趣讲述方式，其中还流露出约翰逊标志性的牛仔魅力。

- 库尔特·冯内古特的经典之作《五号屠场》，不必多言，如果还没有读过，请读一读；如果已经读过，再来一

第十一章　情节与组织原则

遍。这部作品的魅力不仅在于和时间嬉戏的不规则拼图式结构，还在于其中对叙述者用蜡笔构思故事的描述，滑稽却可怕。第一次读这本反战小说是很久以前，但研究该书时我又重新拾起它，顶着截止日期的压力，牺牲几小时实实在在的写作时间，从头到尾重读一遍《五号屠场》。我正在专心研读冯内古特的全套作品，幸亏儿子麦凯伊书架上都有（因为冯内古特的作品是他高中时唯一完成的指定阅读书目。）

时间旅行

将时间旅行作为组织原则，出现在许多新颖的情节中。受科幻经典影响，我们常常将时间旅行视为科幻作品的工具，如 H. G. 威尔斯（H. G. Wells）《时间机器》（*The Time Machine*）、玛德琳·英格（Madeleine L'Engle）《时间的皱褶》（*A Wrinkle in Time*）、艾萨克·阿西莫夫（Isaac Asimov）《永恒的终结》（*The End of Eternity*）。但实际上，各类故事皆可使用这一原则，无论是言情、推理还是历史或纯文学。时空旅行不仅仅是情节手段，还是组织原则，因为这种元素不仅是故事的一部分（情节），还有助于塑造讲故事的方法，亦可体现故事主题。斯蒂芬·金的小说《11/22/63》讲述了一个穿越时空阻止约翰·F. 肯尼迪遇刺的普通人探索爱、记忆与自由意志的丧失以及邪恶的本质。奥德丽·尼芬格《时间旅行者的妻子》围绕两性关系、爱与损失的主题展开，以不同寻常的途径呈现一位时间旅行者丈夫与在现在、过去和将来等他回家的妻子。

> 总体而言，时间始终是我痴迷的中心问题——它如何改变人、如何独立构成情节。因此，我自然对老年阶段感兴趣。
>
> ——安·泰勒

常见时序手段

许多作家使用剪报、日记、信件、博客、邮件、推特等作为时序组织原则。一些故事甚至完全以通信的形式出现。还有的以日记的形式出现，这是吸引读者探寻人物内心世界的形式，如海伦·菲尔丁的《BJ单身日记》、杰夫·金尼（Jeff Kinney）深受欢迎的"小屁孩日记（Diary of a Wimpy Kid）"系列，以及梅格·卡伯特（Meg Cabot）的成功之作"公主日记"系列。

有史以来，作家们始终在利用时序手段组织作品、反映主题。

- 在《德古拉》中，布莱姆·斯托克充分使用了1897年

第十一章 情节与组织原则

的各种媒体报道,从信件、日记到口述留声机和新闻故事。

- 梅格·卡伯特在《邻家男孩》(*The Boy Next Door*)中以邮件往来的形式呈现了整部小说。
- 在《捍卫雅各》(*Defending Jacob*)中,威廉·蓝迪(William Landay)使用审判逆转作为时序组织原则并用了巧妙的情节逆转。
- 在受欢迎的"网络女孩(Internet Girls)"系列中〔《待会儿再聊》(*ttyl*)、《再见》(*ttfn*)等〕,劳伦·米拉克尔(Lauren Myracle)以即时通信的形式展现了高中挚友佐薇、麦迪和安吉拉的经历、感受与互动。
- 在杰伊·阿什(Jay Asher)引人入胜的小说《十三个原因》(*Thirteen Reasons Why*)中,少年主人公克莱·詹森发现一个鞋盒,其中装有不久前自杀的女生汉娜的录音带。这些录音带在故事中扮演着重要的角色,其时序指引克莱找出汉娜的经历。
- 曾经匿名写博客的史蒂夫·杜伯兰尼卡(Steve Dublanica)在他的畅销回忆录《多谢您的小费》(*Waiter Rant*)中将其在"www.waiterrant.net"中最棒的博客内容进行了戏剧化。

> ### 用信件写书
>
> 书信体小说是讲故事的经典形式——从前有吉耶拉格伯爵加布里埃尔-约瑟夫·德·拉·贝尔涅（Gabriel-Joseph de La Vergne, comte de Guilleragues）〔或称为玛丽安娜·阿尔科福拉多（Marianna Alcoforado）？——看你怎么想了〕1669 年的著作《葡萄牙修女的情书》(Letters of a Portuguese Nun)、约翰·克莱兰（John Cleland）1748 年的小说《范妮·希尔》，当代经典有斯蒂芬·奇博斯基的《壁花少年》、玛丽·安·谢弗（Mary Ann Shaffer）和安妮·拜罗斯（Annie Barrows）的《根西岛文学与土豆皮馅饼俱乐部》(The Guernsey Literary and Potato Peel Pie Society)。
>
> 许多故事都将信件融入了结构之中，尽管有的算不上严格的书信体小说，如玛利亚·桑普（Maria Semple）的《伯纳黛特你去了哪儿？》(Where'd You Go, Bernadette?)。
>
> 书信体故事与日记体结构一样，能够散发出直接和亲密感，展示强大的声音。如果这两种方式适合你和你的故事，可考虑在叙述中部分或全部使用。

三、方法论组织原则

方法论组织原则的传统定义与写作内容毫无关联，仅指运用研究课题的方法。因此在探讨故事叙述方法论组织原则时，我们或可对该定义进行扩展，但需要说明的是，切勿发挥过度。

许多故事中，材料来源本身即框架。普利策奖获得者迈克尔·坎宁安（Michael Cunningham）的畅销书《时时刻刻》（*The Hours*）正是如此，作品从弗吉尼亚·伍尔夫惊艳的杰作《达洛维夫人》中汲取灵感，书中描绘了三位完全不同的女性，坎宁安将她们的故事交织在一起——一位生活在1949年的洛杉矶家庭主妇，抑郁、有孕在身；一位是生活在2001年纽约的女同性恋，好友罹患艾滋病，即将过世；另一位则是弗吉尼亚·伍尔夫本人。该书同样围绕一天的生活展开，与伍尔夫本人的主题和语言风格相呼应。这部对伍尔夫原著进行阐释扩展的作品，即采用了方法论途径。

再举几例。朱莉·鲍威尔（Julie Powell）决心尝试朱莉娅·查尔德（Julia Child）《掌握法国菜的烹饪艺术》（*Mastering the Art of French Cooking*）中所有的菜谱并公开用博客记录，她希望因此获得出版机会——最终，她的确获得了这个机会，畅销回忆录《朱莉与朱莉娅》（*Julie and Julia: My Year of Cooking Dangerously*）问世。

情节大师阿加莎·克里斯蒂在构思畅销推理作品《无人生还》〔也曾以《十个印第安小人》（*Ten Little Indians*）为名出版〕时，同样运用了方法论。小说所假定的是：将十人置于德文郡海岸之外的孤岛上，让他们一个接一个消失。这一系列消失事件包含作品组织原则——此后跟风模仿者无数。

A. J. 贾各布斯（A. J. Jacobs）因方法论组织原则著称，也因此成为畅销回忆录作者，大赚一笔，他的故事围绕各种宏大目标展开冒险:《我的大英百科狂想曲》(*The Know-It-All: One Man's Humble Quest to Become the Smartest Person in the World*)、《遵循〈圣经〉生活一年:尽力按圣经字面意思生活》(*The Year of Living Biblically: One Man's Humble Quest to Follow the Bible as Literally as Possible*)、《我的人生实验:体验女性生活,完善男性为人》(*My Life as an Experiment: One Man's Humble Quest to Improve Himself by Living as a Woman*)、《成为乔治·华盛顿》(*Becoming George Washington*)、《绝不说谎》(*Telling No Lies*)、《其他极端考验》(*Other Radical Tests*)、《拼命追求健康:为完美躯体而努力》(*Drop Dead Healthy: One Man's Humble Quest for Bodily Perfection*)。

《我的大英百科狂想曲》要数 A. J. 贾各布斯最优秀、最能打动人的回忆录,讲述决心读完《大英百科全书》的故事——读完全部 4400 万词。从 A 列表、单词条目 "a-ak"(一种古老的东亚音乐,如果你想刨根问底的话)开始,读完 33 000 页。在此过程中,作者将古老的事实与自己的个人生活交织起来——主要为亲朋好友对他狂热劲头的沮丧,还有他太太努力克服不孕不育——这一切都穿插在以字母表为序追寻知识(如果算不上智慧的话)的过程中。这是一本风趣、迷人又辛酸的故事,其组织原则对形式、情节、主题、幽默以及声音都产生了重要影响。

第十一章　情节与组织原则

> 风格与结构是一本书的精髓,伟大的思想都是胡说八道。
> ——弗拉基米尔·纳博科夫

正如我们所见,一些组织故事的原则灵感来源于其他媒体或故事。史蒂芬·斯皮尔伯格借鉴儿时在电影院观看的系列片,执导了《夺宝奇兵》。系列片将长长的史诗片分解为许多章节,通常以吊人胃口的场景结尾,在周六下午场播出,每次一章——旨在吸引观影者每周回来。斯皮尔伯格让《夺宝奇兵》的每个结尾场景都吊足了观众的胃口(即抛出大故事问题),就像曾经的《宝莲历险记》(The Perils of Pauline)、《飞侠哥顿》(Flash Gordon)那样。

> 我严格遵循神话的结构。也许我的确喜欢把神话背景换到当代,但神话结构、怪物与神祇之间的关系——毫无半点虚假。
> ——雷克·莱尔顿(Rick Riordan)

我们也分析了英雄之旅对乔治·卢卡斯《星球大战》的启示意义,该片不仅以此驱动情节,还将其作为整部影片的组织原则。神话常常成为故事的灵感来源,不少也会被用作组织原则。雷克·莱尔顿也以神话为组织原则构建了整个系列,如畅销的"波西·杰克逊和奥林匹亚"。

在享誉国际的推理小说《混沌法则》(*All Cry Chaos*)中，作家伦纳德·罗森（Leonard Rosen）的方法论为混沌理论，通过主人公国际刑警特工亨利·庞加莱呈现，情节围绕数学家之死展开。分形、数学、科学与道德、神学竞相出现，提出了关于宇宙以及我们在宇宙中位置的大问题。

畅销推理作家东尼·席勒曼（Tony Hillerman）最爱西部，他从美国西部原住民的传统中汲取灵感作为小说的组织原则。他的故事氛围独特，承载了美国原住民的生命哲学、对自然的热爱以及相应的道德观和神学，这在他的书名中体现得很明显，从第一部关于利普霍恩和契的小说《祝福之祭》(*The Blessing Way*)到最后一部《变形者》(*The Shape Shifter*)都可看出。

> 开始构思时，我脑海里总会冒出一两个纳瓦霍或其他部落的文化元素，有时更多。在《时间之贼》(*A Thief of Time*)中，我希望读者意识到纳瓦霍人对死亡的态度、对埋葬之地的尊重。
>
> ——东尼·席勒曼

选择特定视角也是一种方法论组织原则。在一些故事中，视角成了组织原则。正如我们所见，多重视角的故事能够带

第十一章　情节与组织原则

来内置组织原则，如男女主人公视角交替或众多人物视角交替。

不可靠叙事者亦可成为组织原则——以便让读者大吃一惊。想想阿加莎·克里斯蒂的《罗杰疑案》、吉莉安·弗琳《消失的爱人》、弗拉基米尔·纳博科夫的《洛丽塔》、安东尼·伯吉斯的《发条橙》(*A Clockwork Orange*)、塔娜·法兰奇(Tana French)的《神秘森林》(*In the Woods*)以及威廉·福克纳《喧哗与骚动》(*The Sound and the Fury*)。

> **创作实践**
>
> 如果你在为书取名字，确定组织原则就会有所收获。组织原则非常适合用作书名，举例如下：
>
> - 《恋爱编织梦》，惠特妮·奥托
> - 《希洛战役》(*Shiloh*)，谢尔比·富特(Shelby Foote)
> - 《大进军》(*The March*)，E. L. 多克托罗
> - 《P. S. 我爱你》(*P. S. I Love You*)，塞塞莉娅·艾亨(Cecelia Ahern)
> - 《路》，科马克·麦卡锡
> - 《印第安男孩的真实日记》(*The Absolutely True Diary of a Part-Time Indian*)，舍尔曼·阿里克谢(Sherman Alexie)
> - 《为爱编织》(*The Knitting Cirlcle*)，安·胡德(Ann Hood)
> - 《你在天堂遇见的五个人》(*The Five People You Meet in Heaven*)，米奇·阿尔博姆

> - 《一日一生》(Labor Day)，乔伊斯·梅纳德（Joyce Maynard）
> - 《柯莱利上尉的曼陀林》(Captain Corelli's Mandolin)，路易·德·贝尔尼埃（Louis de Bernières）
> - 《布鲁斯特公寓楼的女人们》(The Women of Brewster Place)，格洛丽亚·内勒（Gloria Naylor）
> - 《在路上》(On the Road)，杰克·凯鲁亚克（Jack Kerouac）
> - 《爱在巴黎午餐时》(Lunch in Paris: A Love Story with Recipes)，伊丽莎白·巴德（Elizabeth Bard）
>
> 判断自己的组织原则，并思考如何将其体现在书名中，列出各种可能的选项。

> 我特别享受——哪怕明知一本书也出版不了，我还是会写的。我享受将想法、创意、情节和人物组织进叙述框架的过程。
>
> ——伊恩·M. 班克斯

11.2 玩转索引卡

并非所有故事都有组织原则，但倘若我们讨论的某种组织原则似乎正合适你的故事，构思情节时请试着在叙述中编织进去，如下步骤可帮助你实践。

1. 充分发挥组织原则。

2. 将组织原则织入情节，保持一致，真实可信。
3. 将组织原则变为独特的卖点。

这下你就可以再次充分利用索引卡，从组织原则出发，重新审视场景。这将对场景顺序产生怎样的影响？故事问题呢？独特卖点呢？

一旦完成，就可以按照组织原则组织场景了，收集所需要的各类原始资料：信息、数据、引文、配料表、新闻剪报、日记、邮件、推特等。现在创建分章节概述，将每章开篇置入其中。在列出每章开篇后列出将会出现的场景，如此继续，直至完成整个情节。

这份大纲既能指导你写出故事文本，也能让你的作品畅销。如果你在写回忆录，也许这一招非常管用，推销作品时你可以放进策划书（完成写作之前，在非虚构类中可行）。

此外，这份文件还可用于宣传同一系列的第二本书。如果你想一次签下两三本书，这就可以当作故事梗概。

如下为我向经纪人推销回忆录《调教弗雷迪》（出版于2010年）时整理的文稿。之前已经介绍过，这个故事围绕一条狗狗、一个男孩及其离婚后仍在挣扎的单亲妈妈展开。因此我选择使用主题组织原则，将其设为狗狗的训练过程，反映单亲妈妈面对倔强狗崽以及青春期儿子如何努力掌控局面并努力掌控自己一片混乱的生活。如下分章节概要将突出展示组织原则，供你准备自己的大纲时参考。

第一章

言行一致，与说出想表达的内容同等重要。

——珍妮弗·布里德韦尔，

《狗狗服从命令全书》

在经济拮据中挣扎数年后，一位单亲妈妈终于攒够了钱，买下了一栋900平方英尺的农舍。她与一条狗、一只猫还有孩子一起搬进去了——现在孩子提醒她："你答应过，等我们有了自己的房子以后，就可以养一只小狗崽。"葆拉不需要再养一条狗，但两次失败的婚姻让她觉得，再养一条狗比再找一个老公要强得多。

备注：葆拉意识到对儿子和小狗，都需要言行一致。她答应过会给儿子买小狗，所以买了。

第二章

养狗最严重的问题，往往源自最初选择时欠考虑或操之过急。

——罗杰·A.卡拉斯，

《哈珀彩图版犬类手册》

葆拉和麦凯伊开始寻找小狗崽，经历一番拐弯抹角后最终来到狗崽乐园，买回了全世界最糟的比格犬。**暗示**：狗狗是半价出售的，而葆拉前夫已经数月未支付子女抚养费，而她也因为开始按揭贷款手头紧张。

备注：葆拉终于明白了选狗崽不应"操之过急"，哪怕遇到半价出售。

第三章

（狗狗）在黑暗中躺在我们身边，夜晚陪伴我们，黎明破晓之时迫不及待地和我们打招呼。

——特蕾莎·曼库索，
《谁动了我的骨头？》

葆拉和麦凯伊带小狗回家，给它取名字，设法让它适应新环境和家人。**这有何难？** 这位已经养育了三个孩子的母亲想。可葆拉明白了两件事：（1）宝宝和比格犬是两码事，（2）12岁的男孩会让妈妈更跳脚。

备注：尽管狗崽很可爱，但需全日关照，葆拉发现这和照顾宝宝一样。

第四章

你的目标是让新来的狗崽在前100天内见到100人。

——珍妮弗·布里德韦尔，
《狗狗服从命令全书》

葆拉和麦凯伊开始四处炫耀弗雷迪这只全世界最可爱的狗狗。麦凯伊与父亲的"新家庭"度过了一个糟糕的暑假，在学校是新生又遭遇羞辱，现在他终于找到了开心事，葆拉也很开心。在乔迁聚会上，大家都很开心，一起庆祝他们搬新家——弗雷迪成了聚会之星。葆拉的男友本约好陪她一同举办派对，但他并未出现。不过，看到麦凯伊快乐无比，葆拉的心碎被抵消了。故事说明：比格犬比男人强多了。

备注：为了让弗雷迪社交，葆拉和麦凯伊开了乔迁派对——可葆拉的男友没出现，她备感孤独。

第五章

比格犬热衷于接受你的全部关注，然后要求你更加关注。

——罗杰·A.卡拉斯，
《哈珀彩图版犬类手册》

第十一章　情节与组织原则

换言之，本章讲述一条坏比格犬怎样惹事。弗雷迪和年长的莎士比亚开始争夺食物、领地并争宠。麦凯伊想念塞勒姆的好朋友，在新学校好像也交不到朋友。弗雷迪是他唯一的安慰，因此他宠溺弗雷迪，葆拉也听之任之。她发誓再也不结交男友，决定一心扑在麦凯伊和新工作上。

备注：麦凯伊的孤独感促使他宠溺弗雷迪，葆拉的孤独感促使她宠溺麦凯伊。

第六章

青春期的比格犬也许非常倔强。

——克里斯汀·克劳特，
《训练你的比格犬》

弗雷迪赢得了完美狗狗莎士比亚的心，但伊西斯就是忍不了他。它让伊西斯感到烦躁，猫咪冲他发出嘶嘶的声音还抓他，需要中间人调解。麦凯伊护着弗雷迪，葆拉却默默站在猫咪一边。麦凯伊在学校炫耀，努力给新同学留下好印象。他在法语班惹了麻烦，学校心理辅导员建议他去看治疗师。葆拉和麦凯伊一起去了，麦凯伊关于离婚和父亲的情绪全部爆发出来了。

备注：男孩和比格犬的青春期都不太顺利——妈妈和他们一起遭罪。

第七章

由于狼很少有吠叫的习惯，有人认为犬类发展更微妙的吠叫是为了与人类沟通。

——亚历珊德拉·霍洛维茨，
《狗狗的内心世界》

弗雷迪终于找到了自己的声音——狼嚎式。它冲猫咪叫，冲邻居叫，甚至冲着风叫，莎士比亚也跟着附和。邻居们很快就开始抱怨了，其中一位拿来了电击项圈广告。弗雷迪没拴绳子的时候冲向屋后冰冻了一半的湖面，另一位邻居打电话报警，弗雷迪上了湖面感到害怕，看到冰面裂开又开始狼嚎，葆拉救了它——然后责骂、惩罚、戴口套，她最终花50美元买了一个吠叫时会喷水的项圈，结果弗雷迪啃它。葆拉好友猎人查利来访，看到弗雷迪说："哇，这是领头犬！是群体的领导者，带领所有狗狗嚎叫的。这是一条很特别的狗狗！"好吧。

备注：弗雷迪向所有愿意听的人大声沟通——葆拉不得不听。

第十一章　情节与组织原则

第八章

　　显然，如果什么东西能塞进嘴里，狗狗就会认为那是食物，不管吃起来味道怎样。

——斯坦利·科恩，
《如何与狗狗交流》

　　弗雷迪啃葆拉的鞋子，咬了橱柜所有可以拖下来的东西，甚至狼吞虎咽地啃整本书。葆拉无计可施，然后大儿子格雷格又搬回来了。这个25岁的孩子一直和麻烦不断的父亲住在一起——努力拯救他，如今父亲回到一家社会机构，格雷格身心俱疲，葆拉需要帮助他重新振作起来。格雷格搬过来住，葆拉很高兴，但在极小的房子里有两个男人和两只雄性犬类，葆拉和伊西斯寡不敌众。

　　备注：葆拉努力教弗雷迪和格雷格营养饮食的问题。

第九章

　　如果一条比格犬有出逃的时间和动机，就很难关住。

——劳丽·克雷默，
Beaglesontheweb.com 网站

弗雷迪跟着自己的鼻子走——莎士比亚也跟着一起去。麦凯伊忘了关前门，狗狗们夜里消失在暴风雪中，葆拉跟随弗雷迪的嚎叫找到了他。格雷格忘了关后门，两只狗狗跑到湿地去了，葆拉不在家，男孩们自己去林子里找他们。他们遇到了一个流浪汉，流浪汉建议他们为狗狗准备一顿大餐，并放上带有他们最爱家人气味的毯子。所以男孩跑回家，从冰箱拖出半只鸡还有葆拉的被子，回到湿地，穿过林子。天黑了，他们把被子和鸡肉送给了流浪汉，接着奔回家——结果发现狗狗们正在门廊等着他们。

备注：葆拉工作时，男孩们和比格犬失控了。

第十章

昂首挺胸，别垂头丧气的，狗狗是否听从命令取决于此。

——马尔科姆·格拉德威尔，
《大开眼界》

葆拉买回犬类训练书籍，努力训练弗雷迪。她同样也在努力教格雷格写作，好让他找工作的同时通过自由撰稿获取外快。她有三个孩子，三只宠物，对比在所难免。格雷格像弗雷迪，大儿子的确写了一本书，但与此同时他更加宠溺弗雷迪，因为麦凯伊上学时格雷格天天和弗雷迪在一起。弗雷迪和格雷格是死党。

备注：葆拉努力让格雷格和弗雷迪服从命令——成效不太好。

第十一章

表现出分离焦虑的犬类往往经历过"分离事件"。

——金伯利·巴利哲学博士，
动物行为学家

格雷格出了书，找到了工作，移居洛杉矶，大家都很想他——尤其是弗雷迪。白天麦凯伊上学，它便独自与莎士比亚和伊西斯在家，行为更加恶劣。麦凯伊读高中了，对弗雷迪不再感兴趣。葆拉意识到格雷格曾是她唯一可以进行成熟对话、陪伴她的成人，现在格雷格走了，她也回到了孤独的状态，她需要找到自己的生活。

备注：格雷格搬到洛杉矶去了，弗雷迪和葆拉都很消沉。

第十二章

> 做过绝育手术的犬类，90%会降低乱跑的兴趣，60%会减少对其他雄性犬类的攻击行为，50%会减少排尿做标记的行为，70%会减少不恰当爬跨行为。
>
> ——兽医博士温迪·布鲁克斯

弗雷迪的攻击性越来越强，会冲其他狗狗还有人类尤其是男性咆哮。葆拉带它去看兽医，巴罗医生是个大块头，葆拉担心弗雷迪也会冲他吼，但他们相处融洽。葆拉听说绝育手术有助于减少狗狗的攻击行为，因此询问是否要给弗雷迪做绝育。"会有帮助的，"医生告诉她，"但它还是弗雷迪哦。"麦凯伊开始和一些痞气的孩子交往，因在湖畔偷车乱开被抓。葆拉实在不知道怎样才能独自养大另一个青春期男孩。如果麦凯伊和格雷格差不多，那她就惨了。

备注：青春期男孩和比格犬的睾丸素都在上升，因此葆拉为弗雷迪做了绝育手术。至于麦凯伊，她还是没有办法。

第十三章

狗狗最常见的问题，就是把牵引绳拉向自己想

第十一章 情节与组织原则

去的地方。

——吉瑞林恩·J.别拉克维茨,
《犬类训练方法和绝招全书》

根据巴罗医生的建议,葆拉加强了弗雷迪的锻炼,每天带莎士比亚和弗雷迪在湿地遛5公里。莎士比亚可以松开牵引带,但弗雷迪依然顺着气味走,不跟随葆拉,冲着小径上的其他狗狗大吼大叫,趁葆拉不注意时啃皮带——三周之内,他已经啃坏三根皮带。葆拉最终花钱买了 Gentle Leader 牌牵引绳,可这也被弗雷迪啃了。在湿地,葆拉遇到一个在遛三条比格犬的男孩,她压过弗雷迪的吼叫问男孩,该怎样纠正弗雷迪的行为。男孩耸耸肩说:"比格犬就这样啊。"五分钟后,弗雷迪绊倒了葆拉,她摔了个狗啃泥。

备注:葆拉努力用牵引绳训练弗雷迪,却难以驯服。

第十四章

你无法阻止比格犬嚎叫,只能转移它的注意力。

——西泽·米兰,
《狗语者》

麦凯伊暑假去加州同父亲、继母生活一段时间，葆拉独自与弗雷迪在家。弗雷迪整夜嚎叫，因为它夜里本来睡在麦凯伊床上——葆拉让他和莎士比亚一起睡在自己床后面。它白天也叫，撕咬屋里的东西，假咬邻居。白天，葆拉只好将弗雷迪和莎士比亚关在车库里，她觉得将弗雷迪放在屋里已经不安全了。伊西斯因劣质猫粮食物中毒死去。绝望无比的葆拉把狗狗们寄养在狗场，去康涅狄格州开会——立即邂逅了多年中的第一次恋爱。

备注：葆拉和弗雷迪一样，需要转移注意力——一见钟情似乎是个好主意。

第十五章

发现只要咆哮就能随心所欲的狗狗，就会认为攻击性很好，攻击性越强越好，至少在它眼中是如此。

——吉娜·斯巴达福迪，

《轻松了解狗狗》

弗雷迪开始找葆拉作家小组男士们的麻烦，他们每周一的晚上来都会被弗雷迪骚扰。安迪是葆拉认识的律师中唯一没有好胜心的一位，他试着和弗雷迪交朋友，弗雷迪却扯下了他的裤腿，撕碎了他的牛仔裤。安迪每周给弗雷迪带吃的,最终弗雷迪与他友善起来。麦凯伊和弗雷迪相处的时间越来越少,自从暑假回来后就越来越不配合——不做作业、不做家务、不愿照顾弗雷迪。葆拉又听说新男友其实早已同另一位女士订婚,她备受打击。

备注:葆拉生命中所有男性的行为都越来越难以容忍——麦凯伊、弗雷迪还有男友。

第十六章

若犬类只靠训练难以改变行为,动物行为学家可为它们开处方药。

——吉瑞林恩·别拉克维茨,
犬类大学创始人之一

自从弗雷迪咬坏了安迪的裤子,大家都劝葆拉丢了它,麦凯伊则求她别放弃。葆拉给巴罗医生打电话,医生建议他咨询动物行为学家。安妮大夫是女医生——弗雷迪喜欢女性。"你是单亲妈妈吗?"她问葆拉,"如果家里由单亲妈妈主导,雄性犬类就会扮演男主人的角色。"她为弗雷迪开了抗焦虑的药物。葆拉仍在疗伤,为自己与男人相处的黑暗史痛苦不堪,她告诉安妮医生:"如果没效果,你只要给我开点小狗用的百忧解①。"

备注：动物行为专家给弗雷迪开了处方药，但紧张的葆拉怀疑也许还要加其他药。

第十七章

狗狗只明白如果主人一脸不快，就会得到惩罚。但它并不明白自己错在哪儿。它只知道要留意你的情绪。

——亚历珊德拉·霍洛维茨，
《狗狗的内心世界》

弗雷迪吃药后冷静多了，但是仍然具有攻击性，对作家小组其他男性成员尤为如此，尽管现在他已经认识他们了。小组成员聚会时，弗雷迪会惨叫吸引他们注意力；海军退伍的沃恩起身上厕所，它会出其不意地吼起来。这让男人们聊起葆拉是否该抛弃弗雷迪，沃恩坚持认为她永远不会，因为她已经对小狗形成了"消极依恋之情"。葆拉认为自己对生命中的男性也形成了这种消极依恋。

备注：葆拉意识到自己对生命中的男性形成了

---

① 一种治疗精神抑郁的药物。——译者注

消极依恋——雄性犬类和男人。

第十八章

在狗狗眼中,你和它一样同为群体成员,而一个群体只能有一个领导者……领导者的地位在野外绝不会模糊,要是在家出现这种情况,你家狗会明白,表现得凶悍就可以解决问题。

——苏·欧文斯·赖特,
《为无聊狗狗准备的150个活动》

一个刚搬来的邻居对葆拉企图不轨,葆拉赶他走,他犹豫不决——弗雷迪咬了他。麦凯伊现在是健壮的15岁少年了,英语和法语不及格,他满不在乎。葆拉出差时,他在家举办聚会,一群大一点的男孩都来了,事态失控,连警察都来了,但依然没来得及阻止带着葆拉珠宝离开的人。现在需要用严厉的爱来管教男孩和他的小狗了,尽管葆拉本不擅长这些,但她知道现在必须学学了。

备注:葆拉意识到儿子和比格犬失控是因为缺乏管教。

第十九章

你得先学一种新语言,训斥;其次要学会别在生气时训斥狗狗。驯犬大部分时候都是这样的。

——路·舒尔茨,
著名的阿拉斯加犬训练员

麦凯伊被关禁闭,弗雷迪接受服从训练。葆拉学习面对这两个孩子该如何坚持立场。在调教弗雷迪时用到的冷静坚定态度,她也用到麦凯伊身上。她开始学习拳击,开始在生活的方方面面维护自己。葆拉终于开始创作自己早就想动笔的小说,之前皆因指导他人写书而耽搁了。她又开始约会了。

备注:拳击教会葆拉如何保持冷静,维护自己并反击。

第二十章

狗狗活在当下,他们不念过往,也无惧将来。因此,只需加以引导,他们便可以很快地走出不稳定行为。

——西泽·米兰,《成为群体领袖》

弗雷迪和麦凯伊都日渐成熟。麦凯伊在学校更加勤奋，开始为申请大学做准备。弗雷迪的表现进步不小——不用"狗狗百忧解"也可以控制了。葆拉遇到了一个伴着比格犬长大、喜欢比格犬的男人，他甚至喜爱弗雷迪——弗雷迪也喜欢他。麦凯伊高中毕业时，葆拉对坏狗和坏男人的"消极依恋"烟消云散，取而代之的是对好狗和好男人的积极喜爱之情。没错，现在弗雷迪是一条好狗狗了。葆拉是群体领导者，弗雷迪是群体追随者。当然，只有嗅到美妙气息时弗雷迪才会追随……

备注：葆拉放下对坏狗和坏男孩的依恋之情，继续前行。

11.3 写作可遵循的组织原则

你已经写出了主要情节、次要情节、主题以及主题变体，已经刻画了形象饱满的主人公以及与之同样精彩的大反派，还有了一群可用于反映主题和主题变体的多样化次要人物。

现在，你又有了组织原则，并对故事进行了分场景解析，现在要做的就是写出来，然后润色。下一章中，我们将探讨完稿后如何消除作品的常见问题，并列出特定类型作品的惯例，以据此打磨作品，然后把它推销出去。

> 故事和讲故事的方法是我们人类最宝贵的遗产,一切智慧都体现在故事和歌谣中。故事是我们构建经验的方式,最简单的形式即"他/她出生,活着,死去"。也许那就是我们所有故事的模板——开头、中间、结尾。这种结构存在于我们的脑海之中。
>
> ——多丽丝·莱辛(Doris Lessing)

第十二章
完美情节备忘清单

> 爆炸式开篇，不应配呜咽般的结尾。
>
> ——T. S. 艾略特

　　构建故事就像造房子。精彩的情节，可为你的故事打下坚实的地基并塑造框架。但此后仍需布水电线、砌板墙等，接着还需要室内装饰。这些修改润饰的工作，能让房子变成温暖的家。想写出好故事，改稿润饰可以带来极大的改观——让作品成为畅销书。

　　许多作家急于让作品出版，忽视了这一重要阶段。这可以理解，但的确是误入歧途。本章中，我们将探索修改润饰的细节，这些讨论可作为叠加、修饰、打磨故事的蓝本，其中有各类故事所需的备忘清单，并附上了自我修改润饰的指南。

　　许多作家一想到修改润饰就会产生畏难情绪——别学他们。从基本大前提、情节，到风格和内容，修改润色都能够让你在等待出版机会的同行中脱颖而出。你已经付出心血创造佳作，若放弃润色功亏一篑实在可惜，这好比木工做好高档红木高脚五斗橱后不愿将它漆得闪闪发亮一般。

我们开始吧，艰苦的创作已经结束——现在尽情玩耍吧！

12.1 满足读者的期待

> 如果你在写某个类型的故事，写的时候就应该依照它的框架来，读者对你有所期待。
>
> ——诺拉·罗伯茨

推理爱好者打开书，一定期待读出推理故事的味道。如果情节与期待不符，她就会买另一本书，买更**符合**期待的书。每类故事都有各自独特的情节惯例，了解这些惯例以及何时何地使用它们，是构思成功情节的关键。润饰作品时，确保情节符合甚至超越读者的期待，无论创作哪类作品。如下为各大主要故事类型的备忘清单，助你修饰润色，提醒你不同故事类型的惯例、读者期待以及小细节。

> 罪案小说最难之处在于情节构思，开头很容易，但没多久就要陷入一大堆人物、线索、主题以及让人分神的事情——你需要努力控制这些乱七八糟的要素，把它们织成团。
>
> ——伊恩·兰金（Ian Rankin）

第十二章 完美情节备忘清单

推理类

书名：怎样取名比较有效？推理和惊悚类常见取名惯例如下。

- **表行动的短小词语**：《矮子当道》，埃尔默·伦纳德；《永不回头》(Never Go Back)，李查德；《读后落泪》(Read It and Weep)，詹·麦金利(Jenn Mckinlay);《无畏无惧》(Fear Nothing)，莉萨·加德纳(Lisa Gardner)

- **简短人物描述**：《消失的爱人》，吉莉安·弗琳;《另一个女人》(The Other Woman)，汉克·菲力普·瑞安;《杀手》(Killer)，乔纳森·凯勒曼(Jonathan Kellerman);《勒索犯》(The Racketeer)，约翰·格里森姆;《密探笑面虎》(The Laughing Policeman)，玛伊·斯乔沃尔(Maj Sjöwall)和佩尔·瓦路(Per Wahlöö)

- **点出"麦高芬"或渴望之物**：《致命宝藏》(Lethal Treasure)，简·克莱兰(Jane Cleland);《马耳他之鹰》，达希尔·哈米特;《失窃的信》(The Purloined Letter)，埃德加·爱伦·坡;《神偷盗宝》(The Hot Rock)，唐纳德·韦斯特莱克(Donald Westlake)

- **令人毛骨悚然的背景**：《神秘河》，丹尼斯·勒翰;《巴黎尸骨》(The Bones of Paris)，劳丽·R.金(Laurie R. King);《亡灵舞厅》(Dance Hall of the Dead)，东尼·席勒曼;《尼罗河上的惨案》，阿加莎·克里斯蒂

- **主题**:《愧疚之神》(*The Gods of Guilt*),迈克尔·康纳利(Michael Connelly);《善意不受罚》(*Kindness Goes Unpunished*),克雷格·约翰逊;《光是怎样进来的》(*How the Light Gets in*),露易丝·佩妮(Louise Penny);《混沌法则》,伦纳德·罗森;《正义的复仇》(*A Suitable Vengeance*),伊丽莎白·乔治(Elizabeth George)

- **谚语、名言、戏仿或陈词滥调**:《从前,有一位老妇人》(*There Was an Old Woman*),哈莉·埃夫隆(Hallie Ephron);《巴斯克维尔的母鸡》(*The Hen of the Baskervilles*),唐娜·安德鲁斯;《一目了然》(*In Plain Sight*),C. J. 鲍克斯(C. J. Box);《在阴冷的仲冬》,朱莉娅·斯潘塞-弗莱明;《终极帮办》(*Pale Kings and Princes*),罗伯特·B. 帕克

- **谜题或线索**:《达·芬奇密码》,丹·布朗;《杰弗逊密码》(*The Jefferson Key*),史蒂夫·贝利(Steve Berry);《五条红鲱鱼》(*The Five Red Herrings*),多萝西·L. 塞耶斯;《圣诞节的十二条线索》(*The Twelve Clues of Christmas*),里斯·鲍恩(Rhys Bowen)

> 解决方案一旦出现,看起来应是无可避免的,而市面上至少有一半推理小说违背了这条规律。
>
> ——雷蒙德·钱德勒

第十二章　完美情节备忘清单

独特卖点：推理故事是竞争最激烈的类型之一，因此需要设置强大的独特卖点：独一无二的大恶棍（如《沉默的羔羊》中汉尼拔·莱克特）、独特的视角（如《可爱的骨头》中亡故女孩的视角）、其貌不扬的女主人公（《龙文身的女孩》中莉丝贝特·莎兰德的视角）、可疑的主人公（如《嗜血法医》中的德克斯特）、不同寻常的背景（《死亡降临彭伯利》中的彭伯利庄园）或聪明的犯罪（如《瞒天过海》中的抢劫案）。

情节：构思成功的推理故事，关键在于，切记要设置两条故事主线，一条是你展示给读者看的，另一条是不让他们看到的。

次要情节：次要情节越多，越容易将分散注意力的事情、线索、嫌疑人等串入其中，争取至少写出两到四个次要情节。

主题：论及主题，推理故事难以回避生死、正义与不公、不人道的行为以及永恒的善恶之争。

主题变体：主题变体越丰富，故事越充实。这对技能要求较高，故事越充实越好。想想《马耳他之鹰》，众多主题和主题变体都娴熟地编织在一起，使这个故事近一百年来经久不衰。切记，故事至少要触及之前提到的部分大主题，因为此类故事的读者满怀期待，打算探索这些主题。

主人公：如果能让主人公从一群大侦探中脱颖而出，你的创作生涯便可大获成功。而这一群大侦探中，既有智商过人的夏洛克·福尔摩斯，也有活力四射的里佐利和艾尔斯二人组。秘诀在于创造与众不同的人物，创造出读者即使不喜欢也会敬仰的主人公。确保这一点后,还需让主人公行动、破案、挽救局面。如果你的主人公做不到,编辑就会发现并毙了你的作品。

反面人物:如同卡通人物一般不真实的大反派数不胜数,你要让自己的反面人物可爱、可悲、迷人、狡诈,成为行走的矛盾体——汉尼拔·莱克特就是一例。

背景:合适的背景有助于营造氛围,在此类故事中非常重要。无论选择修道院还是马戏团,芝加哥还是奇瓦瓦,市中心还是赫布立群岛,请展现出场景的阴暗面,无论表面如何光鲜亮丽,黑暗之处必不可少。

节奏:惊悚类故事尤其需要快节奏,大部分罪案小说也不例外。给主人公施压,节奏慢下来时,"让一名持枪男子走进来"。注意:大部分惊悚故事约为9万词,超过这一长度就会影响节奏。(详见第十章。)

为系列做打算:如果计划创作系列故事,第一个故事请别把自己逼入死角。格雷戈里·麦克唐纳(Gregory Mcdonald)写《弗莱奇》(*Fletch*)时,就将书名和结尾都写成了独立式。《弗莱奇》大受欢迎,成为畅销书,麦克唐纳应邀创作更多基于同一主人公的小说,但构思续集对他而言成了非常大的挑战。

此外,请选择可以接着写续集的命名方式,如苏·格拉夫顿(Sue Grafton)按字母表排序系列的第一部《A:不在现场》

第十二章 完美情节备忘清单

(*A Is for Alibi*)，还有 J. K. 罗琳的《哈利·波特与魔法石》和斯蒂格·拉森的《龙文身的女孩》，这两部都是系列小说的第一部，书名均点出了主人公。

> 英格兰传统能够成就精彩的小说，其中有侦探的个人生活感情层面、罪案发生的环境以及最为重要的英格兰乡间氛围——它相当于另一个人物。
>
> ——伊丽莎白·乔治

书名很重要

合适的标题可以让作品大卖。书名就是故事的头条，因此在努力推销之前投入精力和想象力，取一个不错的名字吧。不过，成功推销给出版商后可能他们还是会让你改名字的，那就无所谓了。书名已经发挥作用，随后即可听之任之，反抗无效。

注：你的书名是否已经有人抢先一步？请登录亚马逊查看，保留域名，以防万一。

> 故事和人物让读者沉迷其中，就是对作者的最大褒奖。写故事时我难以自拔，牺牲了宝贵的睡眠时间，为构思情节关节点苦思冥想。
>
> ——艾丽斯·约翰森（Iris Johansen）

爱情故事类

书名：怎样取名比较有效？爱情故事命名的常见途径如下。

- **出现"爱"的字样**：《爱无止境》（*Endless Love*），斯科特·斯潘塞；《爱情故事》（*Love Story*），埃里奇·西格尔（Erich Segal）；《爱情闯进门》（*Love Walked In*），玛丽莎·德·洛斯·桑托斯（Marisa de los Santos）；《爱情是一盘自制卡带》（*Love Is a Mix Tape*），罗布·谢菲尔德（Rob Sheffield）；《永远爱我》（*Love Me Forever*），约翰娜·琳赛（Johanna Lindsey）；《初恋》（*First Love*），詹姆斯·帕特森（James Patterson）、艾米莉·雷蒙德（Emily Raymond）和萨沙·伊林沃思（Sasha Illingworth）
- **表行动的短小词语**：《咬我》（*Bite Me*），雪莉·劳伦斯顿（Shelly Laurenston）；《新娘说，也许吧》（*The Bride Says Maybe*），凯茜·麦克斯韦尔（Cathy Maxwell）；《放开我》（*Release Me*），J. 肯纳（J. Kenner）；《莫爱高地人》（*Never Love a Highlander*），玛雅·班克斯（Maya Banks）
- **表示感情关系的词语**：《这桩婚姻》（*This Matter of Marriage*），黛比·麦康伯（Debbie Macomber）；《婚礼》（*The Wedding*），尼古拉斯·斯帕克斯（Nicholas Sparks）；《离婚》（*Le Divorce*），戴安·约翰逊（Diane Johnson）；《与公爵相恋》（*Romancing the Duke*），泰莎·戴尔（Tessa Dare）

第十二章 完美情节备忘清单

- **简短人物描述**：《永远的女孩》（The Forever Girl），亚历山大·麦考尔·史密斯（Alexander McCall Smith）；《身着闪亮盔甲的骑士》（A Knight in Shining Armor），朱迪·迪芙洛（Jude Deveraux）；《小美人鱼》（The Little Mermaid），汉斯·克里斯汀·安徒生；《间谍头子的女人》（The Spymaster's Lady），乔安娜·波恩（Joanna Bourne）

- **背景**：《呼啸山庄》，艾米莉·勃朗特；《廊桥遗梦》（The Bridges of Madison County），罗伯特·詹姆斯·沃勒（Robert James Waller）；《情归观海礁》（Home to Seaview Key），谢里尔·伍兹（Sherryl Woods）；《塔拉路》（Tara Road），梅芙·宾奇（Maeve Binchy）；《断背山》，安妮·普鲁

- **主题**：《傲慢与偏见》，简·奥斯汀；《占有》（Possession），A. S. 拜厄特（A. S. Byatt）；《理智与情感》，简·奥斯汀；《争权夺势》（Power Play），丹妮拉·斯蒂尔（Danielle Steel）

- **歌曲**：《爱之海洋》（Sea of Love），梅丽莎·福斯特（Melissa Foster）；《P. S. 我爱你》，塞塞莉娅·艾亨；《为哈里而狂》（Wild about Harry），琳达·莱尔·米勒（Linda Lael Miller）；《念你》（The Very Thought of You），琳恩·库兰（Lynn Kurland）；《蓝湾镇》（Blue Bayou），琼·罗斯（JoAnn Ross）

- **谚语、名言、戏仿或陈词滥调**：《大婚告急》(*Something Borrowed*)，艾米莉·吉芬（Emily Giffin）；《吸血鬼头号通缉令》(*Vampire Most Wanted*)，琳赛·桑兹（Lynsay Sands）；《那一生》(*Once in a Lifetime*)，吉尔·沙维斯（Jill Shalvis）；《熟能生巧》(*Practice Makes Perfect*)，朱莉·詹姆斯（Julie James）
- **以人物命名**：《日瓦戈医生》(*Dr. Zhivago*)，鲍里斯·帕斯捷尔纳克（Boris Pasternak）；《蝴蝶梦》①，达芙妮·杜·穆里埃；《简·爱》，夏洛蒂·勃朗特；《爱玛》，简·奥斯汀；《斯嘉丽》(*Scarlett*)，亚历珊德拉·里普利（Alexandra Ripley）；《BJ单身日记》，海伦·菲尔丁；《露西娅，露西娅》(*Lucia, Lucia*)，阿德里安娜·特里贾妮（Adriana Trigiani）
- **以情侣命名**：《罗密欧与朱丽叶》，威廉·莎士比亚；《美女与野兽》，加布里埃尔-苏珊·巴博特·德·维尔纳夫夫人；《朱丽叶与罗密欧》(*Julie and Romeo*)，珍妮·雷（Jeanne Ray）

> 在我的书和所有言情故事中，都有一种让读者感到鼓舞和光明的上升感。
>
> ——黛比·麦康伯

---

① 英文直译实为人名"丽贝卡"。——译者注

第十二章　完美情节备忘清单

独特卖点：你需要让读者相信两人天生一对——如果无法终成眷属，这就是悲剧。若想创造强大的独特卖点，请为读者呈现古怪的情侣、新场景、独特的障碍，等等。

情节：通常，女主人公可能还会爱上另一个人（某时某刻她会发现这不是自己的真命天子）。但男主人公不应花心，他一心一意地只爱女主一个，几乎毫无例外。（例外情况可能是他有一位住在阁楼里的疯妻、得绝症的贤妻或富裕刁钻的未婚妻，不与之分手就无法娶你的女主人公。）如果男主人公在追求女主人公的同时还与其他人发生浪漫关系，读者就会觉得他配不上你的女主人公。

次要情节：你的男、女主人公都需要敌人和亦敌亦友的人，需要亲人、同事，需要艰难险阻。注：在爱情故事中，第二幕通常会冒出一个有损两人关系的秘密，这个秘密常常有自己的次要情节——此时我们就会遇见阁楼里的疯妻，男、女主人公过去可能犯下难以原谅的错误，也可能是男、女主人公的真实身份被发现。

主题：爱，爱，爱！找寻、理解错误、找到、拒绝、重归旧好、沉浸其中、失去、为爱牺牲……

主题变体：次要情节和次要人物可反映主题以及主题变体——最好的朋友（以及父母、兄弟姊妹、同事、对手等）即为此而生。

女主人公：此类情节中，女主人公（也许）应惹人喜爱。

善良、坚强、聪颖、魅力十足、充满勇气等，请赋予她各种美好的品质。

男主人公：此类故事中，男主人公（也许）应最值得女孩去爱，他英俊潇洒、聪明、坚强、性感、温和，且不伤害他人。

身着白大褂的，穿皮裤的，披戴盔甲的男人

神经科学家奥吉·奥加斯（Ogi Ogas）和赛·加达姆（Sai Gaddam）做了一项研究，他们分析了15000本禾林出版公司的小说，结果表明爱情故事中男主人公最受欢迎的十大职业如下。

1. 医生
2. 牛仔
3. 老板
4. 王子
5. 农场主
6. 骑士
7. 国王
8. 保镖
9. 地方治安官

背景：背景越浪漫越好，爱情可以在各地生根发芽，但爱情故事的背景多为城堡、荒野、海滨社区、广阔的乡间、爱尔兰、苏格兰、英格兰、巴黎、曼哈顿、旧金山，还有各色小镇。

节奏：爱情需对故事产生驱动作用，无论男女主人公是忙着与恶魔交战、将牛群赶到一起还是在大灾难中逃生，皆需将两人的感情摆在中心位置。注：此类故事的字数要求不等，既有 3 万字的短篇小说，也有长达 12 万字的长篇小说。大部分言情故事的出版商对字数的要求非常严格，不同类型的爱情故事各有要求，查看你需要参与竞争的创作类型，根据要求调整节奏和长度。

为系列做打算：如果你打算创作系列故事，构建次要情节、次要人物和场景非常重要，这样才能为故事提供生长的空间。若在第一本书中仅仅狭隘地关注男女主人公，续集就更难创作了。

> 行动、反应、动机、感情，皆须来自人物。创作爱情故事的场景和其他类型一样，也需要这些元素。
> ——诺拉·罗伯茨

主流／纯小说类型

书名：怎样取名比较有效？主流／纯小说，常见的取名方法如下。

- **表行动的短小词语**：《别让我走》，石黑一雄；《兔子，快跑》，约翰·厄普代克；《开车，他说》(*Drive, He Said*)，

杰里米·拉尔内尔（Jeremy Larner）

- **简短的人物描述**：《炼金术士》(The Alchemist)，保罗·柯艾略（Paulo Coelho）;《局外人》，阿尔贝特·加缪（Albert Camus）;《追风筝的人》，卡勒德·胡赛尼;《浪潮王子》，帕特·康洛伊

- **背景**：《基列》(Gilead)，玛丽莲·罗宾逊（Marilynne Robinson）;《米德尔马契》，乔治·艾略特;《帝国的崩塌》(Empire Falls)，理查德·拉索;《芒果街上的小屋》(The House on Mango Street)，桑德拉·希斯内罗丝（Sandra Cisneros）

- **主题**：《战争与和平》，列夫·托尔斯泰;《中性》(Middlesex)，杰弗里·尤金尼德斯;《第二十二条军规》，约瑟夫·海勒;《黑暗之心》，约瑟夫·康拉德;《竞技场的艺术》(The Art of Fielding)，查德·哈巴克（Chad Harbach）;《我在雨中等你》，加斯·斯坦

- **从本书摘句**：《紫色》，爱丽丝·沃克;《杀死一只知更鸟》，哈珀·李;《盖普眼中的世界》，约翰·欧文;《生命中难以承受之轻》，米兰·昆德拉

- **从名著摘句**：《喧哗与骚动》，威廉·福克纳;《狂热的心》(A Fanatic Heart)，埃德娜·奥布赖恩（Edna O'Brien）;《鸽之翼》(The Wings of the Dove)，亨利·詹姆斯;《老无所依》，科马克·麦卡锡

第十二章 完美情节备忘清单

- **以人物命名**:《了不起的盖茨比》, F. 斯科特·菲茨杰拉德;《洛丽塔》, 弗拉基米尔·纳博科夫;《秀拉》(*Sula*), 托妮·莫里森;《卡拉马佐夫兄弟》(*The Brothes Karamazov*), 费多尔·陀思妥耶夫斯基(Fyodor Dostoyevsky);《奥丽芙·基特里奇》(*Olive Kitteridge*), 伊丽莎白·斯特劳特(Elizabeth Strout)

独特卖点：在小说中，真实特别的声音、独特的风格或闻所未闻的人物皆可成为独特的卖点。此处对技巧有较高的要求，你需要用精湛的技艺将主题、情节、人物、背景、对话、图像系统以及我们之前讨论的所有元素全部编织在一起，织就天衣无缝、层次丰富、富于乐感的叙述。此类故事竞争激烈，若能在文学杂志中出版发表或得奖，可为你和你的作品赢取关注。

情节：在这一类别中，情节往往不如类型小说中那么重要，但请别用你的写作生涯做赌注。文笔优美、内容充实，人物特征鲜明、有所作为，这是高端小说市场的趋势。因此，故事中一定要有事发生。

次要情节：小说关乎丰富的层次，次要情节就是形成丰富层次的关键部分，请将次要情节和次要人物优雅地织入故事中。

主题：文学以"文"为重，主题以"题"为重。请努力寻找大主题：生命的意义、人类生存状态或宇宙本质。

主题变体：丰富的层次在小说中至关重要——主题很重要，主题变体同等重要，细致处理是关键。

主人公：若想闯入纯小说市场，你的主人公肩负着重任，请创造出令人难忘的人物吧，如包法利夫人、盖普、霍莉·戈莱特利、盖茨比、霍尔顿·考菲尔德、达洛维夫人、哈姆雷特、哈克·芬。《杀死一只知更鸟》中的阿提库斯·芬奇就因其勇气、正直和良心被美国电影学会（American Film Institute）评为最受欢迎主人公。

反面人物：你还需要安排一个令人印象深刻的反面人物，如费根、伊阿古、丹弗斯太太、斯克鲁奇、白鲸——海上一霸大白鲸也可以成为主人公强劲的对手。

背景：在小说中，背景与主题密切相关，想想威廉·戈尔丁《蝇王》中的荒岛、汤姆·沃尔夫《虚荣的篝火》中的纽约城以及哈珀·李《杀死一只知更鸟》中的南阿拉巴马"梅科姆镇"。

节奏：尽管不必像惊悚故事那般设置紧密、由行动驱动的快节奏，你还是需要保证故事能捕捉并维持读者的注意力。切记，一切皆关乎故事问题。注：小说的长度千差万别，但我知道的确有许多经纪人不愿签下新手作家超过12万字的小说，无论是何种类型——我本人也持同样的态度（购买不知名作者12万字以上的作品，出版商心存抗拒）。因此，调整你的长度和节奏。

为系列做打算：在小说中，创作系列往往不是作家的目标。但的确有些系列，如约翰·厄普代克的"兔子系列"和菲利普·罗斯的"内森·祖克曼"系列，就是两套有内在联系的优秀系列作品。当然，还有马塞尔·普鲁斯特七卷本的《追忆似水年华》。是否能形成系列，最终取决于你的文学抱负和商业市场。

> 安稳而沾沾自喜的传统人士说我的作品古怪，我很反感。只因他们在一片混乱的世界中找到了一小块安全的地盘——就否认其他没那么幸运的人的确生活在这种混乱之中。
>
> ——约翰·欧文

科幻和奇幻类

书名：怎样取书名最有效？常见的科幻和奇幻类小说的书名如下。

- **表动作的短小词语**：《雪崩》(*Snow Crash*)，尼尔·斯蒂芬森 (Neal Stephenson)；《联系》(*Contact*)，卡尔·萨根 (Carl Sagan)；《恶魔觉醒》(*The Demon Awakens*)，R. A. 萨尔瓦托雷 (R. A. Salvatore)

- **简短人物描述**:《火星救援》(The Martian)[①],安迪·威尔(Andy Weir);《使女的故事》,玛格丽特·阿特伍德;《最后的独角兽》(The Last Unicorn),彼得·S.毕格(Peter S. Beagle);《霍比特人》,J. R. R.托尔金;《魔像与精灵》(The Golem and Jinni),海琳·维克(Helene Wecker)
- **未来/过去**:《1984》,乔治·奥威尔;《2001:太空漫游》(2001: A Space Odyssey), 亚瑟·C.克拉克;《自由:1784》(Liberty: 1784),罗伯特·康洛伊(Robert Conroy)
- **背景**:《阿瓦隆迷雾》(The Mists of Avalon),玛丽昂·齐默·布拉德利(Marion Zimmer Bradley);《黑松镇》(Pines),布莱克·克劳奇(Blake Crouch)
- **构建世界**:《安德的游戏》,奥森·斯科特·卡德;《饥饿游戏》,苏珊·柯林斯;《权力的游戏》,乔治·R. R.马丁;《乌有乡》(Neverwhere),尼尔·盖曼
- **物件/护身符**:《沙拉娜之剑》(The Sword of Shannara),特里·布鲁克斯(Terry Brooks);《烈焰十字架》(The Fiery Cross),戴安娜·加瓦尔多尼(Diana Gabaldon);《无鞘之剑》(The Blade Itself),乔·阿克罗比(Joe Abercrombie);《真理之剑》(The Sword of Truth),特里·古

---

① 字面意思"火星人"。——译者注

第十二章 完美情节备忘清单

坎德（Terry Goodkind）；《携光者》（The Blinding Knife），布伦特·维克斯（Brent Weeks）

- **科技**：《我，机器人》（I, Robot），艾萨克·阿西莫夫；《编码宝典》（Cryptonomicon），尼尔·斯蒂芬森；《仿生人会梦见电子羊吗？》（Do Androids Dream of Electric Sheep?），菲利普·K. 迪克（Philip K. Dick）；《时间机器》，H. G. 威尔斯

- **主题**：《黑暗的左手》（The Left Hand of Darkness），厄休拉·K. 勒古恩（Ursula K. Le Guin）；《魔法坏女巫》，格雷戈里·马奎尔；《美国众神》（American Gods），尼尔·盖曼；《长眠医生》，斯蒂芬·金；《光辉之言》（Words of Radiance），布兰登·桑德森（Brandon Sanderson）

- **从文学作品摘句**：《光逝》（Dying of the Light），乔治·R. R. 马丁；《我歌唱带电的躯体》（I Sing the Body Electric），雷·布拉德伯里；《别提这只狗了》（To Say Nothing of the Dog），康妮·威利斯（Connie Willis）

- **谚语、戏仿或陈词滥调**：《僵尸世界大战》（World War Z）[①]，马可斯·布鲁克斯（Max Brooks）；《开始邮政》（Going Postal），特里·普拉契特；《发现女巫》（A Discovery of Witches），德博拉·哈克尼斯（Deborah Harkness）

---

① 字面意思为"第 Z 次世界大战"，Z 为"zombie（僵尸）"首字母。——译者注

- **以人物命名**：《乔纳森·斯特兰奇与诺瑞尔先生》(Jonathan Strange & Mr Norrell)，苏珊娜·克拉克（Susanna Clarke）；《蛮王柯南》(Conan the Barbarian)，罗伯特·E.霍华德（Robert E. Howard）；《小镇怪客托马斯》(Odd Thomas)，迪恩·孔茨（Dean Koontz）

> 我非常喜欢看现实中的科学在虚构背景中安家，你可以汲取部分科学核心理念，织入虚构的叙述，以故事的方式生动地展现出来，这是我最喜欢做的事情。
>
> ——布赖恩·格林（Brian Greene）

独特卖点：这是竞争最激烈的类型，我的邮箱里堆满了科幻和奇幻类小说的投稿。这意味着你需要非常强大的独特卖点才能在竞争中脱颖而出。关键在于原创性，这类故事中满是老掉牙的比喻和陈词滥调，如果你的作品中有新鲜的成分，立刻就会光彩夺目。

情节：该类作品的成功先例以及《魔戒》《饥饿游戏》和《权力的游戏》等佼佼者让同类作家们承受着无穷的压力，你需要写出这样的情节：大前提独特，首页就能俘获读者的注意力，并可持续数百数千页。秘诀同样还是避免老套，以更有创意的方法讲故事。若想实现这个目标，需对该类型非常熟悉，请务必勤学苦练。

第十二章　完美情节备忘清单

次要情节：许多科幻和奇幻小说比其他类型都长——约 12 万单词或更长。若想成功构思长篇作品，次要情节是关键——更别提完整系列的情节构思了。

主题：在科幻和奇幻类小说中，主题往往比较宽泛：生命的意义、人类的生存状态、人之为人的意义、科技对我们生活的影响、宇宙的本质、时间的相对性、天体物理、存在其他世界的可能性、使用及滥用权力、善恶等。

主题变体：此类故事同样需要你将主题和主题变体融入其中，如同处理主、次要情节那样。想想托尔金的《魔戒》和乔治·R. R. 马丁的《权力的游戏》，二者都娴熟地将恢宏的主题以及主题变体、鲜明的主、次要情节编织在了一起。请思考，你如何将这些经典的科幻或奇幻主题以及主题变体融入其中并烙上自己的印记。

主人公：科幻小说亦可被视为"理念虚构小说"，但此类型的成功案例和其他类型一样需要丰满的人物形象。请让我们看到惹人喜爱、读者愿意追随的主人公，带领我们走过这个故事乃至你计划讲述的更多故事。同样需要关注同类小说中常见的人物：骑士、星际战士、公主、勇士、机器人、精灵，等等。请让我们看到眼前一亮的人物，让你的人物独特而陌生——我们从未见过。

反面人物：在科幻和奇幻类中，反面人物形形色色，从男巫、女巫、魔鬼和龙，到超级电脑、机器人、无人机和各类（杀戮）机器等。请跟随想象力的引导——创造独特的人物有助于超越为人熟知的老一套，你需要这样做！

> 科幻是令人惊叹的文学作品：构思中，请将你认为日后定将被取代的元素替换成令人惊讶的新形式。
> ——康妮·威利斯

背景：在科幻和奇幻类小说中，你的任务往往不只是创造引人入胜的背景，还需创造一个全新的世界。在许多作家眼中，构建世界是一种乐趣，也是雷区。你需要构建我们闻所未闻的世界，但这个世界还必须强大有力、真实可信。避免模仿，原创性才是赢取读者的王道。

节奏：科幻和奇幻小说的秘诀在于，以自己创造的世界为基础，源源不断地引入行动。可研习《饥饿游戏》等作品的第一章，读罢便会明白如何在无须减慢行动步伐的前提下织入自己构建的世界。（请重温第九章相应部分。）

为系列做打算：许多科幻或奇幻故事都是作为系列小说酝酿的。即便如此，仍需确保系列中每个故事的独立性。此外，取名还需适应整体故事的主线。

第十二章 完美情节备忘清单

> **科幻小说情节构思大师**
>
> 菲利普·K.迪克是一位富有传奇色彩的科幻作家,创作了《高堡奇人》(The Man in the High Castle)、《尤比克》(Ubik)以及《黑暗扫描仪》(A Scanner Darkly)等小说,许多故事都被改编成了电影,如《银翼杀手》(Blade Runner)、《全面回忆》(Total Recall)、《黑暗扫描仪》《少数派报告》《空头支票》(Paycheck)、《预见未来》(Next)、《异形终结》(Screamers)、《命运规划局》(The Adjustment Bureau)、《冒名顶替》(Impostor)。
>
> 称他为情节构思大师,毫不夸张。他拥有无与伦比的想象力——在物理学家之前就想出了平行宇宙。如此说来,他用中国古代占卜体系《易经》构思也就算不上令人震惊了。
>
> 如果你不确定该怎么写,试试《易经》吧!

> 最吸引人的奇幻作品是这样的:在内心深处,我们会看着某个转角处想,如果我在这里遇到这位作者的人物会怎样?如果你尽职尽责,合理安排人物和背景,就能增添无价的维度。
>
> ——塔莫拉·皮尔斯(Tamora Pierce)

历史虚构类

书名:怎样取名最有效?历史小说最常见的命名方法如下。

- 表行动的短小词组:《奥斯威辛逃亡》(The Auschwitz

Escape），乔尔·C. 罗森堡（Joel C. Rosenberg）;《绑架》（Kidnapped），罗伯特·路易斯·史蒂文森（Robert Louis Stevenson）;《阴影笼罩》（Falls the Shadow），莎伦·凯·彭曼（Sharon Kay Penman）

- **简短人物描述**:《精神病学家》（The Alienist），卡勒·卡尔（Caleb Carr）;《养鸽人》（The Dovekeepers），爱丽丝·霍夫曼;《另一个波琳家的女孩》（The Other Boleyn Girl），菲莉帕·格雷戈里（Philippa Gregory）;《女仆》（The House Girl），塔拉·康克林（Tara Conklin）

- **历史框架**:《艺伎回忆录》（Memoirs of a Geisha），亚瑟·戈尔登（Arthur Golden）;《安妮·博林的秘密日记》（The Secret Diary of Anne Boleyn），罗宾·麦克斯韦尔（Robin Maxwell）;《丽芙卡的信》（Letters from Rifka），凯伦·海瑟（Karen Hesse）

- **时间**:《爱拉与洞熊族》（The Clan of the Cave Bear），珍·M. 奥尔（Jean M. Auel）;《拉格泰姆时代》（Ragtime），E. L. 多克托罗;《温斯顿的战争》（Winston's War），迈克尔·多布斯（Michael Dobbs）

- **背景**:《世界博览会》（World's Fair），E. L. 多克托罗;《圣殿春秋》，肯·福莱特;《孤鸽镇》（Lonesome Dove），拉里·麦克穆特瑞（Larry McMurtry）;《伦敦》（London），爱德华·拉瑟弗德（Edward Rutherfurd）;《厨房屋》（The

Kitchen House)，凯瑟琳·格里索姆（Kathleen Grissom）；《奇幻山谷》(The Valley of Amazement)，谭恩美
- **主题**：《长翅膀的女孩》(The Invention of Wings)，苏·蒙克·基德；《荆棘鸟》(The Thorn Birds)，考琳·麦卡洛（Colleen McCullough）；《飘》，玛格丽特·米切尔；《痛苦与狂喜》(The Agony and the Ecstasy)，欧文·斯通（Irving Stone）；《纯真年代》(The Age of Innocence)，伊迪斯·华顿
- **谚语、名言、戏仿或陈词滥调**：《战地新娘》(War Brides)，海伦·布莱恩（Helen Bryan）；《王的赎金》(A King's Ransom)，莎伦·凯·彭曼；《荒唐大兵》(No Time for Sergeants)①，马克·海曼（Mac Hyman）
- **以人物命名**：《马奇》(March)，杰拉尔丁·布鲁克斯（Geraldine Brooks）；《高大平凡的萨拉》(Sarah, Plain and Tall)②，帕特里夏·麦克拉克伦（Patricia MacLachlan）；《女教皇》(Pope Joan)③，唐娜·伍尔福克·克洛斯（Donna Woolfolk Cross）

---

① 字面意思为"没时间留给中士"。——译者注
② 电影版常见译名"邮购新娘"。——译者注
③ 字面意思即"教皇琼安"。——译者注

> 尽可能如实地呈现事实并以此作为支撑,然后发挥想象力填充我们无法确认的部分,这就是历史小说最吸引我的地方。
>
> ——杰拉尔丁·布鲁克斯

独特卖点:在历史小说中,独特的卖点往往以著名的人物、地点或事件为中心,你需要使其尽可能独特。卡勒·卡尔以泰迪·罗斯福担任纽约市警察局长那段时期为背景,创作了历史罪案小说《精神病学家》。菲莉帕·格雷戈里在《另一个波琳家的女孩》中为我们讲述了玛丽·波琳被妹妹安妮夺走国王的可怕真实故事。在《林肯夫人的裁缝》(*Mrs. Lincoln's Dressmaker*)中,自由妇女伊丽莎白·霍布斯·科克利曾经为奴,珍妮弗·基亚韦里尼以她的视角讲述了她与玛丽·托德·林肯的特殊友谊。请思考如何调整你故事中的大前提、视角或主人公,让故事别出心裁。

情节:读者喜爱历史小说,是因为它可以让历史鲜活起来。高中历史课枯燥无味,因为它仅仅呈现事实和大事件,毫无戏剧感可言。如何赋予故事戏剧感,完全取决于你——请为实现最佳戏剧效果而构思。

次要情节:历史中次要情节比比皆是,仅是研究阶段就能积累出许多次要情节。做好功课,剩下的大问题只是选择省略而已。

历史研究：研究不够充分，关键事实方面可能会出错——读者也会嫌恶地抛弃你。但研究过度也可能导致你沉迷其中无法自拔——那故事就写不完了，即便能够写完，也可能因为无法有选择性地删减导致信息过量，让读者烦躁不安。

主题：每个故事都有三面（我的、你的和事实），而历史是由胜利者来讲述的。但通过荣耀的主题，你需要决定说谁的故事。你可以从玛丽·波琳或她的对手妹妹安妮的角度来讲，也可兼顾二者的视角。在约翰·杰克的经典"南北战争三部曲"中，你既可以从南卡罗来纳人奥里·梅因的角度来讲，也可以从宾夕法尼亚人乔治·哈泽德的角度来讲。两人本为好友，却在南北战争中分属敌对方。历史小说常见的主题包括权力和滥用权力、自由的代价、父辈的罪孽、善恶之争、进步的代价、生活被打乱等经久不变的主题。

> 我喜欢做历史研究，并发挥创造力写小说，历史小说的创作难度要在单纯写历史或小说的基础上翻倍。
> ——菲莉帕·格雷戈里

主题变体：在上述提及的历史经典套路中，主题变体可侧重故事的方方面面——胜负或平局。充分利用这些主题变体，让读者留下深刻的印象，他们都明白，故事有两面

（或更多层面）。

主人公：你需要让主人公塑造历史，而不是屈服。即便从历史受害者的视角来写，我们还是更欣赏不惜一切代价奋起反抗、牺牲、维持立场、（未能）幸存的男女主人公。

反面人物：历史上不乏极恶之人，无须多言。如果你从历史中寻找素材，反面人物也应真实可信。不过需要注意，恶棍除内心的邪恶外还有富有人性的一面。

背景：此类故事对场所的感知比其他类型更为重要，你的主要任务之一即还原真实场景。除大笔挥就外，还须确保细节精准无误——细到床把手和扫帚的样子。如果无法做到，读者就会热心地为你指出偏离史实之处。

节奏：正如科幻和奇幻类小说一样，创作历史小说意味着将读者圈在特定的时间地点中，且不能减缓行动的速度。历史调研得来的内容应是不易察觉的，你需要将其织入故事之中。此类小说字数要求不一，倘若你是新手，请以 7.5 万至 12 万字为目标。

为系列做打算：历史的确会无可避免地重演，因此创作历史小说后，还会有下一场战争、另一道边界、另一代人可写。无论构思系列还是单本著作，请为下一本书的构思留出余地。尽管你可能会在第一部中杀了主人公，但仍可继续讲述其亲友、同盟或敌人的故事。还可考虑选取历史人物（或公众人物），围绕此人写系列故事，正如许多作家为简·奥斯汀写

"续集"或推理系列创作那样。

女性小说

> 我对人际关系更感兴趣——情侣、家人、兄弟姊妹之间的关系,因此我会写我们怎样对待彼此。
> ——特里·麦克米伦(Terry McMillan)

书名:怎样取名最有效?女性小说(即书友会小说)最常见的命名方法如下。

- **表行动的短小词组**:《失忆的爱丽丝》(*What Alice Forgot*),莉安·莫利亚提(Liane Moriarty);《陌生的女儿》(*Reconstructing Amelia*①),金伯莉·麦克奎格(Kimberly McCreight);《永不改变》(*Never Change*),伊丽莎白·伯格;《史蒂拉的老少恋》(*How Stella Got Her Groove Back*),特里·麦克米伦

- **简短的人物描述**:《巴黎妻子》(*The Paris Wife*),葆拉·麦克莱恩(Paula McLain);《戴珍珠耳环的少女》(*Girl with a Pearl Earring*),特蕾西·雪佛兰(Tracy Chevalier);《好老公》(*The Good Husband*),盖尔·戈德温(Gail Godwin)

---

① 字面意思为"再现艾米莉亚"。——译者注

- **女性组织**:《奥斯汀书友会》,凯伦·乔伊·福勒;《为爱编织》,安·胡德;《恋爱编织梦》,惠特妮·奥托;《喜福会》,谭恩美;《丫丫姐妹们的神圣秘密》(*Divine Secrets of the Ya-Ya Sisterhood*),丽贝卡·威尔斯(Rebecca Wells)

- **姊妹/母亲/女儿/孙女**:《古怪姐妹》(*The Weird Sisters*),埃莉诺·布朗(Eleanor Brown);《上海女孩》(*Shanghai Girls*),泗丽莎①(Lisa See);《加西亚家的女孩不再带口音》(*How the Garcia Girls Lost Their Accents*),茱莉娅·阿尔瓦雷斯(Julia Alvarez);《秘密女儿》(*Secret Daughter*),西尔玛·索玛雅·高达(Shilpi Somaya Gowda)

- **时间**:《三个六月》(*Three Junes*),茱莉亚·格拉斯(Julia Glass);《夏日》(*Summerland*),埃琳·希尔达布兰德(Elin Hilderbrand);《冬日的边缘》(*The Edge of Winter*),朗·赖斯(Luanne Rice);《十二月的婚礼》(*A Wedding in December*),阿妮塔·施里夫(Anita Shreve)

- **背景**:《萤火虫小巷》(*Firefly Lane*),克里斯汀·汉娜(Kristin Hannah);《口哨小站咖啡馆的油炸绿番茄》(*Fried Green Tomatoes at the Whistle Stop Café*),芬妮·弗雷格(Fannie Flagg);《美丽的废墟》,杰茜·沃尔特

---

① 亦译作"邝丽莎",曾祖邝泗移民美国,后创立泗姓。——译者注

- **主题**：《实用魔法》，爱丽丝·霍夫曼；《幽灵之家》(The House of Spirits)，伊莎贝尔·阿连德；《浓情巧克力》(Like Water for Chocolate)，劳拉·埃斯基韦尔(Laura Esquivel)
- **谚语、名言或戏说陈词滥调**：《姐姐的守护者》，朱迪·皮考特；《偷穿高跟鞋》(In Her Shoes)，珍妮弗·韦纳(Jennifer Weiner)；《且呼吸》(Just Breathe)，苏珊·威格斯(Susan Wiggs)；《含苞待放的壁花》(Wallflower in Bloom)，克莱尔·库克(Claire Cook)
- **以人物命名**：《路得之书》(The Book of Ruth)，简·汉密尔顿(Jane Hamilton)；《小蜜蜂》(Little Bee)，克里斯·克里夫(Chris Cleave)；《莎拉的钥匙》(Sarah's Key)，塔蒂亚娜·德·罗奈(Tatiana de Rosnay)

> 如果你读一本小说深陷于人物和情节之中，完全被里面的虚构成分而非事实带走——你可能最终也会改变自己的现实。一般情况下，翻过最后一页，这本书就会萦绕在你的心头。
>
> ——朱迪·皮考特

独特卖点：此类故事的重中之重，是呈现一位惹读者喜爱的主人公——通常是女主人公。组织原则亦可为此类故事带来精彩的独特卖点。

情节：这些故事大部分是家庭剧，与爱情故事不同的是，此类故事中女主人公与亲朋好友的关系与爱情发展同样重要。请充分展现出女主人公的世界，展现出她与朋友、孩子、兄弟姊妹、父母、同事等之间的关系和互动以及每个人对她的影响。主要情节是这些关系中最重要的，然后将重要性次之的关系设为次要情节。

次要情节：次要情节聚焦主人公的关系——彼此之间的关系，与男人和孩子、与这个世界以及与她自身的关系。论及次要情节，所有次要人物——与她相关的人物——皆需成熟饱满。

主题：女性小说的主题涉及爱、家庭、友谊、姊妹情谊、为人母、自我实现以及如何以成就女人，过去、现在、将来。

主题变体：请在上述范围内找寻其积极和消极的层面。

主人公：让你的读者爱上女主人公同样重要，尤其要博得女读者欢心。女主人公应是女读者们可以产生共鸣且欣羡的对象。

反面人物：此类故事反面人物多种多样，从挑剔的母亲、出轨的配偶，到争执不休的兄弟姊妹和满心嫉妒的同事。你的女主人公也许还任由所在社会的摆布——或在自己的疑惑、不安全感以及过去的错误中挣扎。

背景：按理说，任何背景都能作为女性小说的背景，但有些背景自然会更多地出现在此类小说中，并作为其子类型的

标准：南方、新英格兰小镇、海滨社区、岛屿、郊区、纽约到伦敦等大城市，还有巴黎——巴黎似乎总能发挥作用。注意：别单纯依靠厨房、别墅、卧室、公寓、餐馆、学校办公室等场景。尽力让读者眼前一亮：混合场景，将读者以及人物带到一片新天地。

节奏：由于这些故事常常有家庭场景，你需要在场景中植入故事问题，确保故事在行动和对话中有所进展，别插入太多背景故事或内心独白以减缓进程。此类作品字数要求不一，请以 7.5 万至 12 万字为目标创作。

为系列做打算：许多女性小说类的作者并不创作系列作品，而是以创作彼此独立的同类故事为特色。即围绕女性故事的主题展开不同作品，女性作为祖母、母亲、女儿、孙女或照顾者、朋友、社区领导者等的故事，以及女性在家庭、工作场合乃至社会中扮演的角色。

儿童读物和青少年类

> 写书时，如果写的是人而不是动物，安排普普通通的人物就毫无益处。每位作家都需要颇有趣味的人物，童书尤为如此。
>
> ——罗尔德·达尔

> 我认为孩子想从书中获得的东西与成人一样——快节奏的故事、值得关注的人物、幽默、惊喜还有推理。一本好书,总是能让你提出问题,让你不停翻下去找寻答案。
>
> ——雷克·莱尔顿

书名:怎样取书名比较有效?童书和青少类故事有许多类型与成年人故事相同,较明显的是科幻、奇幻、推理,命名原则同理。即便如此,由于童书和青少类故事绝不能枯燥无味,因此取名可能更具挑战性。如下举出此类故事中部分成功案例。

- **表行动的短小词组**:《大嚼大咽》(*Chomp*),卡尔·希尔森;《寻找汉娜》(*Finding Hannah*),约翰·R.科思(John R. Kess);《晚安月亮》(*Goodnight Moon*),玛格丽特·怀兹·布朗(Margaret Wise Brown);《爱上你》(*Crash into You*),凯蒂·麦加里(Katie McGarry);《永远爱你》(*Love You Forever*),罗伯特·蒙施(Robert Munsch);《从莱蒙奇洛先生的图书馆出逃》(*Escape from Mr. Lemoncello's Library*),克里斯·克拉本斯坦(Chris Grabenstein)
- **物件/护身符**:《神奇的收费亭》(*The Phantom Tollbooth*),

诺顿·贾斯特（Norton Juster）；《送埃莉诺回家》（*Doll Bones*①），霍莉·布莱克（Holly Black）；《蓝剑》（*The Blue Sword*），罗宾·麦金利（Robin McKinley）

- 简短的人物描述：《迷宫行者》（*The Maze Runner*），詹姆斯·达什纳（James Dashner）；《偷书贼》，马格斯·朱萨克；《穿条纹睡衣的男孩》（*The Boy in the Striped Pajamas*），约翰·博伊恩（John Boyne）

- 校园：《吸血鬼学院》（*Vampire Academy*），蕾切尔·米德（Richelle Mead）；詹姆斯·帕特森（James Patterson）的初中系列；《善恶学校》（*The School for Good and Evil*），索曼·切纳尼（Soman Chainani）

- 背景：《决战冥王圣殿》（*The House of Hades*），雷克·莱尔顿；《大草原上的小木屋》（*Little House on the Prairie*），劳拉·英格尔斯·怀德（Laura Ingalls Wilder）；《秘密花园》（*The Secret Garden*），弗朗西斯·霍奇森·伯内特（Frances Hodgson Burnett）；《佩小姐的奇幻城堡》（*Miss Peregrine's Home for Peculiar Children*），兰森·里格斯（Ransom Riggs）

- 主题：《耐用品》，伊丽莎白·伯格；《洞》（*Holes*），路易斯·萨奇尔（Louis Sachar）；《分歧者》，韦罗妮卡·罗

---

① 字面意思为"骨瓷娃娃"。——译者注

斯;《外人》(*The Outsiders*), S. E. 欣顿(S. E. Hinton)
- **谚语、名言、戏仿或陈词滥调**:《壁花少年》,斯蒂芬·奇博斯基;《被遗弃的人》(*Crooked Letter*),汤姆·富兰克林(Tom Franklin);《百搭牌》(*Wild Cards*),西蒙·埃尔克莱斯(Simone Elkeles)
- **以人物命名**:《艾伦·福斯特》(*Ellen Foster*),卡亚·吉本斯(Kaye Gibbons);《这不是告别》(*Eleanor & Park*[①]),蓝波·罗威(Rainbow Rowell);《华夫先生》(*Mr. Wuffles*),大卫·威斯纳(David Wiesner);《我们班有个捣蛋王》(*Big Nate*[②]),林肯·皮尔斯(Lincoln Peirce);《弗罗拉与松鼠侠》(*Flora & Ulysses*),凯特·迪卡米洛(Kate DiCamillo)

> 我不会刻意考虑"年龄段"的问题,因为我觉得他们能应对很多,但我一定会考虑对我的人物来说,怎样才算真实坦白……
>
> ——韦罗妮卡·罗斯

独特卖点:为孩子和青少年创作故事比成年人更难,因

[①] 字面意思为"埃莉诺和帕克"。——译者注
[②] 字面意思即"大纳特"。——译者注

为他们只关注故事本身。他们不在乎文学批评、所获奖项或是否具有可读性,他们只关心书页上的字。让他们无聊,你就失去了读者。与之前任何一代都不同的是,如今的孩子生活在网络短信铺天盖地的世界中。拥有强大的独特卖点在此类小说的竞争中非常重要,你需要提前做好功课,大量阅读同类书籍。深入了解所在领域的竞争,创造能让小读者震惊的独特看点。

情节:孩子绝对无法忍受故事中没有任何事情发生。因此,请从此出发构思故事。所幸儿童和青少年有着丰富的想象力,在成人看来"离谱"的故事在他们眼中反而是可以接受的。

次要情节:孩子生活在年长者掌控的世界中,身边都是同龄人,丰富的想象力为他们带来的内心生活又使他们超然世外。可从这些角度出发构思次要情节。

主题:儿童和青少年对掌控自己生活的这些主题非常感兴趣:(没有)权力、机构、家庭、友谊、成长等。

主题变体:儿童同样有黑暗面,因此请别忽视如上主题的消极面。即便如此,孩子生来充满童趣并有着良好的讽刺感,你可以借此赢取他们的心。

主人公:如果小读者无法与主人公产生认同感,那你就完了。确保小主人公的言谈举止、思考和梦想的方式都像现实中的孩子一样。这没你想象得那么容易,然而一旦成功,就能赢得忠实的小读者。

反面人物：在孩子的世界里，他们十分幼小，任由更大、更有权力的人们摆布。（我曾听一位治疗师说，孩子认为所有大人生气时都很像无敌浩克，但当他们发现成年人其实像浩克那样内心善良时，就会长舒一口气。）因此，他们会喜爱并害怕似乎拥有全部力量的大恶棍并为战胜他们的主人公鼓掌叫好。

背景：儿童更喜爱某些背景：自然界、超自然或其他。他们可以轻松想象我们周围看不见的世界，如果你忽略了背景设置，就是自讨苦吃。

节奏：正如我们所见，节奏在此类故事中非常重要。孩子绝不会读蜗牛般慢吞吞的故事——至少不会集中注意力读很久。每种子类型——绘本、中年级故事、青少年小说——都有不同的字数要求，具体根据故事和出版商的情况而定，因此请事先查看相关类型以及作品提交的要求，将字数限制在规定的范围之内。

年龄段：童书根据年龄分级。每种类型对长度、人物年龄以及阅读水平都有不同要求，请查看自己作品所属类型的要求并遵守。

为系列做打算：为孩子写书的美妙之处和市场利润在于，如果你的故事有他们喜爱的人物和行动，就能够博取小读者的欢心，他们就会继续读你的书，所以童书出系列很常见。（要是你运气不错,作品可以再版,你会拥有一代又一代的新读者。)秘诀在于:(1)创意要强大到足以维持整个系列;(2)人物独特,足以让读者跟随他/她经历整个系列的探险,哪怕这段探险"只是"青少年阶段。

回忆录类

> 回忆录迫使我停下、仔细回忆,这是一个关于真相的练习。在回忆录中,我在一块空白屏幕的反射中反观自己,反观生活,反观我最爱的人。在回忆录中,感情比事实更重要,若想坦诚地创作,我需要面对自己的恐惧。
>
> ——伊莎贝尔·阿连德

书名:怎样取书名最有效?回忆录常见命名方式如下。

- **表行动的短小词组**:《离子弹一步之遥》(*One Bullet Away*),纳撒尼尔·C.弗利克(Nathaniel C. Flick);《呼叫助产士》(*Call the Midwife*),珍妮弗·沃斯(Jennifer Worth);《燃烧的大脑》(*Brain on Fire*),苏珊娜·卡哈兰(Susannah Cahalan)
- **简短人物描述**:《小失败者》(*Little Failure*),加里·史泰嘉(Gary Shteygart);《黑人男孩》(*Black Boy*),理查

德·怀特（Richard Wright）；《霸道女人》（Bossypants），蒂娜·费伊（Tina Fey）；《孤独的幸存者》（Lone Survivor），马库斯·鲁特埃勒（Marcus Luttrell）和帕特里克·罗宾逊（Patrick Robinson）

- **组织原则**：《我的一夜情生活》（My Horizontal Life），切尔西·汉德勒（Chelsea Handler）；《安妮日记》（The Diary of a Young Girl），安妮·弗兰克（Anne Frank）；《遵循〈圣经〉生活一年》，A. J. 贾各布斯；《相约星期二》（Tuesdays with Morrie），米奇·阿尔博姆；《黑人之子的笔记》（Notes of a Native Son），詹姆斯·鲍德温（James Baldwin）；《独居日记》（Journal of a Solitude），梅·萨藤（May Sarton）；《美食，祈祷，恋爱》，伊丽莎白·吉尔伯特

- **文学摘句**：《我知道笼中鸟为何歌唱》（I Know Why the Caged Bird Sings），玛雅·安吉罗；《惊悦》（Surprised by Joy），C. S. 刘易斯（C. S. Lewis）；《毫无特色》（Without Features），伍迪·艾伦

- **主题**：《三狗生活》（A Three Dog Life），阿比盖尔·托马斯（Abigail Thomas）；《夜》（Night），埃莉·威塞尔（Elie Wiesel）；《走出荒野》，谢丽尔·斯特雷德；《活出生命的意义》（Man's Search for Meaning），维克多·E. 弗兰克尔（Viktor E. Frankl）；《他们背负的重担》（The Things They Carried），蒂姆·奥布赖恩（Tim O'Brien）；

《玻璃城堡》，珍妮特·沃尔斯

- **背景**:《我深爱的世界》(*My Beloved World*)，索尼娅·索托马约尔（Sonia Sotomayor）;《我的米德尔马契生活》(*My Life in Middlemarch*)，丽贝卡·米德（Rebecca Mead）;《青蛙镇的王子》(*The Prince of Frogtown*)，里克·布拉格（Rick Bragg）
- **谚语、名言、戏仿或陈词滥调**:《我的年龄焦虑感》(*My Age of Anxiety*)，斯科特·施托塞尔（Scott Stossel）;《现在我看得更清楚》(*I Can See Clearly Now*)，韦恩·W.戴尔（Dr. Wayne W. Dyer）;《夹缝求生》(*Running with Scissors*)，奥古斯丁·巴勒斯（Augusten Burroughs）;《B计划》(*Plan B*)，安·拉莫特;《中风给我的洞察力》(*My Stroke of Insight*)，吉尔·博特·泰勒（Jill Bolte Taylor）
- **以人物命名**:《葆拉》(*Paula*)，伊莎贝尔·阿连德;《我是马拉拉》(*I Am Malala*)，马拉拉·优萨福扎伊（Malala Yousafzai）、克里斯蒂娜·拉姆（Christina Lamb）;《安琪拉的灰烬》(*Angela's Ashes*)，弗兰克·麦考特（Frank McCourt）;《马利与我》(*Marley & Me*)，约翰·杰罗甘（John Grogan）;《阿娜伊丝·宁日记》(*The Diary of Anais Nin*)，阿娜伊丝·宁

独特卖点：许多事情都能为你的回忆录增添强大的独特卖

点。特别的经历——无论是爬山、与病魔做斗争、经历狄更斯笔下人物那般的童年、参战乃至找寻上帝——都能赋予故事强大的独特卖点，独特的声音也可以。如果你是个很有意思的人，还可以锦上添花。此外，正如我们所见，组织原则也可成为强大的独特卖点。

情节：回忆录的挑战在于如何用富于戏剧感的叙述塑造真实的生活材料，无法戏剧化是不少作家在创作回忆录时犯下的错误。这里能够帮助你渡过难关的，依然是组织原则。

次要情节：若想判断我们生活的次要情节，需要深挖我们与人、地方以及事物的联系，从这些元素中选取你的次要情节。

主题：主题对回忆录至关重要，读者希望知道你从经历中明白了什么以及他们作为读者能从中汲取什么。你的生活经验教训即为主题。

主题变体：充实的生活都是名副其实的主题和主题变体盛宴，用心观察，你就能看到自己身边的主题以及主题变体的积极面和消极面。

> 我觉得许多人都需要生活的叙事，甚至会要求这样。我好像就是其中之一。写回忆录从某种程度上来说就是为了完整地创作。
>
> ——苏·蒙克·基德

主人公：在回忆录中，你就是自己的主人公，这意味着你需要惹人喜爱、主动，最重要的是愿意坦白呈现自己的优缺点。读者像你的弟弟妹妹一样，希望吸取来自你的教训。此处需要坦诚相待，因此也需要呈现出让你羞愧的一面。如果你在回忆录中宽于待己，读者就会察觉到并因此而讨厌你。

反面人物：回忆录中的大反派既有显而易见的，也有隐性难见的。你需要让读者明白谁是你的反面人物——无论是糟糕的老板还是不称职的父母，无论是暴虐成性的配偶还是凶悍的军阀式领导——前提是你不能像是在发牢骚，读者会对顾影自怜者保持距离。

背景：将行动设置在一定的背景中。如有可能，故地重游，刷新记忆。请为我们展现你生命中的重要时刻是在哪儿发生的。

节奏：在回忆录中，一不小心就会堆满背景故事和旁白，这就变成直接告诉读者发生了什么，而没有展示给读者看。但若想抓住读者的注意力，你需要按小说的节奏来安排，创作充实的场景织入记忆之毯。此类字数要求各不相同，但请争取写到 7.5 万至 12 万字之间。

为系列做打算：优秀的回忆录作者是将自己的生活转为文学作品的炼金术士。如果作者通过揭露自身让我们明白人何以为人，往往就能够获得创造新作的机会。生活继续，你也可以继续挖掘自己的生活找寻素材。许多回忆录作家集中记录特定时期——童年、青少年、大学、战时、病痛中——如此便留出了创作"续集"的余地。如果你在创作回忆录，请考虑后续系列的问题并期待你继续写下去。

创作实践

根据创作类型，从头到尾检查你的情节，从书名开始。然后再以同样的顺序分析你眼中的同类佼佼者，即努力推销作品时，会成为你竞争对手的重磅杰作。

你的故事在此类故事中是否具备优势？你如何才能改进作品，使之更好地适应市场？

作家阅读书单

如下为各类作品最佳创作指南。

科幻和奇幻

- 《创作科幻和奇幻小说》（*Writing Fantasy & Science Ficition*），奥森·斯科特·卡德
- 《天体评论》（*Cosmic Critiques*），马丁·格林博格（Martin Greenberg）和艾萨克·阿西莫夫

爱情故事

- 《描写性爱的乐趣》（*The Joy of Writing Sex*），伊丽莎白·本尼迪克特
- 《轻松写浪漫言情小说》（*Writing a Romance Novel for Dummies*），莱丝莉·瓦恩格（Leslie Wainger）

历史小说

- 《创作历史小说》(Writing Historical Fiction),西莉亚·布雷费尔德(Celia Brayfield)和邓肯·斯普劳特(Duncan Sprott)
- 《怎样写历史小说》(How to Write Historical Ficiton),佩尔西娅·伍利(Persia Woolley)

推理和惊悚

- 《创作推销推理小说》(Writing and Selling the Mystery Novel),哈莉·埃夫隆(Hallie Ephron)
- 《推理小说元素:创作当代推理作品》(The Elements of Mystery Fiction: Writing the Modern Whodunit),威廉·G. 塔普利(William G. Tapply)

童书和青少年类

- 《儿童故事创作指南》(The Writer's Guide to Crafting Stories for Children),南希·兰姆(Nancy Lamb)
- 《疯狂笔墨:成功创作出版青少年文学的秘密》(Wild Ink: Success Secrets to Writing and Publishing for the Young Adult Market),维多利亚·汉利(Victoria Hanley)

回忆录

- 《构思回忆录》(Thinking about Memoir),阿比盖尔·托马斯(Abigail Thomas)
- 《往日重现:回忆录创作实践》(Old Friend from Far Away: The Practice of Writng Memoir),娜塔莉·戈德堡

修改润色杂谈

我可能会把 90% 的时间都花在修改内容上。

——乔伊斯·卡罗尔·欧茨

矫揉造作了,读起来就令人烦躁,因为这常常是由于作者想炫耀或自己在文字中太明显。然而,大部分读者只想亲近文字,无论虚构还是非虚构。

——伊丽莎白·伯格

从方向正确的基本句子出发,向精致的句子进军,这有一定难度,却也是一项令人快乐的任务。

——安妮·普鲁

地狱之路由形容词铺就。

——斯蒂芬·金

检查句子,判断冗余内容,判断哪里可以修改、润饰、扩展,尤其是找出需删减之处,应是每位作者的必备技能。看到句子精简、各就各位、打磨出精品是一件令人满意的事情,佳作应如此:清晰、经济、锐利。

——弗朗辛·普罗斯

我希望读者用自己的眼睛聆听。

——格雷戈里·麦克唐纳

> 我喜欢边写句子边改。我会在一个句子上琢磨许久再继续，对我来说，修改感觉是一种游戏，像需要破解的谜题一般，这是写作中最令人满足的部分之一。
>
> ——凯伦·汤普森·沃克
>
> 如果听起来像写作，我就改。要是正确的用法碍事，我也要删除。我不能让我们在英语作文中学到的那一套打乱叙事的声音和节奏。
>
> ——埃尔默·伦纳德
>
> 写作时，不得不忍痛割爱。
>
> ——威廉·福克纳
>
> 我总要修改开篇，我会在写结尾的同时修改开头。所以我早上可能会花一部分时间写结尾——准确地说是最后 100 页——然后早上剩下的时间用于修改开头。这样小说的风格就具备了统一性。
>
> ——乔伊斯·卡罗尔·欧茨

12.2　起飞前的检查清单

构思情节，写好故事，也许你会感受到一种强烈的冲动，想立即发送出去。且慢。

打印出来，在抽屉里放上至少两周，如有可能，最好搁置一个月。然后再拿出来，用全新的眼光看它，修补结构的漏洞（你现在应该知道哪些算是漏洞了）。接着请尽可能仔细地审视全文。可使用下面这份起飞前的检查清单,为书稿做最后润饰。

激发全部感官

优秀的文字是可感的:它能激发读者的全部感官。读者是否能够观看、聆听、触摸、嗅闻、品尝你故事中的世界?浏览书稿时,确保用上述五种感官来武装文字,写出你内心中的 D. H. 劳伦斯、爱丽丝·霍夫曼或安妮·赖斯吧。

说什么呢?矫揉造作?说我呢?

忍痛割爱,威廉·福克纳曾说。无论何时,倘若你为自己某处充沛的感情或精致的语言而暗自高兴,请删除。没人喜欢作者炫耀,读者尤其不喜欢。如何判断哪些是自己的宝贝内容?在此借埃尔默·伦纳德的理念:如果听起来像写作,修改。

至于内心独白

在故事中,实现外在活动(行动)和内心活动(内心独白)的完美平衡可能比较棘手。如果你为自己独特的声音而自豪,这条建议就是为你准备的。(虚荣,你的名字是第一人称。)这一招也许有所帮助:自行朗读故事中的内心独白。这是判断是否存在问题的最快途径。

第十二章 完美情节备忘清单

检查对话标签

别用"询问""强调""思量"等词作为对话标签——这会让编辑发狂。坚持用"说",或用其他动作。

糟糕:"停下!"他重重地说。

更好:"停下!"他说。

最佳:"停下!"他用枪指着我。

留心无意的视角转移

编辑对视角的漏洞非常敏感,许多编辑认为这是非专业人士才会出现的问题。因此,请格外留心,保持你的视角,别从一个人物跳到另一个人物。

这就是视角跳跃的反面案例。

> 朱丽叶瞪着约翰,自从约翰去年因为她妹妹珍妮而抛弃她之后,她就一直怀恨在心。看到约翰发际线退后,她暗自兴奋。(**朱丽叶脑海中**)
>
> "别这样看我。"约翰说。他简直不敢相信自己曾被朱丽叶迷住过,现在他和珍妮在一起强多了。显然,珍妮才是姐妹中更漂亮、更惹人爱的一个。(**约翰脑海中**)
>
> "你俩友好一点儿。"珍妮挡在两人之间,拉他们一起拥抱。她深爱这两个人——她多希望他们能看在她的分儿上好好相处。(**珍妮脑海中**)

检查视角时，请留意无意间出现的全知全能视角，编辑对此深恶痛绝。

作者在扮演上帝，即全知全能视角。

> 有一种黑暗势力正在迫近，劳伦看不见，她的邻居们也看不见，他们四处奔走，恍如在梦中，工作、玩耍、吃饭、睡觉，并没注意到即将溜进他们的家门、溜到他们的床上、直接掐死他们的那股邪恶的力量。但如果劳伦望向天空，就能得以幸存。

第三人称视角入门级原则：

- 坚持用第三人称有限视角。
- 每个场景仅使用一种视角。
- 整本书中仅使用六种视角。

使用第一人称时：

- 避免直接说出信息，展示给读者看——使用第一人称，请始终警惕这种诱惑。
- 避免多重第一人称视角。（我知道，吉莉安·弗琳的确在《消失的爱人》中采用了这种做法，但这么做对尚未发表作品的作者来说却很危险。)

- 避免将第一人称和第三人称混合起来。(我知道,的确一直有作者这样做,但这相当于作弊——也很难获得成功。总之,这种做法比较冒险,对尚未发表作品的作者来说尤为如此。)

清理语言,第一部分和第二部分

第一部分:清除陈词滥调、平淡无力的动词和副词。

陈词滥调即我们一直都会听到的词组:"和天空一样蓝""和公牛一样勇敢""无聊得要哭"。

平淡无力的动词包括各类"成为(to be)",以及在日常聊天中最常听到的动词。如果可以用"步履维艰""跋涉""掠过""蹑手蹑脚""踏步""起舞""小跑""攀登""漫步""闲逛"或"大步流星",为何还要用"走"?

副词是形容动词的——如果你使用强有力的动词,就用不着用副词了。即,如果能用"迈进""缓步"或"蹒跚",为何要说"大步地走""走得很慢"或"走得艰难"呢?抛弃那些英文中的副词后缀,将无力的动词换成强有力的动词。

第二部分:浏览书稿,删除所有冗余和重复之处,在Microsoft Word 上最后进行一遍阅读水平测试。

备注:如果你觉得修改润色的过程痛苦乏味,或无力承受,可请声誉较好的内容编辑和排版编辑辅助。这没什么不好意思的，你还能从他们的编辑中学到许多。

12.3 构思你的下一部，呃，书稿

恭喜！我们终于走到了史诗之旅的终点。现在，你已经全副武装，有了引人入胜的有效结构和能够歌唱的故事。构思情节并非易事，对许多作家来说这是写作中最艰难的部分。但现在你已经拥有了创造一个个故事的工具和技巧，让读者愿意一口气读下去。

最重要的是，构思巧妙的故事吸引经纪人、编辑、出版商乃至读者的潜力更大。稍加练习，你就会发现情节构思有趣而实用。它能铺开你需要的蓝图，让你放松地享受写作，让你专心完善故事，写出从第一页到最后一页的精彩。

蓝图在手，尽情发挥天赋，抒写你的故事，构思一个又一个情节。构思愉快！

> 开头本身不会跟随某种必然性而来，但其后某些事情自然或必然会发生。结尾与之相反，它本身自然跟随某事而来，无论是出于必然性还是规则，但后续不会跟随其他事情。中间部分跟随某件事而来，其后又有另一件事发生。构思巧妙的情节，开头或结尾不可毫无计划，而应遵守上述原则。
>
> ——亚里士多德

致谢

首先，我要感谢亲爱的作家同行和同事、光芒四射的《作家文摘》（*Writer's Digest*）出版商菲尔·塞克斯顿（Phil Sexton），谢谢你鼓励我写这本书。感谢我《作家文摘》的所有朋友们：我的编辑蕾切尔·兰德尔（Rachel Randall）、亚历克斯·里克西（Alex Rixey）、查克·桑布基诺（Chuck Sambuchino）、凯文·奎因（Kevin Quinn）、艾伦·鲍尔（Aaron Bauer）以及朱莉·欧布兰德（Julie Oblander）。

我还必须感谢塔尔科特峡谷文学代理（Talcott Notch Literary）的代理人姐妹们：杰西卡·内格龙（Jessica Negron）、蕾切尔·杜加斯（Rachael Dugas）以及我们无所畏惧的领导吉娜·帕内蒂耶里（Gina Panettieri）。感谢作家部落的成员苏珊·雷诺兹（Susan Reynolds）、米拉·莱斯特（Meera Lester）、约翰·沃特斯（John Waters）、因迪·泽列内（Indi Zeleny）以及马蒂内·米切尔（Mardeene Mitchell）。感谢你们在本书写作过程中阅读初稿，提供宝贵的建议和支持。

我还要大声感谢那些优秀的作家，你们笔下的情节每天都对我有所启发：除了出色的作家客户，我还要感谢好友汉克·菲力皮·瑞安（Hank Phillippi Ryan）、哈莉·埃夫龙（Hallie Ephron）、简·克莱兰（Jane Cleland）、玛格丽特·麦克莱恩（Margaret McLean）、史蒂夫·乌尔费尔德（Steve Ulfelder）以及我在美国推理作家协会（MWA）、罪案小说姐妹会（SinC）、美国言情小说作家协会（RWA）和国际童书作家与插画家协会（SCBWI）的各位朋友们。

曾听人说过这样一句话：讲故事并不是高深莫测的事情——它比那些高深莫测的事情更重要。衷心感谢与我共事多年、同我分享作品的作家们，你们就是这个世界所需的故事人才。

图书在版编目（CIP）数据

如何写出"抓人"的故事/(美)保拉·穆尼埃著；徐阳译. -- 北京：九州出版社，2024.4
ISBN 978-7-5225-2686-7

Ⅰ.①如… Ⅱ.①保…②徐… Ⅲ.①文学创作方法 Ⅳ.①I04

中国国家版本馆 CIP 数据核字 (2024) 第 069190 号

PLOT PERFECT: HOW TO BUILD UNFORGETTABLE STORIES SCENE BY SCENE
by PAULA MUNIER
Copyright © 2014 by PAULA MUNIER
All rights reserved including the right of reproduction in whole or in part in any form.
This edition published by arrangement with Writer's Digest Books, an imprint of Penguin Publishing Group, a division of Penguin Random House LLC.
Simplified Chinese edition copyright:

著作权合同登记号：图字：01-2024-1741

如何写出"抓人"的故事

作　　者	[美]保拉·穆尼埃 著　徐阳 译
责任编辑	张艳玲　周　春
出版发行	九州出版社
地　　址	北京市西城区阜外大街甲 35 号（100037）
发行电话	（010）68992190/3/5/6
网　　址	www.jiuzhoupress.com
印　　刷	天津雅图印刷有限公司
开　　本	889 毫米 ×1194 毫米　32 开
印　　张	13.25
字　　数	232 千字
版　　次	2024 年 4 月第 1 版
印　　次	2024 年 8 月第 1 次印刷
书　　号	ISBN 978-7-5225-2686-7
定　　价	62.00 元

★ 版权所有　侵权必究 ★